간도의 영혼, 이중하는 살아있다

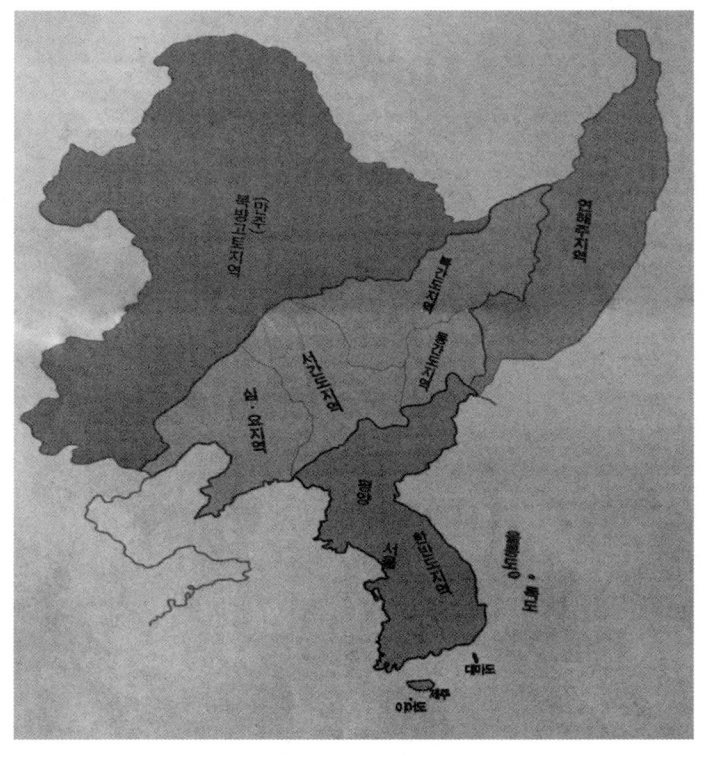

간도의 영혼, 이중하는 살아있다

초판 1쇄 인쇄 | 2022년 11월 20일
지은이 | 정권수
펴낸이 | 이재욱(필명:이승훈)
펴낸곳 | 해드림출판사
주 소 | 서울 영등포구 경인로82길 3-4(문래동1가 39)
　　　　 센터플러스빌딩 1004호(07371)
전 화 | 02-2612-5552
팩 스 | 02-2688-5568
E-mail | jlee5059@hanmail.net

등록번호　제2013-000076
등록일자　2008년 9월 29일

ISBN　979-11-5634-528-2

간도의 영혼,
이중하는 살아있다

정권수 지음

내 머리를 자를 수 있어도
우리 땅은 한치도 내놓을 수 없다!
(吾頭可斷國不可縮)

해드림출판사·강남신문사

prologue

    2013. 10. 외교통상부는 이중하 선생을 조선 후기 최고의 외교관으로 선정 발표했다. 이중하 선생(1846~1917)은 조선 후기에 청나라와 국경회담을 진행했던 대한민국 외교를 빛낸 인물이다.

    이중하 선생은 1846년에 태어나 1882년 과거에 급제하면서 관직 생활을 시작했다. 그는 안변 부사로 재직하던 1885년 토문감계사로 임명되어 청나라와의 국경 회담(제1차)에 조선 대표로 참석하였다. 이후 1887년에 재개된 (제2차)조선 측 협상대표를 지냈다. 그는 불리한 국제정치 상황과 청나라의 강압적인 요구 속에서도 슬기롭게 대처하여 국익을 지켜낸 외교관이었으며 뛰어난 협상가였다.

    당시 간도 지역에는 조선인 수가 늘어나서 청나라와 마찰이 빈번했다. 청나라는 간도의 조선인에게 세금을 부과하겠다고 조선 정부를 압박했다. 또한 그곳에 거주하는 조선인들을 청나라 국민으로 만들겠다는 것이었다. 이에 조선 정부는 백두산정계비에 기록된 토문강과 두만강 사이의 간도가 조선 땅임을 주장함으로써 그곳에 사는 자국민을 보호하고자 국경회담을 요청했다.

    그러나 당시 정세는 임오군란 이후 청나라 군대가 조선에 주둔하고 있는 상태에서 군대와 함께 조선에 들어온 원세개가 마치 총독처럼 조선의 내정을 간섭하였다. 그러니 조선 정부의 뜻대로 국경 회담이 진행될 리가 없었다.

오히려 청나라는 이 기회에 두만강 국경선을 분명히 하려는 움직임을 보였다.

회담에서 이중하 선생은 백두산정계비에 기록되어 있는 토문강이 송화강의 지류임을 주장했고 청나라 대표는 두만강 상류 물줄기 중 가장 남쪽에 있는 서두수 국경론을 제기하여 합의점에 달하지 못했다. 그런 가운데 이중하 선생은 청나라 대표의 생각의 틀을 조선에 유리한 방향으로 변화시켰다. 그 결과 청나라 대표는 완전히 조선 측 주장에 동조하지 않더라도 최소한 자기 논리의 맹점을 인정하지 않을 수 없었다.

당시 이중하 선생은 백두산정계비의 중요성을 강조하며 "비면에 봉지글자는 즉 강희 성조(청나라 황제 강희제)의 성지입니다. 훤히 빛나는 새김이 옛날(천고)을 증거 할 수 있습니다." 하고 정계비에 대한 조사 필요성을 강조했다.

수사학에서 강조하는 생각의 틀이라는 관점에서 이를 접근하자면 청국 대표는 먼저 강이 있고서 뒤에 비석이 있었던 것이라는 말로 산천을 국경으로 삼는 국경 획정의 일반론을 통해 이중하 선생을 공격했다. 그러나 이중하 선생은 청국 대표의 논리체계를 청나라 황제에 대한 봉권적 충성심의 기준으로 공략했다. 정계비에 새겨진 봉지라는 글씨 하나 때문에 정계비는 단순한 비석에서 황제의 의사로 그 의미가 변화되었고 이후 청국 대표는 정계비의 내용을 더 이상 무시할 수 없게 되었다.

  이 순간 이미 논쟁의 중심에 이중하 선생이 서게 되었고 비록 결론이 내려지지는 못했지만 회담은 이중하 선생의 리더십에 따라 자행되었다.

  1887년 재개된 국경 회담(제2차)에 있어서 주변 여권은 이중하 선생에게 불리했다. 무엇보다 이중하 선생은 이전의 논지였던 송화강 지류인 토문강은 더 이상 국경으로 주장할 수 없었다. 고종이 청나라로부터 영토 확장을 시도하지 말라는 강력한 경고를 알려왔기 때문이다.

  그러나 이중하 선생은 회담에서 두만강 지류인 홍토수를 국경으로 삼겠다는 논지를 폈고 청국 대표는 홍단수를 주장함으로써 회담은 결렬되었다. 두만강 상류의 물줄기는 북쪽으로부터 홍토수, 석을수, 홍단수, 서두수가 있는데 과거 1차 회담에서는 이중하 선생은 두만강 아닌 송화강 물 물기를 주장했고 청나라 대표가 서두수를 주장한 것을 비교할 때 외면상으로 양국은 견해 차이를 많이 좁힌 것으로 보인다.

그리고 이런 상태에서 협상이 결렬된 것은 외교적 실패로 볼 수가 있다. 그러니 이 과정을 생각의 틀로 풀이할 때 이중하 선생의 협상 리더십을 찾아볼 수 있다.

당시 청나라 대표는 백두산정계비에 명기된 토문강을 더 이상 주장하지 못하는 이중하 선생에게 이제 거꾸로 조선 국왕에 대한 충성의 과정에서 두만강 국경 인정을 강요했다.

눈앞의 이익만을 바라보고 뒷일을 도모함을 구하지 않으면 마땅히 국가에는 끝없는 환란이 있게 되고 백성들에게는 헤아릴 수 없는 우환이 있다는 말로써 양보를 종용하는 청나라 대표에게 이중하 선생은 국경문제에 임하는 신하의 자세를 강조함으로써 약소국가의 협상으로만 생각하고 있었던 청나라 대표의 틀(Frame of Mind)을 완전히 깨어 버렸다.

먼저 이중하 선생은 단호한 주장으로 국경 획정은 회담의 대상이 아님을 천명했다.

"3백 년 간 원래 정한 경계는 본래부터 전과 같은데 어찌 한 마디로 분별하겠습니까?"

이에 대해 청나라 대표가 이중하 선생을 윽박지르며 타협을 종용하자, "내 머리는 자를 수 있을지언정 강토는 축소할 수 없습니다."라고 말하며 국경 회담에 임하는 신하의 입장을 피력했다. 여기에 청국 대표의 생각이 흔들렸다. 영토 문제 있어서 양보한다는 것은 신하된 자에게 있을 수 없는 일이다.

이제 이중하 선생의 마음을 안 청나라 대표는 모두 상대방의 주장에 양보할 수 없다는 인식을 공유하게 되었다. 회담 성과를 논하기 전에 이중하 선생의 이런 결사적인 노력은 조선인들이 터를 잡고 북간도 지역에 일정 기간 청국 관원들이 함부로 들어올 수 없도록 만들었다. 그 결과 오늘날 조선족 사회가 형성되는 기초가 마련되었다는 평가를 받고 있다.

특히 이중하 선생의 관력에서 토문 감계사와 아산 청진 영접관 지방의 선무사와 안핵사에 임용된 것은 주목되는 부분이다. 토문 감계사와 아산 청진 영접관은 청국 관원을 상대하는 직책이 없으므로 외교관의 자질이 없으면 수행하기 어려운 부분이 있다.

당시 조선과 청군간의 외교관계가 대한제국 이후 근대적 외교절차에 따라 이루어진 것이라기보다는 사대관계에 따른 황제국과 제후국의 외교였다는 점에서 볼 때 이중하 선생에게서 근대적인 외교관의 모습을 찾기는 어려울 것이다. 그러나 실제 이중하 선생이 청국 관원을 상대하는 모습은 자국의 이익을 위해 최대한 노력하고 합리적인 자료를 제시하여 상대를 설득하려는 것을 볼 수 있기에 그가 청국을 상대하는 외교 담당자로 임명된 이유라고 생각하게 된다.

　이중하 선생은 1895년 김홍집 내각의 붕괴와 지방제도 개편으로 대구부 관찰사가 되었다. 이때 을미의병의 봉기로 많은 지방관리들이 희생되었는데 그는 지역의 민심을 얻어서인지 무사했다. 이중하 선생은 유학을 배운 문관 지식으로는 위로는 국왕에게 충성을 다하고 아래로는 백성을 보살피는 전형적인 목민관의 자세를 지녔다고 볼 수 있다.

　대한제국의 성립 후 1903년 외무협판(종 2품, 현재 외교부 차관) 칙임 2등이 되었으며 문헌비고 찬집 당상을 맡았다가 다시 평안남도 관찰사와 경상북도 관찰사의 지방관을 거쳐 궁내부 특진관과 장예원경에 임명되었다.

　이중하 선생은 순조 때에도 장예원경을 맡았는데 그가 장예원경으로 있으면서 황실구성원의 지위를 논하기도 했는데 흥선대원군을 대원왕으로, 여흥 부대부인을 대원비로 높여서 칭호할 것과 함께 완화군에게 왕위 작위를 추호로 봉하고 연원군 부인에게 왕비를 봉해야 하는데, 하지 않은 것은 잘못된 전례이고 이준용은 비록 친족 관계가 끝나기는 하였지만 태황제의 친조카인만큼 특례로 군을 봉하는 것이 친족을 친근히 하는 의리에 맞는다고 주장하였다.

 1904~1905년까지는 평안도 관찰사와 평안도 위무사를 겸해서 이 지역 주민들에게 선정을 베푼 것 이외에 러시아군과 일본군의 부당한 침략을 막기도 하였다.

 당시 이중하 선생이 평안도 관찰사로 근무할 상황은, 기부보초에 기록하였는데, 이 책은 이중하 선생이 1904년(광무 8) 4월 10일에서 1905년 5월 23일까지 각종 공문을 정리한 것이다. 특히 일본군에 대해서는 일본군 주둔 시 동원된 물자와 인력에 대한 보상문제, 병참 기지를 두기 위한 군용지 명목으로 토지를 강제 수용한 사실을 자세히 보고하고 조처를 취하였다.

 이중하 선생은 일본과 러시아의 침탈에 저항하는 모습을 외직인 지방관에서 내직인 외무로 이임했을 때도 볼 수 있었다. 그는 외무 협판으로 재직 시에 러시안이 용천군 푸름포에서 함부로 판목을 운반하는 일을 금지할 것을 주장하기도 했다.

 1910년 일제의 강제적인 대한제국 병합이 이루어지자 이중하 선생은 일제에 대항하며 대한제국을 지켰다. 대부분의 대한제국의 황족과 관료들이 일제의 회유와 협박에 따라 친일 혹은 협력적인 모습을 보였던 것에 반해 이중하는 단번에 일제의 회유를 거절했다.

대한제국의 고위 관리로서 한일합방에 대한 일본의 정책에 반대한 그는 아들(범세)과 함께 고향인 양평으로 낙향하여 1917년 72세의 나이로 졸서하였다.

이중하 선생은 죽었지만 지금 그는 살아있다.

그의 무덤 상석에는, 유한정헌대부 장예원 경원경완산 이공중하 지묘 배정부인 창령 조씨 부좌라고 하여 일제 강점기에는 유한이란 말을 사용했다.

그의 아들 범세의 무덤에도 동일하게 사용되었다.

유한의 한은 대한제국을 의미하는 것으로 이중하 선생은 자신의 무덤에 대한제국의 관료였다는 것과 일제의 통치를 인정하지 않는다는 모습을 새기게 한 것이다. 일제시기 대한제국의 관료는 물론 지방 유림들의 무덤에서도 유한이라는 글씨는 보기 어렵다. 이중하 선생이 일제 통치에 어떻게 대응했는지를 보여주는 사례이다.

이중하 선생은 조선을 위해 목숨을 바쳤다.

그가 선택한 길은 백성들을 살렸고 하늘은 결코 조선을 버리지 않았다. 대업을 이루는 것은 혼자의 힘으로 안 되는 것을 알았지만 용기 있게 나서 역사의 운명을 바꿔놓았으니 그의 탁월

한 외교적 수완에 대해서는 조정에서도 높이 평가하였다.

　한 인물의 인생과 업적에 대한 것은 애국심과 백성들을 생각해야 한다. 자신의 이익보다 나라를 걱정하고 나라를 사랑하는 마음으로 나라를 지킨 한 외교관인 이중하 선생의 삶을 되돌아본다. 나라가 처한 위기의 상황을 극복하기 위한 그의 사랑과 열정이 한 국가의 영토를 지키고 민족을 살린 이중하 선생은 서양의 개입에 의해 중화적 세계관에서 탈피, 아시아 세계관이 성립되는 시기에 외교적 결단성으로 관료의 정체성을 깬 것이다. 그러므로 이중하 선생이 목숨을 걸고 지켜낸 간도 땅을, 일본이 차지하고 중국에 넘겨버린 것을, 그 땅을 되찾기까지 우리는 어떻게 대처해야 할 것인가?

　당시 일본이 간도를 차지하고 청국에게 팔아넘긴 간도야말로 이 땅의 후손들은 훗날 반드시 찾아내야 할 것이다.

오호! 통제라! 이중하 선생이여!

2021. 11. 16. 화, 18:00.
정권수
서울 강남구 역삼동에서

이중하(1846~1917) 관력

1882, 증광 문과에 급제 이후에 홍문관 교리
1884, 시강원 사서, 경상남도 경시관, 정부 공사관
1885, 공조참의, 안변부사, 토문감계사
1886, 덕원항 감리
1887, 토문 감계사
1889, 외무부 참의 한성부 소윤
1890, 이조참의, 충청도 암행어사
1894, 외무부 협판, 아산청진 영접관, 의정부 도원, 경상도 선무사, 영해 연천 안핵사, 경상도 무위사, 내부 협판
1895, 대구부 관찰사
1899, 장예원 소경, 삼척 봉묘시 영건 당상
1903, 외무협판
1904, 평안남도 관찰사, 평안남도 선무사
1907, 태의 원경, 존봉도감 제조, 장예원경 등을 역임하다

저서-『감계사 등록』(상, 하)『이아당 집』(이범세 옮김)

차례

prologue   4

1. 분쟁의 시작·백두산정계비   16
2. 어명-이중하의 등장   27
3. 삼전도 비문 앞에서   32
4. 과공비례-과잉 충성   38
5. 남한산성에 올라   43
6. 수어장대-무망루   47
7. 현절사-충신들 앞에서   51
8. 안변 부사-이중하   62
9. 이중하는 살아있다   78
10. 백두산정계비   84
11. 탄천 서쪽 마을 수서동   88
12. 대원군의 선택-길   93
13. 명과 후금의 중립 외교   98
14. 독선과 아집 사이에서-광해군   104
15. 임오군란-대원군 집정   107
16. 갑신정변-3일천하   117
17. 군란의 격화   121
18. 대원군의 섭정   128
19. 토문 감계사 이중하   131
20. 제1차 회담   143
21. 장계-조회   150

22. 공동 감계 보고서　　　　　　　　　　163
23. 청국의 자문-조회　　　　　　　　　　171
24. 제2차 회담　　　　　　　　　　　　　182
25. 피를 말리는 싸움　　　　　　　　　　197
26. 장계-제2차 감계 보고　　　　　　　　209
27. 발령-조정으로 올라간 이중하　　　　215
28. 전등이 켜지는 날-경복궁　　　　　　225
29. 삼청문란-암행어사　　　　　　　　　237
30. 상소-강위를 추천하다　　　　　　　　251
31. 동학농민군-청주 병영에서　　　　　　256
32. 대구부 관찰사-이중하　　　　　　　　267
33. 임오 유월 일기-신사 유람단　　　　　277
34. 비운의 영친왕　　　　　　　　　　　　290
35. 김홍집 내각의 단발령　　　　　　　　295
36. 을미의병　　　　　　　　　　　　　　302
37. 아관파천　　　　　　　　　　　　　　307
38. 갑오경장　　　　　　　　　　　　　　315
39. 국시 유세단　　　　　　　　　　　　　322
40. 을사늑약-십일야방성대곡-장지연　　330
41. 이등박문을 죽인 안중근　　　　　　　338
42. 통곡-조선이 일본에게 식민지가 된 이유　343
43. 이중하의 죽음-유언　　　　　　　　　356
44. 송덕비-이중하　　　　　　　　　　　364

1. 분쟁의 시작·백두산정계비

17세기에 만주의 여진족이 청을 건국하여 명을 멸망시키고 중원의 승자가 되면서 그들의 본거지였던 만주는 공백 지대가 되었다.

청은 자신들이 발원한 만주를 성지로 여기고 이민족인 한족이 심양의 동쪽 지대를 자유롭게 드나들지 못하도록 막는 봉금 정책을 펼쳤다. 이에 따라 압록강과 두만강 이북 일대는 여진과 한족이 진출하지 않는 곳이 되어 조선인이 인삼을 캐고 생업을 하기 위해 토지를 개간할 수 있게 되었다.

청국에서는 만주를 관할하던 성경 장군이 매년 기한을 정하여 허가된 인원만을 출입하게 하여 모피와 인삼의 채집을 허가하였다. 그러는 가운데 조선인의 경제활동이 활발해지면서 교역과 마찰이 잦아지는 동시에 약탈과 살인이 일어나기도 하여 조선과 청국 간의 외교 문제로 비화하였다.

청의 강희제는 양국 간의 국경이 명확히 설정되지 않아 분쟁이 발생한다고 생각하고 1712(숙종 38)년 5월, 오라 총관 목극등을 파견해 국경 확정을 위한 조선과의 회담을 열도록 명했다.

조선은 참판 박권을 접반사로 임명하고 그들에게 만주 지역의 지도와 지리지, 함경도 지방관들이 수립한 자료들을 근거로 압록강과 두만강, 백두산을 경계로 그 남쪽을 조선의 영역으로 주장하라고 하였다.

특히 조선에서는 청국에서 발행한 성경지에 백두산 남쪽은 조선의 지경이라고 표기된 사실을 알고 있을 정도로 만주 지역의 지리를 파악하고 있었다. 그리고 명나라에서 발행한 지리서인 대명일통지에는 백두산이 여진에 속한다고 되어 있었다. 따라서 청나라 관원들이 압록강 이남까지 영토를 주장할 우려가 있었기 때문에 조선은 압록강과 두만강의 경계를 국경으로 하려고 했다.

조선 측의 우려와는 달리 오라 총관 목극등은 조선과 청의 국경을 압록강, 백두산, 두만강으로 이어지는 경계로 보았다. 다만 목극등은 양국 간의 경계를 정한 뒤, 현지답사에서 입으로 행동하는 모습을 보이는 등 고압적인 자세를 보였다.

목극등은 압록강과 두만강의 정확한 수원처를 확인하기 위해 백두산에 올랐다. 그는 100리가 넘는 산길을 노인이 가기는 어렵다며 조선 측 박권을 따돌린 채 군관 이의복 등 조선의 하급 관리만을 대동하였다. 그리고 이 물이 하나는 동쪽으로, 하나는 서쪽으로 흘러서 나뉘어 두 강이 되었으니 분수령으로 일컫는 것이 좋겠다며 분수령을 정한 뒤, 백두산정계비를 세워 양국 간의 국경을 정하게 된다.

이때 새겨진 비문의 내용이 서쪽은 압록, 동쪽은 토문에 이르며 분수령 상의 돌에 이를 새겨 기록한다는 것으로, 양국 간의 동서 경계는 압록강과 두만강(토문강)을 기준으로 한 것이다.

이러한 목극등의 행동은 후일 양국 간의 국경문제를 야기하는 결정적 계기가 된다.

청국 입장에서 보면 목극등의 경솔한 행동으로 압록강과 두만강으로 양국 간의 국경을 확정한 것은 토문강이라 표현하면서 두만강이 아닌 송화강 지류인 토문강을 가리키는 결과를 가져왔다. 그 배경은 목극등의 현지 조사가 미비했다는 점이 주요한 원인이 되었다. 목극등은 압록강과 두만강의 수원인 백두산을 기점으로 생각한다고 보고 그 정상 부근에 수원이 있을 것으로 생각했다. 그런데 그가 찾은 두만강 지류인 토문강의 흐름이 애매하다는 점이 문제였다.

이 강은 일정 유역에 물이 흐르다가 땅속으로 들어가 물길이 끊어지고, 또다시 얼마 후 물길이 나타나 땅 위로 흐르기를 반복하는 복류천이었다. 그리고 길도 없는 험준한 지형을 쫓아 현지를 다니는 것도 곤혹스러운 일이었다.

목극등은 백두산 동쪽으로 흐르는 수많은 지류들을 모두 조사하지 않고 이것들이 모두 두만강으로 흘러갈 것이라 생각하고는 그중에 하나를 수원지로 선택하였다. 그리고 자신이 수행원과 조선 측의 역관, 군관 등에게 지류를 살피게 하였는데 물줄기가 땅속으로 들어가 흐르고 있다고 생각되는 지점에 목책을 쌓아 경계를 삼게 하였다. 그렇지만 목극등이 두만강의 수원이라고 생각한 지류는 동쪽의 두만강으로 흐르는 것이 아니라 북쪽의 송화강으로 들어가는 물줄기였다.

목극등이 이렇게 생각한 배경에는 백두산 남쪽의 물줄기가 지형적으로 당연히 동쪽으로 흘러갈 것이라고 보았기 때문이다. 이때 조선 측 대표 박권은 임강현 근처에 물이 흘러 들어와서 대홍단수에 모이므로, 분명히 백두산에서 동쪽으로 흐르는 물이니 그것이 진짜 두만강인데 목극등이 찾은 수원은 대홍단수의 상류라고 하였다.

목극등은 박권의 주장에 대해 자신은 조선 사람들과 함께 형세를 자세히 살펴서 수원을 두루 보았는데 이것 외에 다른 물이 없다고 자신의 주장을 관철했으며 다만 땅속으로 물길이 들어가서 수원의 흐름이 끊겨서 모호한 곳에는 목축과 석축으로 한계를 정하는 데 합의하였다.

목극등은 두만강의 발원지로 생각한 토문강의 지류를 끝까지 조사할 엄두를 못 내고 두 나라의 백성이 국경을 명확히 알도록 하기 위해 나무나 흙, 혹은 멀고 가까운 형편에 따라 표를 세우고 조선에서 동지사를 보낼 때 공사의 진척 상황을 보고하라고 말했다. 이때 조선은 목책과 석돈 토죄 등을 쌓아 국경을 정하게 하였다.

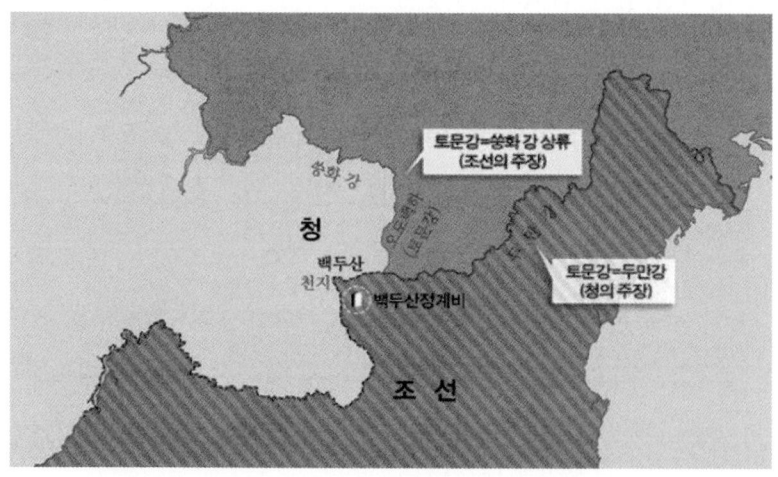

이와 같이 숙종 때 백두산정계비를 세울 때, 논의한 토문강의 위치는 조선과 청 측이 동일한 생각을 가지고 인식한 것으로 보이며 다만 송화강 지류인 토문강은 두만강으로 부르는 혼돈이 있었다.

실제 박권과 목극등 사이의 회담에서 박권은 두만강이라 하고 목극등은 토문강이라고 해서 서로 상이하게 두만강을 호칭했음에도 별다른 논란이 없었다.

원래 토문강은 백두산에서 북쪽의 송화강으로 흘러가는 강이었으니 두만강은 동쪽으로 향하는 전혀 다른 물줄기였다.

그럼에도 백두산정계비를 세울 때 토문강과 두만강을 구분하지 못한 이유는 당시 이 지역에 도회지는 물론 거주하는 민간인조차 거의 없는 황무지였으므로 양국의 입장에서는 경계를 표시하며 분쟁의 소지나 다른 문제가 없을 것으로 생각한 결과였다.

조선은 양국 회담 이후 청국을 상대할 입장도, 압록강과 두만강 경계에 관원을 파견하여 관할할 상황도 아니었으므로 목극등과의 회담 결과를 만족스럽게 여겼다. 또한 백두산정계비에서 말하는 두만강과 토문강이 별개의 것이라고 해도 조선 측에서는 손해 볼 것이 하나도 없었다. 더구나 정계 회담을 마칠 때는 압록강과 토문강 두 강이 모두 백두산의 근저로부터 발원하여 강 남쪽 조선의 경계가 된 지 오래되었다면서 양국 간의 국경을 다짐하기까지 하여 조선으로서는 만족스러운 결과였다. 특히 조선의 입장에서 1712년(숙종 38) 청국과의 회담으로 세워진 백두산정계비는 국경과 영토에 대한 의식을 환기하는 계기가 되었다.

백두산정계비가 설립된 이후, 백두산과 두만강 일원에는 지속적인 인구가 유입되어 토지를 개간하고 산림 부산물을 채취하는 경제 활동이 증가하였다. 그리고 정부에서는 읍치와 진보를 설치하여 자국민을 통제하고 영역을 방어하려고 했던 것이다. 그러므로 이러한 양국 간의 국경회담으로 국경 분쟁이 해소되지 않았다.

더 나은 삶을 살기 위한 백성들의 욕구는 인삼 채취, 동물의 모피, 농지의 개간 등으로 이어져서 조선인과 청국인의 충돌은 지속될 수밖에 없었다. 특히 함경도인들의 두만강 월경 농사가 시작되면서 문제가 확대되었다.

처음 함경도 농민들은 함경도를 주거지로 하고 두만강을 넘어 왕래하면서 농사를 지었다. 그런데 지역 재해에 따라 흉년과 지방관들의 탐학으로 인해 조선 관원의 권한이 미치지 않는 간도로 생활 터전을 옮겨 농사를 짓게 되었다.

1869년과 1870년에는 함경도에 큰 흉년이 들면서 많은 사람이 간도로 이주하였다. 조선 조정에서는 이들의 귀환을 노력했으나 생활 근거를 잡은 주민들이 이에 응하지 않았고 오히려 간도 이주민은 날로 늘어갔다.

시간이 흐를수록 간도의 미개간지는 농경지로 바뀌었으며 조선인의 정착촌과 청국인과의 마찰이 늘어날 수밖에 없었다.

조선의 지식층에서는 숙종 때의 백두산정계비 사건 이후, 자국 영토에 대한 의식이 강화되어 수세적인 영토관이 상고사의 고토 회복이라는 시각으로 만주를 대하게 된 것도 큰 영향을 미쳤다. 영조 간에 편찬된 동국문헌비고의 여지고, 신경준의 강역고 등은 만주를 고조선과 고구려의 활동 영역으로 보고 청나라가 차지한 만주는 회복되어야 할 우리 땅이라는 의식을 보이기까지 하였다.

지식인들의 사고는 국왕에게서도 보이는데 영조는 1739년(영조 15)에 백두산 정계 이후, 관원을 파견하여 백두산 지역을 조사하게 하였으며 1746년에는 청나라의 신증 성경지를 구입하여 만주 일원에 대한 관심을 나타내었다.

1767년(영조 43) 백두산을 국가 제사의 대상으로 삼은 것은 백두산을 조종산으로 보아서 조선의 영토로 완전히 인식한 결과라 할 수 있다. 정계 회담 이후, 조선에서는 북방영토와 국경에 대한 관심이 고조됨과 동시에 이주민이 증가하는 양상을 보였다. 청국에서도 범경한 조선인의 처지를 강력하게 하여 이전과는 변화된 국경 의식을 보냈다.

백두산 정계 회담 이전에는 범경인의 처지를 지방에서 하고 중앙정부에 보고하는 경우였는데 이후에는 중앙정부에 보고하는 사례가 많았다. 그리하여 청국 정부는 책문과 압록강 사이의 공한 지대를 축소하여 책문의 남쪽에 자국인의 농경을 허가하려고까지 하였다.

　조선과 청국 정부에서 백두산을 사이에 둔 양국 영역에서 무엇보다 큰 문제라고 생각하는 것은 시간이 흐를수록 백두선 정계비에 기록된 토문강이 두만강을 의미하는 것이 아니라는 점이었다. 더욱이 조선 정부에서는 두만강과 토문강 사이에 자국민이 정착하여 거주하는 수치가 청국보다 월등히 많았으므로 영토라고 주장할 필요가 있었다.

　이미 몇 세대에 걸쳐 정착한 이주민들에게 있어서 자신들의 생활 터전을 지키기 위한 행동이 나타나게 되었으니 이들의 거주지에 대한 역사적, 지리적 논리가 필요하게 되었을 것으로 볼 수 있다.

　1882년 청국에서는 경원부사 이희영에게 공문을 보내어 조선의 빈민들로서 국경을 넘어와 땅을 차지하고 개간한 자에 대한 조선 정부의 고문을 받아서 세금을 수납하겠다는 내용이었다. 그리고 청국에서는 각 아문이 회답을 받아 길림과 훈춘에 행회하였으므로 길림과 훈춘의 관부에서는 세금 수납을 하지 않을 수 없다고 하여 조선 정부의 결단을 요구하는 것이었다.

　더욱이 길림 장군 명안은 청국 예부에 월경한 함경도 빈민들에게 모두 조선의 공문을 받아서 세금을 바치게 하는 것은 물론 청국의 정교를 따르게 하여 점차 의복까지 청국 색으로 바꾸게

할 것을 보고하기까지 하였다. 이런 청나라의 정책에 조선 정부는 자국민의 귀환이라는 소극적인 대책을 제시할 따름이었다.

청국은 월경한 조선인의 자국 민화라는 적극적인 대책 이외에 이들을 다시 조선으로 돌려보내는 정책도 병행하여 시행하려 하였다. 청국 정부는 월경 조선인을 조선에 돌려보내 줄 것이니 함경도 지방관의 규적을 교부해 달라고 하며 추방책도 겸행해서 거행하려는 의도를 보였다. 이런 청국 정부의 조치는 감계회담이 이루어진 귀환을 요구한 조선 유인들의 거주지는 모두 길림 돈화현인 토문강 지역이었다는 점이다. 그런데 청국 정부는 이러한 강경책을 조선 정부에 요구하는 와중에 유화적인 대책을 병행하였다. 광서제는 길림성에 들어온 조선 유민들에 대하여 이제 관리를 파견하여 조사하고 모아서 돌려보내야겠는데 그 유민의 수효가 많기 때문에 즉시 몰아내 조선으로 보내면 살 곳을 잃고 떠돌아다닐 것 같아서 기한을 넉넉히 주어 생업을 보호하겠다는 뜻을 조선 정부에 전했으며 조선 정부에서는 황제의 하교를 따르겠다는 내용으로 회답하였다.

이와 같은 양국 간의 의견 교환 때문인지 조선 정부는 국경에 대한 적극적인 대행을 거행하였다.

1884년 삼수와 갑수 지역에서 범경한 유인 1,115명을 소환한 것은 물론, 혜산진 첨사 신홍균과 인차외권관 이봉재가 청국비적 6~7천 명을 쫓아내기도 하였다. 신홍균의 군사들이 비적을 몰아냈다는 것은 이들이 압록강을 도강하여 만주에서 활약했음을 보여준다. 당시까지만 해도 압록강 연안에 조선 관원이나 군사가 비교적 자유롭게 왕래했음을 짐작하게 한다. 만약 이곳에 청국 관원이 상주하거나 통치조직이 있었다면 조선 관원이 월강하기 위해 공문을 보내지 않을 리 없다. 그런데 흥미로운 것은 이 시기에 양국 간에 강역 문제를 일으키는 백두산과 두만강 지역을 두고 정상적으로 무역협정이 이루어졌다는 점이다.

양국 간에 감계가 이루어지기 2년 전인 1884년 조선과 청국 길림정부간에는 무역협정이 체결되었다. 당시의 무역 규정은 서북경략사 어윤중과 형부낭중 팽광예가 검토하고 승인한 16개 조항의 길림 조선 상민수시 무역장정이었다.

이 규정에는 양국 간의 무역에 대한 내용도 있지만, 토문강을 비롯한 변경에 대한 내용이 나타나 있다.

2. 어명-이중하의 등장

조선 시대 공조에 두었던 공조참의는 정삼품 당상관으로 정원은 1원이다. 위로 공조판서(정이품) 공조참판(종이품)이 있고 아래로 공조정랑(정오품) 공조좌랑(정육품)각 3원이 있다.

참의는 처음에는 가 조에 각 1원씩 총 6원을 두었다. 1405년(태종 5) 관제개편 때 종래에 두었던 육조참랑 각 2원을 폐지하고 좌, 우참의를 각 1원씩 총 12원으로 증원하였다. 그러나 1434년(세종 16) 무신들을 배려하여 첨지충주부사 4원을 증치하는 대신 좌, 우참의를 참의로 바꾸고 1원으로 감원하였다. 각 조의 참판과 함께 판서를 보좌하면서도 판서와 대등한 발언권을 지니고 있었다.

1884년 이중하는 관직에 나온 지 2년 만에 공조참의가 되었다. 참의는 조선의 정3품 관직이고 각조의 수장인 판서를 보좌하는 보좌관 역할을 하였다. 육조의 판서, 참판, 참의는 모두 당상관에 해당하므로 이들을 삼당상이라 불렀다. 오늘날의 차관 보였다.

1894년(고종 31) 갑오경장으로 종래의 참의, 정랑, 좌랑 등의 직을 폐지하고 각 부서에 참의 10~15인을 두게 되었으나 이름만 같을 뿐 그 성격과 기능은 달랐다. 대표적인 청요직으로 6승지 및 삼사의 장관과 함께 가장 명망 있는 인물들이 임명되었고 또 여기에 임명되면 그 출세가 보장되는 것이나 다름이 없었다.

　이중하는 나이 27세에 1882년(고종 19) 증광문과에 급제하여 홍문관 교리가 되어 공참의가 되어 안변부사로 나가라는 어명을 임금으로부터 받았다.

　원래 홍문관은 궁중의 경서, 사적, 문한, 문서의 관리 및 왕의 각종 자문에 응하는 일을 관장하던 관서로 예조의 속아문이다. 삼사의 하나로 옥당, 옥서, 영각, 서서원, 청연각이라고도 하며 사헌부 사간원과 함께 언론 삼사라고 한다.

　이중하는 왕궁 서고에 보관된 도서를 관리하고 한림 관계의 일을 전공하며 임금의 자문에 응하였다. 조선에서 경전에 나오는 옛사람들이 행한 정치를 연구하고 군주가 어떻게 해야 하는가를 공부하는 것을 중요하게 여겼으므로 홍문관은 조선 정치 기구에서 중요한 위치를 차지하였다. 관원은 모두 문관이었으며 모두 경연의 관직을 겸임하였고 부제학부터 부수찬까지는 모두 지제교를 겸임하였다. 조선 시대 청요직인 상징으로서 정승 판서 등 고위 관리들은 거의 예외 없이 이곳을 거쳐 갔다.

이중하가 홍문관 교리 정5품의 관직으로 왕의 고문을 대비하는 직무를 가지고 있다가 공조참의 정3품 당상관에 해당하는 관직을 받고 2년 만에 안변부사로 나가는 것은 임금의 파격적인 대우가 아닐 수 없다. 그날따라 임금은 신중하게 신하들과 의논한 후, 이중하를 안변부사로 어명을 시행했다. 안변부사는 조선시대 지방 장관으로 정3품의 대도호부사와 종3품의 도호부사를 가리키는 칭호였다. 지방제도로서 변방 및 행정 중심지에 설치한 것은, 1406년(태종 6) 지방 관제를 정비할 때, 안동, 강릉, 안변, 영변 등에 대도호부사를 파견하였다.

이중하는 임금으로부터 어명을 받고 나와 안변으로 떠나갈 준비를 하였다. 삼일 후에는 서울을 떠나 함경도 안변으로 식솔을 거느리고 가야 하기에 무슨 생각이 들었는지 이중하는 하인 한 사람을 데리고 삼전도비가 있는 송파(현재 송파구 삼전도비 공원)로 갔다. 그곳에는 대청 황제의 공덕비가 세워져 있는데 청 제국의 전승비며 송덕비였다.

이중하는 일에 지쳐 고단한 기색이 역력했지만 언제나 마음속에는 장차 나라가 어떻게 될까 생각하였다. 삼전도의 굴욕을 다시 겪지 않아야 할 것이다. 사실 이것이 청나라에는 승전비라고 해도 조선으로서는 치욕의 비가 아닐 수 없다. 그는 이제 이곳을 들러 남한산성 수어장대와 현절사를 둘러보고 서울에서 멀리 떠나 안변으로 가야 한다고 생각하니 이상하리만큼 가슴이 먹먹하였다.

 인간은 마치 찰나와 같은 짧은 순간에 출현하고 흙에서 나서 흙으로 돌아간다는 것을 보면 티끌 같은 존재이다. 이 티끌 같은 존재가 오만방자한 폭력을 행사하여 우리를 낳고 키워준 어머니 같은 조선의 온몸에 시퍼런 멍이 들게 한 저 청나라 오랑캐들이 조선의 역사에 오점을 남겼다. 거기다가 일본이 몰려와 이 땅을 전쟁의 화약고로 만들어 가고 있으니 장차 조선이 어찌 될 것인가.

 이번에 임금이 자신을 안변부사로 나가게 하는 것은 아마도 새로운 경험을 쌓아 다시 궁으로 돌아와 나라와 자신을 도우라는 즉 수탈의 아픔을 극복하며 더 단단해진 현장, 그 위에 부상하라고 한 것인지도 모른다. 그는 2년간 홍문관 교리를 거치며 공조참의가 되어 숱한 관련 책을 펼쳐 보며 지식과 견문을 넓혀 왔다.

 이중하는 자신이 쏟아낸 열기 하나만으로 조선의 아픈 역사를 다 어깨에 짊어지는 것 같았다. 더구나 경험을 통해 세상을 올바르게 보는 것은 그 어떤 조언보다 값진 것이 아닐 수 없다. 직접적인 경험을 통해 자신의 판단력을 갖게 되어야만 남을 의심하거나 절망하지 않은 것이고 시간을 낭비하지 않은 것이다. 그러기에 자신은 다만 자신의 길을 갈 뿐이었다.

  그는 과거의 아픔을 극복해 내고 이겨낸 조선이 지금 다시 청국과 일본에 의해 무너져 내려서는 안 된다고 생각했다. 조선은 그 역사 속에서도 저항하고 맞서며 나라를 지켜낸 백성이 있었기에 이만큼 조선이 명맥을 유지하고 살아있는 것이라고… 그는 한 번 긴 호흡을 하고 나서 삼전도 비문에 손을 갖다 대어 비문을 쓸어내렸다. 청태조 앞에 인조가 머리를 찧고 피를 흘리고 눈물을 흘린 그 장면을 다시 떠올렸다.

  전하! 그는 가만히 임금을 불렀다.

  임금 앞에 부복하고 어명을 받고 궁궐을 나오는 날, 바람이 문풍지를 울릴 때마다 떨어진 낙엽 소리에 달빛이 소리 없이 서럽게 흐르는 것 같았다. 애달픈 닭 울음소리는 그리움과 회한의 눈물이 야윈 가슴을 치며 왈칵 밀려왔다.

3. 삼컨도 비문 앞에서

이중하는 눈시울이 뜨거워짐을 느끼며 한 손으로 옷자락을 움켜쥐고 눈물을 훔치었다.

하인 이새가 눈치를 채고 말했다.

-부사 어른! 우십니까?

-그래, 금방 눈에 티가 들어간 것 같고 해서 말이다.

-부사 어른! 쇤네는 잘 몰라도 부사 어른의 얼굴에 수심이 가득한 것 같습니다. 뭐 언짢은 일이라도 계신가요?

그는 하인 이새의 말을 듣자 주저 없이 말했다.

-이새야! 넌 죽어서 살 것인가, 아니면 살아서 죽을 것인가를 생각해 보았니?

-부사 어른! 그게 무슨 말씀인가요? 쇤네는 아무것도 모르겠습니다.

-이새야! 서로 대립하고 내가 옳으니, 네가 옳으니 싸울 때 말이다. 넌 누구 편을 들겠니?

-부사 어른! 저는 부사 어른 편이지요.

-왜 그렇니?

-부사 어른만큼 가난한 백성을 사랑하는 사람이 어디 있어요?

이새는 세상 사람이 다 아는데 하는 눈치를 보이며 고개를 조아렸다.

-세상 사람이 다 안다고 너도 그렇게 생각하니?

-물론, 그렇지요, 임금님이 부사 어른을 안변으로 보내시는 것도 부사 어른을 장차 크게 쓰시려고 하는 것 아닌가요?

-크게 쓰신다고!

-네, 부사 어른! 쇤네는 잘 모르지만 임금님이 바라시는 생각지 못한 큰일을 하실 것을 압니다.

-큰일이라! 그것이 무엇일까?

이중하는 하인 이새로부터 큰일이란 말을 듣고 그것이 무엇일까 생각해 보았다. 일찍이 주유가 말하기를 하늘이 나를 낳고 왜 제갈량을 낳았느냐고 한탄한 것처럼, 굴원 같은 사람도 그랬다. 너무 고지식해서, 한마디로 융통성이 없어서 옳다고 하다가 결국은 멱라에 목숨을 던져 자신을 나라에 바친 것을 보면 굴원처럼 자신도 그렇게 되지 않는다는 법은 없었다. 또한 광해군도 자신의 왕위를 지키고자 법적 어머니던 인목왕후를 폐하고 덕수궁에 가두었고 선조와 인목왕후의 장자인 영창대군을 잔인하게 죽였다. 영창대군을 유배를 보낸 후, 유배지 방에 불을 때서 증기에 질식하게 하였다. 지나친 광해군의 종친 견제에 대한 인조의 신하(서인)들은 반발하였고 결국 반정을 일으켰다.

이것이 바로 인조반정으로 인조는 왕위에 오르게 된다.

결국 광해군은 제주도로 유배를 가서 거기서 죽는다. 인조는 왕위에 올라 광해군의 중립외교 정책 대신 친명 배금 정책을 썼다. 이는 명과 친하게 지내고 후금을 배척하는 정책이다. 이에 후금은 불만을 품고 1627년 1월 광해군의 원수를 갚는다는 명분을 내세워 조선을 침략한다. 사실 후금은 명나라의 싸움에서 이기려면 조선의 지원이 필요했기에 명나라와 거리를 두고 조선과 후금이 형제 관계가 되길 요구하였다. 이에 조선은 오랑캐라고 부르던 후금과 화친을 맺자 후금은 조선에서 철수하였다. 이것이 1627년 정묘호란이다.

1632년 세력을 확장한 후금이 형제 관계에서 군신 관계로 양국의 관계를 수정할 것을 요구하자 조선은 두 개의 파로 나뉜다.

오랑캐에 당할 수 없다는 척화파 김상헌과 군사력에 강한 오랑캐를 인정해야 한다는 주화파 최명길이 대립하였다. 1636년 후금은 국호를 대청으로 변경하여 청나라로 거듭난다.

이중하는 인조와 조선의 관리들을 보며 다시 한 번 명분보다는 실리를 중요하게 생각하지 않으면 안 된다는 것을 깨닫고 여기에 대한 자신의 결정을 생각하게 된다. 이번에 자신이 안변 부사로 가면 자신이 당할 것 같은 초초함, 그것이 무엇인지 모르면서 임금이 자신을 불러 안변 부사로 백성을 사랑하고 나라의 소임을 다하라는 말에 힘을 준 것이 무엇인가에 대한 고민이 머릿속에서 떠나지 않았다. 그는 한겨울에 맨발로 끌려가 꽁꽁 언 한강 위에서 청나라 황제에게 삼배구고두례(세 번 절하고 아홉 번 머리를 찧는 예) 하는 고종의 모습을 떠올렸다. 마치 이번에도 청국과 일본을 통해서 인조처럼 고종의 머리가 땅에 떨어져 피를 토할 것 같았다. 아마도 하늘이 자신에게 커다란 짐을 내려줄 것만 같았다. 그것이 무엇인지 모르면서 말이다.

지금 서울 송파구 잠실동 47번지(당시 경기도 삼전도) 석촌 호수 서호 언덕에는 대청 황제 공덕비가 서 있는데 이 비는 청제국의 전승비이며 송덕비다. 병자호란 때 승리한 숭덕제가 자신의 공덕을 알리기 위해 조선에 요구하여 1639년(인조 17)에 세워졌다. 지금 이중하는 삼전도비 앞에 와 섰다. 이 비는 1963. 1. 21. 대한민국 사적 제101호로 지정되었다. 이 비는 치욕비, 삼전도의 욕비라고 불린다. 비를 만들 때 이름은 대청 황제 공덕비였다. 청나라가 조선에 출병한 이유와 조선이 항복한 사실, 항복한 뒤 청 태종이 피해를 끼치지 않고 곧 회군한 일 등이 기록되어 있다.

이 비는 청나라 조정의 명으로 조선에서 건립하였다. 비 전체의 높이는 5.7m, 비신의 높이는 3.95m, 폭은 1.4m이고 무게는 32톤이다. 비문은 1637년 11월 125일 인조 15년 이경석이 지었고 글씨는 오준이 썼으며 대청황제공덕비라는 제목으로 여이징이 썼다. 앞면은 몽골글자, 오른쪽은 만주 글자, 뒷면에는 한자로 쓰여있다. 비의 내용은 대략 다음과 같다.

어리석은 조선 국왕은 위대한 청국 황제에게 반항했다.

청국 황제는 어리석은 조선왕을 타이르고 그의 대죄를 납득시켰다.

양심에 눈을 뜬 조선왕은 자신의 어리석음을 반성하고 위대한 청국 황제의 신하가 되는 것을 맹세하였다.

우리 조선은 이 청국 황제의 공덕을 영원히 잊지 않고 또 청국에 반항한 어리석은 죄를 반성하기 위해서 이 석비를 세운다.

삼전도비는 1895년(고종 32) 청일전쟁에서 청나라가 패한 뒤 땅속에 묻혀 있다가 일제 강점기인 1917년 조선총독부가 다시 세웠다. 일본인들이 땅속에 있는 이 비를 다시 세운 이유는 무엇일까? 청나라가 조선에 한 것처럼 일본도 조선에 그렇게 할 수 있다는 의미를 암시한 것이다. 그런데 1956년 당시 문교부가 주도해서 다시 땅속에 묻혔다.

인조실록에는 항복 의식을 끝내고 강을 건너는 인조를 향해 청나라군에게 인질로 붙잡혀 가는 일만여 백성이 울부짖었다고 기록되어 있다.

임금이시여! 임금이시여! 우리를 버리고 가십니까?(인조실록 1637. 1. 30.)

1637년 6월, 청나라는 삼전도에 청태종의 승첩비를 세우라고 하면서 조선이 알아서 비문을 지어 바치라고 독촉하였다. 인조는 할 수 없이 문장에 능한 예문관 이경석(1595~1671)과 신풍부원군 장유(1587~1638)와 부사 조희일(1575~1638), 이경전(1567~1644)을 불렀다(인조실록 1637. 11. 25.). 인조가 그들에게 '여러분들이 비문을 써야겠습니다.' 말했지만 임금의 말에 선뜻 나서는 사람이 없었다. 다들 손을 내저었다. 인조는 당신들이 아니면 누가 하겠느냐고 애원하였다. 그러자 신하들은 핑계를 대며 이경전은 아프다고, 조희일은 문장을 엉망으로 써 위기를 모면했다. 결국 장유와 이경석이 쓴 2개의 비문을 청나라에 보냈다. 그러나 청나라는 장유의 글에서 예법이 맞지 않는 내용이 있다면서 트집을 잡았다.

결국 청나라는 이경석의 글을 받아들였다.

4. 과공비례-과잉 충성

　이중하는 홍문관 제학으로 있으면서 예문관 이경석(1595~1671)에 대한 인조의 하명에 의한 당시의 기록을 자세히 살펴보았다. 그리고 예문관 이경석이 쓴 삼전도 비문 앞에 와서 그가 쓴 비문의 내용을 읽었다.

　인조는 나라의 존망이 이경석에게 있다고 그에게 매달렸다. 병자호란 후 급변하는 국제질서와 사회질서를 반영하는 이념의 투쟁이자 정론 대립이란 것을 가슴 아파하지 않을 수 없었다. 다들 그 자리에서 병을 핑계하거나 문장을 그르쳐 그 자리에서 벗어나려고 하는 마당에 자신을 붙들고 애원하는 인조를 이경석은 차마 뿌리칠 수가 없었다. 당장은 위기를 잘 마무리하여 충신이 될 수 있지만 나중에는 이 사실을 들어 역적으로 몰아 처참하게 짓밟는 위정자들에게 꼼짝없이 당하게 될 것이다.

　과공비례! 무슨 뜻일까? 이경석은 과잉 충성했다는 것이다. 그 일로 절대 칭찬을 받을 수 없다는 것이다. 예문관 이경석은 도마 위에 올랐다.

이경석은 전주 이씨, 조선의 2대 임금인 정조(1398~1400)의 10번째 아들인 덕천군 이후생(1398~1465)의 6대손이었다. 그러니 인조 앞에서 빼도 박도 못했다.

인조가 말하기를 '오늘은 저들의 말대로 하세! 나라의 존망이 달려 있네. 지금은 후일을 도모할 때일세'라며 그를 설득하였다. 이경석은 청나라의 협박에 안절부절못하는 인조를 보면서 말했다.

-군주의 욕됨이 이렇게까지 되었다니요, 이 한 몸을 돌볼 수 없습니다.

꾹 참고 명을 받들겠다고 승낙을 했다.

1638년 삼전도의 비문이 완성되었다.

조선이 상국(청나라)에 죄를 지은 지 이미 오래되었다. 그런데 우리나라가 미욱하여 깨달을 줄 몰랐다. 이렇게 비문을 고친 이경석은 글을 배운 것을 후회한다며 한탄했다(박세당의 서계집).

이경석이 청나라에 끌려간 척화파 인물들의 구명 운동을 벌이는 가운데 1650(효종 1년)년에는 주목할만한 사건이 터졌다.

청나라가 막 즉위한 효종(1649~1659)의 북벌 계획을 눈치챘다. 청나라는 펄펄 뛰며 사신 6명을 파견했다. 조선에서도 난리가 났다. 자칫하면 임금(효종)이 또 치욕을 당하는 일이 벌어질 것 같았다. 이경석은 사신을 맞아 북벌 계획은 자신의 과실이고 임금과 다른 신하들이 알지 못한다고 주장했다. 청나라 사신들은 이경석을 보고 동국(조선)에는 오직 이정승 한 사람이 있을 뿐이라고 덮어 버린 것이다(연려신기술). 이경석은 모든 죄를 뒤집어쓰고 백마산성(평북 의주)에 위리안치되었다. 임금 대신 처벌을 받았다. 그는 3년 뒤인 1653년(효종 4)이 돼서야 사면을 받아 영중추부사로 임명되었다.

1668년(현종 9) 74세가 된 이경석에게 불똥이 뛰었다. 이경석은 영예인 궤장을 하사받았는데 궤장은 나라에 공이 많은 70세 이상의 늙은 대신에게 내리던 궤(몸 받침대)와 지팡이를 말한다. 당시 축하연에서 송시열(1607~1659)은 축하 글을 지어 이경석의 행적을 칭송했다.

병자호란 때 영리한 자들은 팔짱을 끼고 물러섰지만, 공만 홀로 생사를 돌보지 않고 나라가 무사하게 되었다.

공은 하늘의 보유를 받아 오래살고 편안했다.(壽而康)

그런데 여기 수이강이 뭐냐?

송나라 한림학사 손적(1801~1869)을 일컫는 표현이다. 손적은 송나라가 금나라에 멸망한 뒤 송나라 황제를 대신해서 항복문서를 지었다. 그런데 이 항복문서가 오랑캐에 대해 지나치게 칭송했는데 바로 이것 수이강이 오래 살고 편안하다는 뜻의 비웃음이다. 송시열은 이경석을 칭찬하며 수이강으로 비난하는 것이었다. 그러나 이경석은 반격을 하지 않았다. 3년 후 이경석은 1671년(현종 15) 세상을 떠났다. 그 후, 소론 박세당(1629~1703)이 죽은 이경석을 위한 신도비문을 찬술하며 역시 고인이 된 송시열(1689)을 맹비난하였다.

박세당은 이경석을 착한 군자를 뜻하는 봉황으로, 송시열은 그런 군자를 꾸짖고 괴롭히는 올빼미로 묘사했다. 시경에 따르면 올빼미는 어미 잡아먹는 아주 나쁜 새로 인식되어 있다. 그러자 송시열의 추종자들은 벌떼같이 일어났다. 이경석은 뜻을 다해 청나라 오랑캐를 찬양했지만 송시열은 춘추대의에 따라 효종의 북벌론에 몸을 바쳤다(숙종 1703년 4월 17일)며 이경석을 비난했다. 당시 집권당은 노론이었는데 임금 숙종(1574~1720)이 집권당 노론의 손을 들어 줌으로써 노론의 완승으로 끝났다. 숙종은 박세당이 작성한 이경석 신도문은 물론 박세당의 저작물 사변록까지 불태우라고 하명을 내렸다.

1703년(숙종 29) 이경석의 손자 이하성이 할아버지를 변호하는 상소를 올린다.

그러나 사관은 이렇게 썼다.

이경석이 비문을 지은 것도 마지못해 한 일이다. 그러나 뜻을 포장하여 오랑캐의 공을 칭송하였으니 이경석에게 일생의 오점이 되었다(숙종실록 1703. 5. 21.).

이중하는 여기까지 이경석을 탓하는 조선 정부 관리의 모습을 보며 그렇다면 어떻게 하면 칭찬을 받을 수 있을까 하고 반문하였다. 마치 자신이 당하고 있는 그런 처지와 상황이었다.

너희 중에 죄 없는 자가 먼저 돌로 치라(요한복음 8:7)

5. 남한산성에 올라

 이중하는 이경석이 나라의 존망을 위기에서 구했는데도 너무 청국을 수이강으로 대했다는 논란 속에서 비웃음을 산 것을 생각하여 하인과 같이 길을 재촉하여 남한산성을 찾아 올라갔다.
 남한산성은 조선 시대 산성으로 기운은 통일 신라 문무왕이 주장성(672)의 옛터를 활용하여 조선 인조 4년(1626) 대대적으로 수축했다. 그런 가운데 인조는 성과 축성에 유럽의 화포를 도입해서 장정해 놓고 수어사 이시백을 통해 군사를 수시로 방문, 수어장대를 오르며 사열을 받은 것이다.
 성벽을 따라 올라가니 억새풀이 하얀 꽃을 피우며 억새가 바람에 움직이며 군무를 추고 있었다. 동네 공원이나 천변에도 억새꽃이 피지만 진짜 장관을 보려면 산을 올라야 한다는 것을 알았다. 이중하는 하인 이새와 같이 남한산성 정상을 향해 걸어 올라가며 백성을 살리는 길이 무엇인가를 생각하였다.
 고종이 청, 일, 러, 미국과의 사각지대에서 어려움을 견디는 것이 너무나 안쓰러웠다. 임금이 혼자서 엄두를 내지 못하면서도 방법을 찾으려고 갈팡질팡하며 힘들어하는 것이 저절로 눈에 비추어졌다. 임금 옆에 많은 관료들이 있지만 모두가 제 살기 바빠 서로의 눈치를 보며 자리보전하기만 바빴다.

이중하는 얼굴에서 나는 땀을 옷소매와 수건으로 닦으며 북문과 서문을 지나 수어장대를 향해 걸어 올라갔다.

그때 이중하의 마음을 알고 있다는 듯 하인 이새가 말을 했다.

-부사 어른! 힘들지 않으세요?

-이새야! 그렇구나. 힘이 드는구나. 그러니 이곳을 지키는 군사들은 어떠할꼬! 매번 이곳을 오르락내리락하며 순번을 서야 하니 그것도 마음에 걸리는구나. 이제 더 이상 임금의 그 환한 얼굴을 볼 수가 없어 마음이 먹먹하구나.

-부사 어른! 혼자 걱정한다고 되는 것이 아니니 건강해야지요. 쉰네가 무얼 알까마는 부사 어른의 거동이 불편하신 것 같아 몸 둘 바를 모르겠습니다.

-이새야! 지금 내가 임금의 환한 얼굴을 볼 수가 없어 마음이 먹먹하다고 말했지!

-네, 부사 어른!

-이새야! 사람이 대업을 이루는 것은 사람의 힘으로 이루어지는 것이 아니다. 하늘이 도와야지! 누구나 한평생 살다가도 고령에 이르면 노환과 질병으로 병치레하게 되어 주기적으로 의

원을 찾아야 하지!

　이 말을 하고 숨을 한번 쉬고 나서 하늘을 바라보았다. 갑자기 우울, 불면, 분노, 불안, 관계 갈등, 트라우마, 거기다가 사별과 애도 등 심리적 문제가 한꺼번에 밀려왔다. 그는 이 모든 것을 감추려고 태연한 자세를 취하며 엄중하게 말했다.

　-이새야! 너도 이번에 내 부모님을 모시고 내가 다시 돌아올 때까지 따뜻한 손길로 필요한 것을 도와드려라. 집을 나서 어려운 이웃을 보면 그들에게 필요한 것을 주어 구제하도록 해라.

　-부사 어른! 쇤네가 힘을 다해 부사 어른 대감마님을 돌봐드리겠습니다.

　-이새야! 그래, 고맙다. 옛말에도 광에서 인심이 난다고 하였으니 우리가 조금 못 먹어도 굶고 사는 어려운 백성에게는 쌀 한 줌이라도 내어 주어 죽이라도 쑤어 먹게 한다면 그들에게는 아주 큰 보탬이 되지!

　-부사 어른! 염려 마십시오. 산 입에 거미줄을 치겠어요.

　이 말을 하고 힐끗 부사의 얼굴을 보며 웃었다. 마치 주인과 하인이 흔들리지 않은 마음으로 맹세를 하는 것 같았다.

　-그래, 다음에 만나면 오늘 우리를 어떻게 바꾸어 놓을까?

　이중하는 하인과 같이 남한산성에 올라 한강이 내려다 보이는 정상에서 임금이 있는 한양을 바라보았다. 임금이 궁궐에 있지만 과거의 아픔을 극복하고 또 한 번 전란을 맞을 것 같았다.

　시간이라는 객관적 실제가 보고 듣고 만지며 느끼고 해석하는 경험의 정도가 사람마다 다른 만큼 여러 주관적인 시간들이 있을 뿐이다. 그는 그제야 임금이 있는 궁궐을 향하여 머리를 숙이고 인사를 올렸다.

　전하! 만수무강하소서! 넋이라도 하마 전하를 잊으리까! 하고 눈물을 흘렸다.

6. 수어장대-무망루

　수어장대는 산성 안에서 최고봉인 일장산 꼭대기에 자리 잡고 있어서 성 내부와 인근 주변까지 바라볼 수 있었다. 이곳은 병자호란(1636) 때 인조(재위 1623~1649)가 직접 군사를 지휘하여 청나라 태종 군대와 45일간 대항하여 싸운 곳이기도 하다. 처음에는 1층 누각으로 짓고 서장대라 불렸으나 영조 27년(1751)에 이기진이 왕의 명령으로 서장대 위에 2층 누각을 지었다. 건물의 바깥쪽 앞면에는 수어장대라는 현판이, 안쪽에는 무망루라는 현판이 걸려있다. 무망루란 병자호란 때 인조가 겪은 시련과 아들 효종이 청나라에 대한 복수로 북쪽 땅을 빼앗으려다 실패하고 죽은 비통함을 잊지 말라는 뜻에서 붙인 이름이다.

　원나라를 멸망시키고 세운 명나라(1368~1644)는 우리 조선의 출발(1392 이성계가 건국)과 함께했다고 해도 무방하다. 당시 명나라와 조선은 군신 관계였지만 1636년은 명나라의 쇠퇴기였다. 남한산성은 힘없는 우리 선조들의 시대변화를 읽지 못한 판단 착오라고 볼 수 있다.

1592년 임진왜란 때 선조는 의주로 도망가기에 바빴다. 그 와중에 아들 광해는 도망간 선조를 대신해 민심을 수습하고 왜군에 대항하기 위해 군사를 모집하는 등 백성들의 사랑을 독차지하였다. 질투 많고 무능한 왕으로 둘째가라면 서러운 선조는 평소 아들 광해를 싫어했다. 그러나 후계가 마땅치 않은 상황에서 어쩔 수 없이 광해에게 왕위를 물려주고 세상을 떠났다.

광해가 왕이 되고 대동법과 호패법을 실시하고 명과 청 사이에서 중립외교를 펼쳤으며 창덕궁과 경덕궁을 중건하는 등 많은 업적을 이룬다. 그러나 서인들은 광해의 중립외교를 비난하고 친명배청(친명배금) 정책을 펼치며 결국 임진왜란 때 조선을 도와준 명나라의 은혜를 어찌 저버리고 오랑캐 나라를 섬겨야 하느냐며 드디어 서인 세력이 인조반정을 일으켜서 광해군을 몰아내고 조카 인조를 왕으로 세웠다.

인조(1595. 12. 7.~1649. 6. 17.)는 누구인가? 인조는 조선의 16대 왕이다. 황해도 해주에서 태어나 인조반정에 성공하여 광해군을 몰아내고 왕위에 올랐으나 최악의 군주로 알려져 있다. 연산군을 폐위시킨 중종반정과 함께 역사 속에서 가장 포악하고 황음무도한 패륜아로 기록되어 있다.

먼저 중종은 반정을 몰랐다가 신하들에 의하여 왕이 됐고 인조는 반정에 스스로 가담하여 광해군을 폐위시킴으로 반정이 성립되었다. 인조는 선조의 서자 13명 중 정원군의 아들이다. 중종은 정현왕후의 소생으로 성종의 3번째 아들로 혈통적 명분이 충분하다.

인조 2년 (1624) 이괄의 난 때 목숨을 잃은 한 명령의 아들 한윤이 대금으로 도망쳐서 누르하치의 대를 이어 황제에 오른 홍타이지를 만나 인조반정의 부당성과 광해군의 억울함을 주장하였다. 사대주의로 일관하는 인조 정권에 불만을 느낀 청은 1627년 군사를 일으켜 조선을 침공한다. 인조 5년 정묘년 1월에 일어난 정묘호란이다.

이때 강홍립이 길을 안내한다. 강홍립은 광해군 10년에 벌어진 명나라와 대금의 전쟁에서 파병한 조선군의 장수로 명나라에 출병하기 전, 전면전을 피하고 조선군의 피해를 최소화하라는 광해군의 밀지를 받고 그는 심하 전투에서 대금에 투항한다.

광해군은 명과 후금 사이 중립 외교로 내정 실패로 무너졌다. 그 원인은 일본국과 국교를 재개한 현실주의자로 명나라를 주무르며 후금과도 화친한 것에 있었다. 무리한 궁궐 공사로 재정이 밑바닥이 드러났으며 독선과 아집에 신하들은 등을 돌렸다. 내치가 흔들리면 외교도 소용없다고 그 진영에 매몰되다 보니 앞날이 안 보였다.

당시 청나라는 우리 조선에 군신 관계를 요청해 왔다. 눈치 없는 조선의 인조와 신료들은 서인이기 때문에 청나라에 굴욕을 당하는 신세가 된 것이다. 결국 남한산성에 갇혀 47일간 저항하다가 1636년 삼전도 굴욕인 병자호란을 맞게 된 것이다. 청의 예법에 따라 인조는 삼배구고두례를 행한다. 얼음 바닥에 머리를 계속 찧은 인조는 이마에 피가 흥건하였다. 결국 인조의 맏아들 소현세자는 청나라에 인질로 잡혀간다.

　이후 약 8년간의 청나라 인질 생활 동안 소현세자는 선진 서양문물을 받아들이고 뛰어난 외교사절 역할을 한다. 조선에 돌아온 소현세자는 청나라에서 겪은 경험과 신진 문명을 도입하고자 했지만 인조는 소현세자를 못마땅하게 여기고 대립한다. 1645년 음력 2월, 귀국한 소현세자는 음력 4월 6일 죽게 되는데 독살 의혹과 그 배경에 인조가 있다는 강한 의구심이 든다.

　중국 명나라와 청나라가 우리 조선의 붕당정치에 선조, 광해, 인조, 소현세자까지 숨겨져 있는 역사적 사실을 알면 그저 슬프기만 하다. 당시 인조가 청에게 굴복, 한겨울에 꽁꽁 언 한강(잠실교 부지) 위를 맨발로 끌려가고 그 한강 위에서 맨발로 청 황제에게 무릎을 꿇었다는 것은 생각만 해도 치가 떨리지 않는가?

7. 현절사-충신들 앞에서

이중하는 하인과 같이 수어장대를 내려와 영춘정, 남문, 산성 로타리를 거쳐 현절사 사당으로 갔다. 이곳은 조선 후기 병자호란의 삼학사인 윤집, 오달제, 홍익한의 넋을 위로하고 그 충절을 기리기 위하여 세운 사우이다.

삼학사는 1637년 병자호란 때 조선이 청나라에 항복하는 것을 반대하고 척화를 주장했다가 청나라에 잡혀가 참혹한 죽임을 당했던 척화파 강경론자 세 사람이다. 교리 윤집. 홍문관 수찬 부교리 오달제. 평양시윤 홍익한. 이들 세 사람은 병자호란 때 청나라를 오랑캐라고 하여 끝까지 주전론을 주장했다. 인조가 삼전도에서 청태종 숭덕제에게 항복한 후, 척화파로 심양으로 잡혀가 피살되었다. 그들의 사상은 전통적인 주자학의 입장에서 서 있는 것으로 충국애국의 사상에는 명나라에 대한 모화사상이 밑받침되었다.

나중에 청태종으로 즉위한 홍타이지는 조선 삼학사의 높은 절개를 기리기 위해 선양에 사당과 비석을 건립할 것을 명령했으며 삼한산두라는 휘호를 내렸다(1932년 삼한산두라고 새겨진 비석이 발견되면서 선양 춘엘 공원에 삼학사의 유적비가 복원되었다).

조선에서도 남한산성에는 삼학사를 모신 사당인 현절사가 설치되어 있다. 음력 9월 10일에는 삼학사를 기리는 제례를 연다. 송시열은 1671년 지은 저서 삼학사전을 통해 삼학사의 업적을 찬양했다. 사우 건립은 1681년 교리 이사명의 발의와 지평 조지겸의 찬동으로 비롯되었다. 조정에서 광주 유수에게 유수부의 재정으로 건립하게 했으나 재정 조달이 여의찮아 1688년에야 완공되었다.

1693년(숙종 19) 현절사라 사액이 내려졌다. 1711년(숙종 37)에 척화파의 대표이던 좌의정 김상헌과 인조의 항복 당일 자결을 꾀하였던 이조참판 정온을 추가로 입향했다. 이때 사우에 물이 차고 장소가 좁다는 여론에 따라 현재의 위치로 옮겨 중건했다. 춘추의 제향이나 사우 운영경비는 모두 국가에서 지원했다. 1871년(고종 8) 흥선대원군이 서원철폐에 대해서 제외되어 현재까지 당시의 모습을 이어가고 있다.

사당은 정면 3칸, 측면 3칸의 크기며 맞배지붕을 하고 있다. 사당의 출입문은 외문과 내문 모두 삼문이 아닌 단칸인 일가문

형식을 하고 있다. 부속 건물로 동재와 서재를 갖추고 있다.

이중하는 사당 안으로 들어가 머리를 조아렸다.

삼학사! 이들이 아니면 조선이 명맥을 유지하여 왔을까 하는 생각이 들자. 자신이 이런 형국을 피하란 법이 없을 듯하여 머리가 섬뜩하였다.

임진왜란 때는 붕당(동인 서인)으로, 병자호란 때는 척화니 주화니 하며 서로 상대를 제압하여 싸웠다. 그러다 보니 척화파 대표인 예조판서 김상헌과 주화론을 주장한 이조판서 최명길의 대립은 숙명의 한판 대결을 보내야 했던 것이다.

최명길(1586. 10. 7.~1647. 6. 19.)은 본관은 전주, 자는 자겸, 호는 지천, 창랑 시호는 문충이다. 1627년(인조 5년) 정묘호란이 발생하자 그는 이조판서로 강화도의 허술한 성벽과 수비조차 박약한 위험 속에서 강화에 앞장섰다.

조선군의 수적 열세와 기마병과 보병의 전투에서 분명히 불리하다는 점과 산악지대 전투에 능한 자들인 것을 들어 사사로운 명분으로 국토가 유린되어서는 안 된다고 주화론을 주창했다.

여기에 척화파 예조판서 김상헌(1570. 6. 3.~1652. 6. 25.)은 분명 청은 오랑캐 나라이니 화친해서는 안 된다고, 우리 모두가 죽더라도 끝까지 싸우자고 최명길과 맞섰다. 김상헌은 본관이 안동 자는 숙도 호는 청음 시호는 문정이다. 척화대신으로 이름이 높았다. 그는 죽기를 각오하고 최명길과 인조 임금 앞에서 말다툼으로 싸웠다.

 김상헌-어찌 경은 죽기를 거부하오! 청군에게 항복하여 목숨이라도 구하자니 이게 될 말이오!
 최명길-비굴할망정 일단 살고 나서야 후일을 도모할 일이 아니오!
 김상헌-경은 죽는 것보다 일단 살아나고 봐야 한다는 절박한 주장 또한 물리치기 어려운 것도 사실이나 너무 비굴하지 않으오이까!
 최명길-청나라에 대해서는 감정적인 반발보다는 화친 관계를 통해 실력을 쌓을 것과 유연한 외교관계를 유지하여 충돌을 피하고 우리의 입장과 이익을 지켜야만 하외다.

 두 사람은 서로 격렬히 비난하며 언성을 높여가며 인조 임금 앞에서 실랑이를 벌였다.
 -전하! 후금과의 관계를 끊고 끝까지 죽음으로 싸워야 합니다.
 -전하! 아니 되옵니다. 대세가 이미 기울었으니 후금을 맞아들여야 합니다.

인조는 이럴 수도 저럴 수도 없었다.

인조는 와신상담해서 치욕을 씻고 싶었으나 두 신하 사이에서 갈팡질팡했다. 결국 임금은 눈물을 흘리며 최명길에게 항복문서를 쓰게 하였다.
-전하! 그럴 수는 없습니다. 통촉하소서!
김상헌이 말했다.
결국 인조 임금이 항복하는 쪽을 택하자 최명길은 항복 문서를 직접 작성하였다. 이를 본 김상헌은 달려들어 항복문서를 갈기갈기 찢고 말았다. 그때 최명길이 찢어진 종이들을 모아 다시 풀로 붙였다. 그는 항복 문서를 찢는 사람도 없어서는 안 되지만 항복 문서를 다시 붙이는 사람도 마땅히 있어야 한다면서 찢긴 문서를 온전하게 붙여서 청군에게 보내었다. 이 일로 인조는 무릎을 꿇고 항복하여 목숨은 건지게 되었고 조선이라는 나라는 세기의 치욕을 당하고 말았다.
김상헌은 항복문서를 찢고 통곡하였다. 항복이 정해지자 6일 동안 식음을 전폐하고 교수 자살을 시도했으나 실패하였다. 그는 인조가 청 태종 앞에 삼전도 굴욕을 당할 때 인조를 따라가지 않고 남한산성 뒷문으로 나가 안동의 학가산에 들어갔다. 그러다 보니 사헌부 장령 유석 등으로부터 김상헌이 혼자만 깨끗

한 척하며 임금을 팔아 명예를 구한다 라는 내용의 탄핵을 받았다. 그러나 인조는 받아들이지 않고 곧 조정에 다시 들어오라는 명을 내렸으나 조정에서 군대를 보내 청이 명을 치는 것을 돕는다는 말을 듣고 의연히 반대하였다.

1639년 그는 청나라가 명나라를 치기 위해 요구한 출병을 반대하는 상소를 올렸다가 청나라의 거듭된 요구로 1640년 심양으로 압송되었다. 만주 심양 감옥에서 4년 그리고 평안도 의주 감옥에서 2년 옥고 후 6년 뒤에야 완전히 풀려났다. 심양에 잡혀 있을 때 여진족은 수시로 회유하였으나 그는 강직한 성격과 기개로서 청인들의 타협 요구를 거절하고 끝내 조금도 굽히지 않았다. 청나라 사람은 그를 의롭게 여기고 칭찬해 말하기를, '김상헌은 감히 이름을 부를 수 없다'라고 했다.

이런 난감한 일이 세상에 어디 또 있겠는가? 일에는 옳은 일 아니면 그른 일, 즉 시비가 있기 마련인데 어떤 경우 이 일도 옳고 저 일도 옳은 경우의 처신이 어렵다는 것이 세상의 이치다. 문명국 조선의 국왕이 어떻게 야만족인 청의 임금에게 항복을 하느냐는 김상헌 척화파들의 주장과 생명을 살려 후일을 도모하자는 최명길 등의 주화파 주장 또한 그르다고 말할 수 없다.

전쟁에 지고 척화파들은 모두 청국의 심양으로 끌려가 감옥에 갇히고 만다. 늙은 신하 김상헌은 조국을 떠나면서 시 한 수를 남겼다.

가노라 삼각산아 다시 보자 한강수야
고국산천을 떠나고자 하랴마는
시절이 하 수상하니 올동말동하여라.

김상헌은 청나라에 잡혀가서 최명길과 북관에서 사형수를 수감하는 독방에 갇혔는데 공교롭게도 옆방에 최명길이 있었다. 최명길은 청에 항복하면서도 명과의 내통, 반청 행위를 하였다는 죄목으로 압송되었다. 그런 김상헌이 같은 감방에 사이를 두고 얼굴을 마주 보며 화해를 하였다. 가는 길은 방법이 달라도 목적은 하나였기에 그들도 나라 사랑이 어찌 이에 못지않으리라.
  김상헌은 다시 시를 읊었다.

이제야 서로 우정을 되찾으니
문득 백 년의 의심이 풀리는구나.

그러자 최명길도 다음과 같이 시를 읊었다.

그대 마음은 돌 같아
끝내 돌이키기 어렵지만
내 마음은 둥근 고리 같아
때로는 돌아간다오.

이때 심양에 잡혀가 감옥에 함께 있던 백강 이경여(1585~1657. 영의정)가 두 사람을 화해시킨 것이다.

이노경권각위공-두 노인의 경, 권이 각기 나라를 위함이라.
경천대절제시공-하늘을 떠받친 큰 절개요, 한 시대를 건진 큰 공이죠.
여금난만동귀지-이제야 순리 따라 저절로 함께 생각이 같아졌지만
구시남관백수옹-모두가 심양난관의 백발 늙은이가 되었네.

이경여의 중재는 우리나라 척화파와 주화파가 현실적 자강론으로 나아가는 길을 열어 놓았다. 두 분이 감옥에서 다투는 대신 진정으로 화해를 맺는 처지가 되었다며, 두 사람은 자신의 의사를 전달해 나라와 백성을 위한 일이었다며 서로를 이해하게 되었다고 하였다.

이경여는 본관이 전주, 자는 직부, 호는 백강, 보암, 시호는 문정, 세종의 7대손으로 조선 최고의 명문가문의 후손으로 인조가 죽고 효종이 즉위하자 효종에게 북벌 관련 상소를 올렸던 인물이다. 그가 김상헌과 최명길의 대화를 세상에 알린 것이다. 두 노인의 정도와 권도 공을 위한 일이었으니, 하늘이 내려준 대절, 시대를 구제하는 공로였노라고 하였다. 일체의 사심을 버리고 척화나 주화가 모두 나라와 백성을 위한 공심에서 나온 일이었기 때문에 두 주장이 모두 옳아 그들은 어렵지 않게 마음을 풀고 화해를 할 수밖에 없었다는 뜻이었다.

이경여 가문에서는 학문과 현실을 융합하고 실천하여 3대 연속 문형, 6 정승, 9 판서를 배출하였다. 이들 실사구시의 가풍은 집안의 흐름인 현실 자강론과 관계가 깊다.

옛 영토를 수복하고 나라를 지키기 위해서는 과학 기술이 발달이 선행되어야 하며 북벌을 위해 현실적인 과학과 기술이 더 필요했다. 손자 이이명은 청나라 북경과 포함된 북방지도를 세밀하게 그렸다(최명길은 주화의 입장을 내세우며 조선을 구하고 전쟁 확대를 막았지만, 조선이 망할 때까지 대한제국의 국치 주범이라는 오욕을 당했다. 그러나 그는 전쟁에 잡혀간 부녀자들이 돌아와 환향녀라며 손가락질당하고 이혼소송이 속출되었을 때 이를 반대한 것도 사대부들에게 찍히는 요인이 되었다).

한편 부여군 규암면 진변리 백강 마을에는 1719년(숙종 45)에 부산서원을 세워 이경여와 김집(1574~1656. 이조판서)의 학문과 덕행을 추모하고 있다.

김상헌은 소현세자와 귀국하여 1652년에 죽었는데, 명나라는 없어졌지만 조선은 오랑캐 청나라가 아니라 성리학의 모범국인 명나라의 사상적 이념적 정통을 이어받았다고 해서 그의 묘비에는 다음과 같은 절의 시가 쓰여있다.

지성은 금석에다 맹세하였고
대의는 일월에다 매달았다네
중략,
옛 도에 합하기를 바랐건마는
오늘날에도 도리어 어긋났구나.
아아 백대 세월 흐른 뒤에는
사람들이 나의 마음을 알아주리라.

이중하는 한참 동안 사당을 떠나지 못하고 하염없이 흐르는 눈물을 옷자락으로 닦으며 통곡하고 싶었다.

일이란 옳은 일 아니면 그른 일이 언제나 시비로 나뉘지만, 더

러는 둘 다 그른 양비가 있고, 둘 다 옳은 양시가 있다.

 백이숙제가 무왕의 말고삐를 붙들고 신하가 임금을 쳐서야 되느냐고 간곡히 만류할 때, 백이숙제는 옳기만 했고, 도탄에 빠진 나라를 구하기 위해 잘못된 임금을 방벌하는 무왕의 일 또한 옳기만 했다. 그게 바로 시비가 아닌 양시였다.

 이중하는 과연 자신도 공심으로 싸우고 극한적인 대립과 정치싸움에서, 김상헌과 최명길의 싸움처럼 사심과 당심을 버리고 나라와 백성을 위해 싸운다면 자신을 희생할 것이라고 굳게 마음을 먹었다. 그런데 여론과 벗어난 최명길의 발언에 사관은 이렇게 남겼다.

 삼한을 들어 오랑캐로 만든 자는 명길이다. 통분함을 금할 수 있겠는가(인조실록 16년 3월 11일).

8. 안변 부사-이중하

안변은 지형과 해류의 영향으로 고위도에 위치해 기온이 비교적 높다. 대개 10월은 최고 11도, 최하 1도, 12월에는 -4도 이하로 내려간다. 기후는 해양성 기후의 특징이 많이 보이는 지역에 속한다. 안변 남대천과 학천수 골짜기를 따라 육지 깊이까지 동해의 영향이 미친다.

해마다 6월 말이면 찾아오는 이른 장마와 태풍, 강수량 등 강수로 인한 논밭 침수, 강풍 피해 발생은 남한에도 영향을 줄 만큼 임진강 상류 지역은 나무가 쓰러져 교통과 보행에 피해를 준다. 기록적인 폭우는 전국적인 산사태 홍수, 인명 피해도 이어져 큰 피해를 낳는다. 당시는 지금의 기후 온난화로 인한 과학적으로 그 원인을 확인하지 못했으니 지구 평균 기온이 1도씩 상승할 때마다 강수량은 약 2-4도 증가 할 수 있다는 것도 몰랐고 거기다가 인간 활동에 따른 에어로졸 배출의 증가로 장마 수량을 감소시키는 경향을 알지 못했으니 그저 자연적인 원인으로 강수(비가 많이 오고 적게 오는) 변동이 인간 활동과 같다고 말할 것 같았다.

  장마는 여름철에 열대 수증기와 강수대가 확장되어 나타나는 계절 현상이다. 6월에 아시아 대륙이 가열되면서 지표면에 저기압이 발달하여 장마가 시작된다. 해양 위도는 고기압이 형성되고 해수면의 수증기를 많이 포함한 공기가 대륙의 저기압 중심부로 이동한다. 일반적으로 장마철의 평균적인 대기 상태는 여름철 아시아 대륙에 저기압 북서 태평양에 아열대 고기압이 형성되어 고기압 가장자리를 따라 열대의 따뜻하고 습윤한 공기가 한반도 쪽으로 유입된다. 이 공기는 북쪽 오호츠크해 지역에 형성된 고기압을 따라 유입되는 차고 건조한 공기와 만나 한반도와 일본에서 강우 전선을 형성한다. 대기 상층 체류는 대기 불안정을 유발해 작은 규모의 대기요란이 생기고 습한 적도 공기를 한반도로 유도하여 국지적 강수를 강화한다.

  이중하는 이만큼 안변이 중요한 지역으로 정치에 한치의 소홀함이 없어야 한다는 것을 알았다. 그는 떠나기 전 안변에 대한 세밀한 조사를 통하여 잘못하면 파국으로 내몰리는 상황이 오지 않는다고 장담할 수 없다고 생각하였다.

  안변 부사는 조선 시대 지방 관리직으로 1406년(태종 6) 지방 관제를 정비할 때, 안동, 강릉, 안변, 영변 등에 대도호부사를 파견하였다. 고려 이후 태조 3년(920년) 등주로 개칭되었고 그 후

1018년(헌종 9) 안변도호부로 개칭했다.

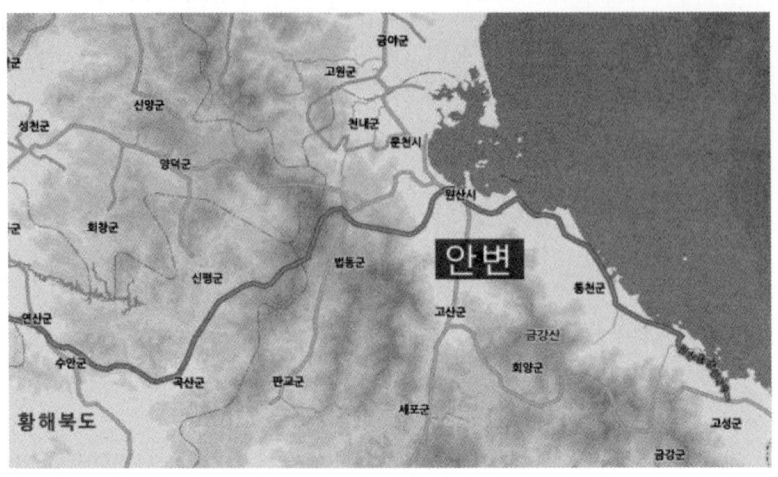

1415년(태종 15) 종래의 군으로서 1,000호 이상인 고을을 일괄적으로 도호부로 승격시켜 도호부사를 파견했다. 조선 시대에 여러 차례 도호부에서 대도호부로 승격 또는 강등을 거듭하다가 1872년에 이르러 함경도 안변군으로 되어 세청사, 영춘사, 신리사, 모치사, 위익사, 문산사, 방화산사, 서곡사, 영풍사, 사등사, 상동사, 하도사, 학포사 등 13개 사를 관찰하였다.

1895년에 부군제를 실시하여 함흥부 안변군으로 되었으며 그 이듬해인 1896년에 13 도제를 실시하면서 함경남도 안변으로 되어 세청면, 영춘면, 신리면, 상도면, 하도면, 서곡면, 모치면, 방화산면, 위익면, 문산면, 배양면 등 11개 면을 관할하였다.

북서(용성리) 남동(내산리) 간의 길이는 35km이고 북동(과평리) 남서(모풍리) 간의 너비는 18km이며 군 면적은 약 500km로서 도 전체 면적의 약 4.5%를 차지한다. 현재 행정구역은 1읍 2구 28리로 구성되어 있으며 군 소재지는 안변이다(현재 북한 소재).

말을 탄 이중하가 식솔을 거느린 우마차를 끌고 안변에 도착하는 시일은 꼬박 7일이 걸렸다. 여름철 장마로 시베리아 동쪽에서 발달된 고기압에 의해 한반도 쪽으로 건조한 공기가 유입되고 북서 태평양 아열대 고기압의 강화로 더 많은 수증기가 유입되었다.

한반도 주변을 통과하는 상승류가 평년에 비해 강화되어 더 많은 작은 규모의 요인이 발생, 이 요인들이 종합적으로 작용하여 한반도에 수증기가 더 많이 공급되었다. 그렇게 더위와 습도에 시달리며 안변 동헌에 도착하니 이미 아전들이 10리 밖으로 나와 이중하를 기다리고 있었다.

아장인 이방은 허리를 굽히고 머리를 숙여 인사를 했다.

-부사 어른! 먼 길에 오시느라 고생이 많으셨습니다. 소인은 이방 아첨이라 합니다.

-음, 그 이름 참 듣기도 좋구나. 아첨이라고 하더냐!

-네. 소인은 원래 이름은 아찬이었는데 사람들이 대감 어른들

의 기분을 잘 맞춘다고 하여 붙인 이름입니다.

-그래, 과장한 이름은 아닌 줄 알겠다. 그만큼 칭찬과 호응이 각별하다니 내가 안심을 하게 되었구나.

"네 부사 어른!" 하고 그는 큼직한 목소리로 형방을 찾았다.

-형방은 어디 있느냐?

그때 이방의 곁에 서 있던 형방이 허리를 굽히고 머리를 조아리며 말했다.

-네, 부사 어른! 제가 형방 아랑입니다. 사람들은 저보고 알랑이라고 부릅니다. 먼 길에 오시느라 고생이 많았습니다.

두 사람은 미리 약속이라 한 듯이 똑같은 말을 하였다.

-알랑이라!

이중하는 웃음이 나오는 것을 꾹 참았다.

-그러고 보니 넌 힘 있는 사람의 마음을 사기 위해 계산된 이름이 아니더냐!

이중하는 겁짓 으름장을 놓았다.

-부사 어른! 우리 두 사람의 이름이 아첨(이방)이고 알랑(형방)이라고 해도 어느 사또에게든지 아첨하거나 아부한 적은 없습니다.

-그래! 두 사람 다 백성들을 못살게 하거나 곡학아세하거나 혹세무민한 적은 없다더냐?

곡학아세란 자기가 배운 것을 올바르게 펴지 못하고 그것을 굽혀가면서 세속에 아부하여 출세하려는 태도나 행동을 말하는 것이고 혹세무민은 자신의 뜻을 굽혀 가면서까지 세상에 아부하여 출세하려는 태도나 행동으로 세상을 어지럽히고 백성을 속이며 사욕을 채우는 일을 말하고 있는 것이다.

-네, 부사 어른! 믿어 주십시오, 우린 위선과 협잡에 동행을 유혹하는 음흉한 작태는 하나도 하지 않았습니다.

이중하는 그제야 두 사람 이방과 형방이 힘을 모아 안변 고을을 잘 챙겨 가고 있다고 생각이 들었다.

그는 두 사람을 치하하듯 칭찬을 하였다.

-음, 그래야지! 나라의 녹봉을 받아먹는 우리로서는 수탈과 가렴주구에 떨며 살아가는 백성을 구제하여야지!

-자! 서둘러 동헌으로 가서 백성들을 들게 하라.

-네, 부사 어른!

두 사람은 한걸음에 달려가 동헌에서 말하기를 지금 부사 어른이 당도했다고 소리쳤다.

한참 만에 동헌에 당도한 이중하는 의자에 앉아 이방과 형방으로 하여금 가져온 고을의 장부를 백성들 앞에 내놓으며 크게 말했다.

-자! 여러분! 들으시오, 이번에 안변 부사로 부임한 이중하요.

여러분은 얼마나 살기가 어렵고 힘듭니까? 이전까지는 이 안변 고을이 부임하는 수령들이 어김없이 권력과 금권의 위세를 가지고 여러분을 못살게 한지는 모르지만, 이중하는 그런 뜻이 전혀 없소. 지금까지 내가 경험했던 권력자나 부자들의 공통점은 겉으로는 고상한 척 행동하고 뒤로는 특권을 이용하여 온갖 잡짓거리 하다가 들통나면 앞뒤가 전혀 맞지 않는 그럴듯한 궤변으로 백성을 속이려 들고 권력으로 탄압을 한 것을 알고 있소이다. 예나 지금이나 마찬가지로, 더 한심스러운 것은 권력과 돈에 기대며 장단 맞추는 무뢰배들이 앵무새처럼 조잘대며 받들어 모시는 추앙자들의 행태를 비판하는 사람에 대하여는 갖은 조롱과 협박 테러를 가하는 것을 절대로 용납할 수 없다는 것을 알아 두시오. 언제든지 억울한 일이나 누명이나 피해를 본 일이 있으면 동헌으로 날 찾아와 만나시오. 여러분! 누구든지 억울함이 한 사람도 없어야 하오! 난 여러분의 흘리는 눈물을 닦아 주고 싶으오이다. 명심할 것은 안변 백성들이 모두가 잘살아야 하오! 서로 아끼고 사랑하며 상부상조해 가며 살아갑시다.

　이중하의 말이 끝나자 동헌에 모였던 백성들은 이번에 온 부사는 제일 으뜸가는 사또라고 추켜세웠다. 부사 어른 때문에 안변 고을이 생존 수단을 넘어 정의를 사수하는 버팀목이 되고 있다고 이구동성으로 말했다. 불미스러운 사건은 모두 안변 사람의 손에서 만들어진 것이고 결자해지라는 명목으로 안변의 백성들이 안심하고 생업에 안착할 수가 있었던 것이다.

이중하가 이곳 안변 부사로 부임한 것은 우연이 아니다.

원래 대도호부사는 정3품으로 그러니까 이중하는 정3품 당상관으로 임명된 것이다. 그는 마지막 궁궐을 떠나면서 안변 부사에 대한 직책은 물론, 당파에 휩쓸려 목숨을 잃을까 그것이 큰 문제였다. 그는 떠나기에 앞서 규장각에 있는 안변부사를 지낸 인물들의 생애를 하나하나 찾아 읽었다. 잘못하면 자신도 희생이 될 줄 모르기에 아주 신중을 기하였다.

일찍이 조선조 태조 시기에 조사의 난은 1402년 11월 안변 부사 조사의가 동북령(함경도)에서 일으킨 반란이다.

앞서 1398년 제1차 왕자의 난으로 방번과 방석이 희생되었다. 안변 부사 조사의가 신덕왕후 강 씨(태조 이성계의 계비)의 그 원수를 갚는다면서 태종(방원)때인 1402년 태산왕 태조의 위세(이성계 배후 추가 가능성)를 등에 업고 봉기하였다. 안변을 중심으로 동북면 전 지역이 거점으로 여진족의 참여 가능성(이성계 활동무대)이 있어 조정에서는 박순, 송류 등을 파견하여 반군을 회유했으나 도리어 죽임을 당했다. 초기에는 반군이 우세하여 관군의 선봉 이천우를 격파했으나 그 후 관군이 군을 정비하고 재공격을 하자 반군은 무너지고 조사의 등은 체포되어 처형된다.

함흥차사란 고사가 바로 이 사건에서 연유했다.

또 유당(1723~1794)은 본관이 전주, 자는 직보, 호는 효간으로 이조참의, 형조참판, 도승지, 안변 부사를 지내는 동안 그가 파란만장하게도 파직을 당하고 복권한다. 1780년(정조 4) 홍국영이 실각하자 또 파직을 반복하며 1788년 형조참판이 되고 1793년 지충주부사에 올라 공조판서를 지냈다. 그러나 패당이란 남을 모함하고 질시하는 그런 간계에 수없이 당하며 파국으로 내몰리다가 다시 복권하는 것이고 보면 참으로 그의 생애가 모질다는 것을 알게 된다.

이보다 훨씬 앞선 명종 즉의년 1545년 10월 18일에는 안변 부사 이구의 파직과 치죄가 논의되었다. 그런가 하면 이필익(1636~1698)은 안변 유배기간 유배지에서 3개월이 지난 후, 1675년 처와 아들이 말 5필과 노비 6명을 이끌고 찾아가 귀양지에서 가족들과 동거를 금하는 법령을 어기고 집을 지어 식솔과 함께 살았다. 그는 송시열 문하에서 수학하였는데 1674년 송시열을 공격한 남인 곽대건의 처단을 요구하는 상소를 맨 처음 이름을 올렸다.

그해 남인이 반격하여 송시열은 파직하고 이필익은 유배를 갔던 것이다. 이중하는 이런 사건을 생각하게 되자 비로소 자신이 정사를 펼치게 될 백성의 구휼을 맡아 책임져야 할 것을 찾아 나섰다.

원래 안변은 안정된 변방이라는 뜻에서 지은 이름이다. 그런데 이곳을 거쳐간 관리들은 하나같이 잘 되었다고 보기는 어렵고 모두가 오명을 뒤집어쓰고 질책을 받아온 것이 사실이다.

고구려 시기에는 이 일대를 비렬홀 또는 천성군이라 불렀다. 비렬은 이리라고 읽을 수 있는데 이리는 우물을 의미하는 말이다. 그러므로 비렬홀은 우물이 있는 성, 우물이 있는 고을이라는 뜻이며 천성은 샘우물이라는 뜻이다. 통일 신라 시대에는 비렬호를 비렬주로 개칭하였다.

경덕왕 16년(757)에는 비렬주는 삭정군으로 되었는데 삭정은 새들을 한자로 표기한 이름이다. 새들은 북쪽 들판이라는 말이다. 고려초에 삭정군은 등주로 되었는데 새들 마을을 의미한다. 안변군은 삭방, 삭안이라고 불렸는데 삭방은 북쪽 지방이란 뜻이고 삭안은 북쪽에 있는 안정된 고을이란 뜻이다. 이중하는 부임한 지 삼일이 지나자 아전을 시켜 이방과 형방을 들라하고는 즉시 말을 준비하라고 일렀다. 아전이 달려가 이방과 형방을 찾자 두 사람은 서둘러 동헌으로 달려왔다.

-부사 어른! 찾으셨습니까?

-물론이오, 지금 안변 고을을 시찰하고 오겠으니 날렵한 군사를 몇 명을 붙여 주시오.

-네, 부사 어른! 지금 동헌 밖에 부사 어른과 같이 갈 병사를 대령하였습니다.

-알겠소! 이방 형방은 들으시오. 지금 안변 고을의 군사 요새와 지역 민심을 살피고 올 것이니 이방은 백성들이 굶주림이 없나 살피고 형방은 안변부의 군사 병부를 정리해주시오.

-네, 부사 어른!

두 사람은 대답을 하고 동헌 안의 막사로 들어갔다. 그때 부사를 동행할 호종관이 병사와 같이 와서 말했다.

-부사 어른! 준비가 다 되었습니다.

-음, 그래. 가자!

이중하는 호종관과 병사와 같이 밖으로 나가 말 위에 앉았다. 이중하는 궁궐에 있을 때는 모든 관료들이 갑신정변에 연루되어 청과 수구파의 의심과 견제를 많이 당하는 것을 보았다. 안변 부사로 와 보니 골치가 썩지 않아 좋았다. 우선 마음이 놓이는 것은 매번 궁에서 신료들과 부딪치며 앞으로 닥칠 미지의 논란으로 여가가 없었다. 그래도 이곳에 와 보니 갑신정변의 배경과 원인을 심층 분석하고 정확한 정세판단을 할 수 있었다.

갑신정변은 1884. 12. 4. 김옥균, 박영효, 서재필, 서광범, 홍영식 등 개화당이 청나라에 의존하는 척촉 중심의 수구당을 몰아내고 개화 정권을 수립하려한 무력 정변이다. 일본 공사와 일본군의 지원을 받아 우정총국 개국 축하연에서 난을 일으켰다. 고종을 속이고 내각을 구성해 정강 14조 등 개혁을 추진하려 했으나 청군이 창덕궁에 주둔한 일본군을 공격하고 민중들이 일본 공사관을 공격하자 퇴각하는 일본군을 따라 일본으로 망명하여 3일 천하로 끝났다. 여기서 윤태준, 한규직, 이조연, 민영목, 민태호, 조영하 등이 살해되었다.

이중하는 오늘 먼저 안변 고을에서 마을 중심지라고 하는 안변면 문내리, 신묘면 신곤리, 내일은 신고산면 서리, 위남리, 모래는 서곡면 용산리, 용현리를 돌아보고 넷째 날은 안도면 남성리, 안도면 비산리, 안변면 홍문리, 다섯째 날은 안변면 미현리 시리봉을 돌아보고, 여섯째 날은 신모면 양지리, 배화면 수악리, 일곱째 날은 서곡면 성우리, 용현리 용운리, 마지막 여덟번째 날은 배화면 풍상리, 한사리, 수려리, 천양리를 돌아 안변 고을을 상세하게 파악하려고 하였다. 그는 호종관과 병사를 데리고 고을을 둘러보며 도로의 활용과 정비의 필요성을 실감하고 한탄했다.

태조 원년(1392) 부국강병책으로 새 나라의 국정을 혁신하고 왕권과 중앙집권제를 강화할 목적으로 우선 나라를 다스리는 국법인 조선경국전을 정도전으로 하여금 처음으로 편찬하게 해

국정을 확립하려 하였으나, 조선조 건국 혁명 공신들의 세력 다툼으로 개국 이념을 실현하기에는 한계가 있었다.

태종 즉위(1400) 전후 15년간은 두 번의 왕자의 난과 반대 세력의 숙청과 귀양 등으로 살벌하고 혼란스러웠다. 겨우 태종과 세종대에 와서 도로 발전의 기본이 되는 지리지와 지도가 편찬되었지만 백성들이 활용할 기회가 없었다. 왕조의 대부분은 정권이 바뀔 때마다 당파 싸움이 잦았고 거기다가 개국 이념을 망각하고 잦은 외침에 안전 주의로 방어용 성곽 축조만을 중시하였다. 문제는 당시의 관료들이 도로는 군사, 행정과 통신, 통로, 사행로 등 관용 위로 운용되었으며 도로망은 관로의 역참, 구축 위주로 형성되었던 것이다. 그러다 보니 관리들은 가마타기만을 선호하였을 뿐 수레와 도로의 발달이 아주 엉망이었다.

이중하는 국방의 중요성이 도로에 연결되는 것을 알고 호종관을 통해 이미 자신이 갖고 온 안변 지도를 품속에서 꺼내 주며 인근 주, 군, 읍과의 거리, 공부 수송의 경로와 방법을 기록하게 하였다. 이렇게 안변만큼은 도로 확장 사업을 펼쳐 도로망과 다양한 노정의 범례를 만들어 실지 안변이 산맥과 도로, 하천 해안선이 정교하게 그려져 분명히 유사시에 대비해야겠다고 생각했다. 10리(4km) 방안을 그어 경위선을 나타내게 하고 그곳에다 명확하게 돌을 세워 경계를 표시하고 그 거리를 명시함으로써 이정을 쉽게 알아볼 수 있도록 지형의 표시와 하천, 산맥, 도로망을 정밀하게 조사해 나갔다.

사실 조선의 지도는 김정호(1804~1864)가 그린 대동여지도가 상세하고 정확하여 보는 사람을 감탄하게 하는 것이 사실이다. 김정호는 본관은 청도, 자는 백원, 호는 고산자로 황해도 토산군 출신으로 조선 시대 가장 많은 지도를 제작하였고 가장 많은 지리지를 편찬한 지리학자이다. 그는 평민으로 국가에서 쓰임을 받지는 못했지만 그가 사후 남긴 지도는 그 정확함이 아주 세밀하였다. 아마도 김정호가 없었다면 조선은 이 지구상에서 흔적을 찾아볼 수 없게 되었을지도 모른다.

이중하는 서울 규장각에 보관된 그가 그린 지도를 한번 보고 왔지만, 그 중요성은 대단하였다. 임금이나 관리가 나라를 다스리기 위해서는 국방상의 위치를 잘 알아야 하고 재물과 세금이 나오는 곳과 군사를 모을 수 있는 원천을 잘 알아야 하며 여행과 왕래를 위해 지리를 잘 알아야 한다. 또한 지도는 세상이 어지러우면 쳐들어오는 적을 막고 사나운 무리를 제거하며 시절이 평화스러우면 나라를 경영하고 백성을 다스리는 데 필요한 것이다. 그러기에 지도로 천하의 형세를 살필 수 있고 지리지로 역대 왕조의 역사를 알 수 있으니 이는 실로 나라를 다스리는 큰 틀이 아닐 수 없다는 서문에 쓰인 글을 읽고 중요성을 깨달았다.

거기다가 대부분의 성벽은 흙을 파서 도랑을 만들어 흙을 쌓았거나 나무로 만든 목책과 돌로 쌓은 석축이 대부분이었다. 지형적인 조건과 지역적 특수성으로 인하여 이곳 안변만 해도 산지가 많아 자연적인 포곡성을 형성하여 쌓은 것이 대부분이다. 더구나 축조한 성곽이 오래되어 유사시에 대비하여 방어용이나 도피형으로 쌓은 산성이 전부였다. 곡식 창고를 보호하기 위한 창성이나 군사적 요충지로 병사들이 주둔하는 진보는 턱없이 허술했다. 또 망루는 가장 높은 정상부, 혹은 산등성이와 연결되는 각부에 위치하고 성내의 가장 낮은 부분에 샘이나 연못이 있어 가뭄이나 유사시에 마실 수 있도록 대비해야 했다. 그제야 이중하는 호종관과 병사들을 향해 엄숙하게 말을 했다.

-자, 모두 시장할 테니 여기 앉아 가지고 온 점심이나 먹자구나!

호종관은 병사들에게 자리를 깔게 하고 가져온 음식 보따리를 풀어 나갔다. 음식이라고는 주먹밥과 산에서 캐어 된장에 박았다 꺼낸 도라지와 더덕이 전부였다. 사실 주먹밥은 요리라고 할 것도 없이 보리나 잡곡을 뭉쳐놓은 것이고 보면 그 안에 소금과 콩과 깨가 들어가 있었다. 호종관은 병사들이 꺼낸 주먹밥을 보고 어쩔줄 몰라했다. 사람이 먹는 음식이지만 손으로 뭉쳐 만든

밥을 부사 어른에게 올린다는 것이 정말 죄송스러워 안절부절 못하였다.

이중하는 한번 음, 하고 헛기침을 하고 나서 말했다.

-자! 모두 맛있게 먹자, 이 주먹밥 곡식 한 톨이 백성이 피땀 흘려 생산한 것들이 아니냐!

그는 호리병에 담아온 물 한 그릇을 마시고 나서 주먹밥을 먹기 시작했다. 금강산도 식후경이라! 그리고 목구멍이 포도청이라!

이는 아름다운 금강산도 배가 부른 뒤에 봐야 아름답게 보인다는 뜻이요, 포도청이 죄인에게 호령하듯 사람은 목구멍이 시키는 일은 무엇이나 한다는 말로 즉 배가 고프면 하지 못하는 일이 없다는 뜻이다. 그러니까 아무리 좋은 일이라도 배가 불러야 흥이 나는 법이니 배가 고프면 아무 일도 할 수 없나니 병사(군대)는 배가 불러야 앞으로 나갈 수 있다. 이중하는 백성을 배불리 잘 먹이는 것이 어떤 것보다 가장 중요하다는 것을 강조하고 싶었다.

9. 이중하는 살아있다

이중하는(1846~1917) 경기도 양평 창대리에서 출생했다. 본관 전주 이씨, 세종대왕의 다섯째 아들 광평대군의 5대손이다. 자는 후경, 호는 규경, 현감 이인식의 아들이다. 그는 1882년(고종 19) 증광문과에 병과로 급제 홍문관 교리가 되었다. 1885년 공조참의에 올라 안변 부사가 되었다가 토문감계사로서 청국측 대표 덕목, 가원계, 진영 등과 백두산정계비와 토문강지계를 심사하였다. 국경문제를 놓고 담판을 벌였으나 견해차가 심한 데다 청국 측이 강압적 태도로 나와 회담은 실패했다.

1886년 덕원 항감리가 되었다가 1887년 다시 토문감계사가 되어 회담을 재개하였는데 청국 측이 조선 측의 주장을 거절, 위협하자 내 머리는 자를 수 있을지언정 국경은 줄일 수 없다며 끝내 양보하지 않았다.

1890년 이조참의가 되었다가 충청도 암행어사의 임무를 수행하였다. 1894년 외무부 협판, 의정부 도헌이 되었고 동학운동이 일어나자 경상도 선무사, 영월 영천 안핵사로 진압에 앞장섰다.

이해 말 김홍집 내각의 내무 협판이 되어 갑오농민전쟁 때 중요한 역할을 하였으나 이듬해 김홍집 내각이 무너지고 지방제도가 개편되자 대구부 관찰사로 임명되었다. 관찰사 재직 시 을미의병 봉기로 많은 관리가 희생되었으나 이중하는 민심을 얻어 무사했다. 1898년 만민공동회의 요구로 성립된 중추원에서 무기명 투표로 11명의 대신 후보자를 선출할 때 2위로 천거되기도 하였다. 1903년 외무부 협판 칙임 2등이 되어 문헌비고 찬집당상을 맡았다. 그 뒤 평안남도 관찰사, 경상북도 관찰사, 궁내부 특진관을 거쳐 장례원경이 되었다.

1909년 일진회가 대한제국과 일본의 정합박론을 주장하자 민영소, 김종한 등과 국시유세단을 조직하여 그해 12월 5일, 원각사에서 임시 국민대회 연설회를 열고 그 주장이 부당함을 공격하였다. 1910년 규장각 제학으로 한일 합방에 극렬히 반대하였다. 지방관리 재직 시 청렴하고 강직한 인품으로 이름이 높았다.

그는 한일 합방이 되자 관직을 그만두고 아들과 같이 양평으로 낙향하여 정치에 관여하지 않다가 1917년 72세로 세상을 떠났다. 그는 나라에 대한 애국심이 남달랐으며 국가 이익을 위해서 목을 내놓을 수 있다고 말할 정도로 강직한 성격을 가진 분이었다.

이중하는 두 차례 토문감계사로 협상에 나서 청국과의 회담에서 끝까지 간도를 지켰다.

　토문감계사란 조선 농민의 간도 이주가 증가하면서 이들에 대한 단속과 관할 문제가 토문의 위치를 둘러싼 국경문제로 비화되자 조선과 청국간의 국경회담, 감계담판에 회담 대표로 우리 조정이 파견한 일종의 외교관 벼슬 이름이다. 1882년에 청은 이 지역 조선인들을 모두 청의 국적에 편입하겠다는 방침을 일방적으로 고시하였다. 청의 구민이 되거나 나가라는 압박에 한동안 아무런 제지도 받지 않고 두만강 대안 지역에 거주하던 조선이 주민들이 크게 반발했다. 이때 일부 조선인들이 직접 백두산 올라 정계비의 내용을 확인한 후 두만강과 토문강은 별개의 것으로 정계비의 문구대로 조선과 청의 경계는 토문강으로 해야 한다고 주장하였다. 이들은 두만강과 토문강을 구별하지 못하고 두만강 이북 지역에 대한 행정권을 행사하려는 청의 시도를 저지해 달라고 조선 조정에 청원했다. 현지 농민의 호소를 받아들인 조선 정부는 1883년 서북 경략사 어윤중을 파견하고 현지 사정에 밝은 김우식에게 정계비와 함께 조선과 중국의 경계를 조사하도록 했다. 조사 결과에 기초하여 조선은 중국의 요구에 간도 지역에서 조선의 퇴거를 거부했다. 토문강 이남의 땅은 조선의 땅임을 명백히 한 것이다.

　1885년 4월에 청나라의 혼춘 당국이 함경도 안무사 조병직에게 월경 조선 경작자들은 무력으로 축출할 것을 통보하고 일부 지방에서 주민을 가제로 추방하기까지 하였다. 이처럼 조선 농민의 간도 지역 이주가 증가함에 따라 이들의 단속과 관할권 문제가 양국 간 국경문제로 비화하면서 1885년 7월에 청나라가 토문감계문제로 관원을 파견한다고 통보하였다. 고종은 안변 부사 이중하를 토문감계사로 임명하고 이에 응하도록 하였다.

이 회담은 1885년 11월 함경도 회령에서 시작, 이보다 앞서 토문감계사로 임명된 이중하는 청나라 대표인 변무교섭승판처사무 덕목과 호리초간변황사무 가원계와 독리상무위 진영과 회동했다.

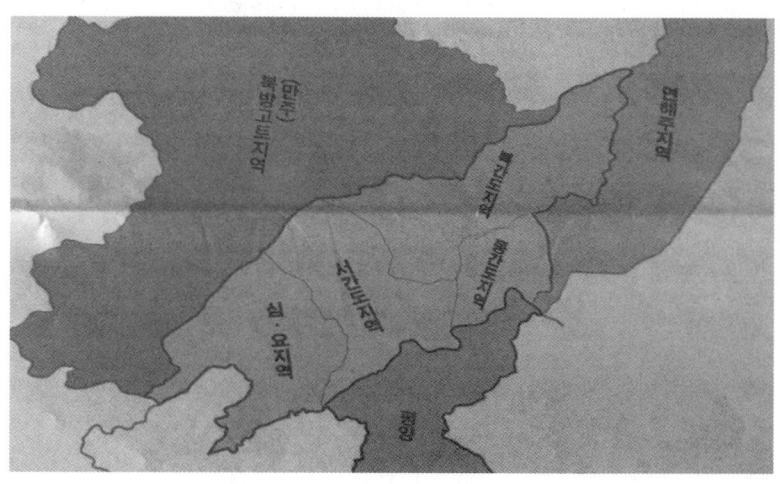

청은 백두산정계비의 토문은 두만강을 지칭한다면서 정계비의 기록을 조사하기보다는 먼저 두만강의 원류를 조사한 후, 압

록강과 두만강을 국경으로 확정할 것을 주장하였다. 이에 이 중하는 청 측 기록을 근거로 두만과 토문은 별개의 강임을 강력히 제안하고, 청 측이 정계비를 위조했을 가능성 및 그 내용을 의심하는 것은 정계비를 세운 청나라 강희제의 유지를 모욕하는 것이라고 반박하면서 국경 획정을 위해 우선 정계비를 답사할 것을 주장하였다.

결국 이중하의 주장이 받아들여져 청 측 대표와 함께 직접 백두산정계비를 답사하면서 논란이 된 강의 원천을 조사했다. 이 답사로 조선은 토문과 두만이 별개의 것임을 주장하자 청 측의 주장이 먹혀 들어가지 않게 되었다. 그러나 청 측은 이를 수용하지 않고 두만강을 국경으로 하자는 입장을 굽히지 않아 1차 국경 회담은 합의가 안 되어 결렬로 끝이 났다.

간도를 분쟁지역으로 남게 한 이중하의 외교의 산물이다. 그 뒤 청국은 서울 주재 원세개를 앞세워 토문 감계에 정치적 압력을 가해왔다. 조선이 토문강과 토문강을 별개의 강이라고 내세워 영토 확장의 야심을 드러냈다고 강변하며 1887년 2차 감계 회담이 시작되었다. 고종은 다시 이중하를 토문감계사로 내세워, 1887년 4월 회령에서 다시 시작하였다.

청나라에서는 이번에도 진영, 덕옥, 방랑 등을 내 세워 회담했으나 이중하는 2차 회담에서도 한 치도 양보하지 않고 물러서지 않았다. 현지답사에서 청나라는 홍단수를 국경으로 할 것을 강요하며 군대를 위협했으나 이중하는 내 머리는 잘라갈 수 있어도 우리 국토를 잘라 갈 수 없다고 단호하게 맞섰다. 쌍방간의 대립은 매우 심각해 국경을 획정할 수가 없었다. 청측은 홍토수와 석을수가 합류하는 지점을 경계로 결정하려고 하였지만 이중하는 한 발짝도 물러서지 않아 회담은 또 결렬되었다.

제3차 회담은 1888년 청초에 청나라 측이 다시 제의해 오자 조선은 또 이중하를 임명하였다. 그러나 이 회담은 청나라의 내부 사정으로 미루다가 중단되었다.

이중하는 감계 회담 대표로 임명되자 앞으로 이 문제를 어떻게 매듭을 지어야 할지 생각하였다. 당시 조선은 동아시아의 사대교린 조공 체제에서 벗어나지 못한 채 청국의 속방화 압력을 감내하면서 1871년에는 미국과 충돌하는 신미양요를 겪었고 1876년(고종 13)에는 메이지유신으로 근대화에 앞서 성공한 일본과 불평등 조약인 강화도조약을 맺게 되었다.

이중하는 조선이 당면한 현실과 국제정세의 변화에 눈을 뜨게 되었다. 조선의 낡은 봉건제도를 청산하고 부국강병을 위한 일대 혁신이 불가피하다고 생각했다. 고종의 근대화 개혁 노선에 힘입어 대외관계를 주도하면서 청국의 전면에 등장하여야 한다고 입술을 깨물었다.

10. 백두산정계비

　동은 두만강 서는 압록강.

　백두산정계비는 1712년(숙종 38)에 조선과 청나라 사이의 국경 획정을 정하기 위하여 세워진 정계비다. 당시 청나라의 오도총관 목극등과 조선 관헌들의 현지답사로 세웠다. 이보다 앞서 압록강, 두만강을 사이에 두고 조선과 청나라 두 나라 사이에 자주 분쟁, 사건이 일어났다. 거의 빈 땅으로 되어 있던 이 지역에 인삼을 캐는 사람, 사냥하는 사람들이 자주 내왕하여 때로 충돌을 일으켜서 말썽이 되었다.

　1685년(숙종 11)에는 백두산 부근을 답사하던 청나라 관헌들이 압록강 삼도구에서 조선 채삼인들의 습격을 받아 크게 외교문제가 발생했다. 1690, 1704, 1710년에도 두만강, 압록강 건너에서 중국인들이 조선 사람들에게 살해된 일이 생겨 청나라 정부의 항의가 있었다. 이에 1711년에는 목극등이 압록강 대안 현지에 와서 조선의 참획사와 함께 범법 월경 현장을 검색한 일도 있었다. 이듬해는 청나라에서 이런 범법월경 사건을 문제삼아 백두산에 올라가 국경을 정하려는 계획이 진행되었다.

거기에는 청나라 왕실의 발상지로 인정하는 백두산을 청나라 영역에 넣으려는 저의가 있었다. 청나라에서는 그해 2월 목극등을 장백산에 보내 변경을 사정하려 하니 협조해달라는 공문을 조선에 보내왔다. 청국의 공문을 받은 조선 정부에서는 접반사 박권을 보내 함경감사 이선부가 함께 가서 맞이하도록 하였다.

혜산진에서부터 산간 험지를 10일간이나 강행군해 5월 15일 백두산 천지가에 이르게 되었다. 일행은 거기서 내려와 동남쪽 4km 지점인 2,200m 고지 분수령에 정계비를 세웠다. 애초 국경 사정 문제가 일어날 때 조선 정부의 의견은 백두산 정상을 경계로 하여 남북으로 갈라 정한다는 것이었다. 그러나 국경을 사정하는 임무를 띠고 나아갔던 접반사 박권과 함경감사 이선부는 늙고 허약한 몸으로 험한 길을 갈 수 없다고 하여 중간에서 뒤떨어졌다.

조선 관원으로는 접반사 군관 이의복과 순찰사군관 조태상, 거산 찰방 허량, 나난만호 박도상, 역관 김응헌, 김경문 등 6인만이 동행했다. 따라서 모든 것은 청나라 파견관 대표인 목극등 의사대로 진행되었다.

백두산 정상에서 동남쪽으로 내려와서 두물이 ㅅ 자 모양으로 흐르는 분수령 위의 호랑이가 엎드린 모양 같은 바위를 그대로

10. 백두산정계비

비석의 귀부로 삼고 높이 67cm 폭이 약 45cm 정도의 정계비를 세우게 되었다. 그 비에는 대청이라는 두 글자를 머리에 쓰고 그 아래, 오라총관 목극등이 황제의 명을 받들어 변경을 답사해 이곳에 와서 살펴보니 서쪽은 압록강이 되고 동쪽은 토문이 되므로 분수령 위에 돌을 세워 기록한 것이다.

강희 51년 5월 15일. 오라총관 목극등 봉지사변 지시산시 서위 압록 동위 토문 고방은 수령상 변석 위에 강희 51년 5월 15일이라는 사실을 기록하였다. 이어 청국인 수행원으로 필첩식, 소이창, 통역관 이가를 적고 아래에 조선 관원 6인의 이름을 함께 새겼다.

비를 세운 후 일행은 다시 지세를 살피며 무산으로 내려가서 각기 헤어졌다. 이때 목극등은 다시 조선 관원들에게 토문강의 수문이 되는 물길이 중간에 땅속으로 들어가서 경계를 확인할 수 없는 곳에는 여기저기에 돌 또는 흙으로 돈대를 쌓아 아래쪽 강물까지 연결해 범법 월경하는 일이 없도록 할 것을 부탁하였다. 한 중 두 나라의 경계선이 이로써 그어진 셈이다.

그 뒤 1881년(고종 18) 청나라에서 길림 장군 명안, 흠차 대신 오대징을 보내어 간도의 개척에 착수하였다. 그러자 1883년 조선 측은 어윤중과 김우식을 보내어 정계비를 조사하고 9월에 안변 부사 이중하, 종사관 조창식을 보내어 조선의 영토임을 주장했으나 아무런 해결을 보지 못했다.

그 뒤 1909년 일제는 남만 철도의 안봉선을 개축 문제로 청나라와 흥정해 남만주 철도 부설권을 얻는 대가로 간도 지방을 넘겨주고 말았다. 그런데 이 백두산정계비는 1931년 9월 만주 사변이 일어난 직후에 없어지고 말았다.

11. 탄천 서쪽 마을 수서동

지난 2020. 12월호 강남 라이프(제304호)에는 탄천 서쪽 마을 수성동, 고개와 개천의 세곡동, 강남 역사에 대한 기사가 실렸다. 수서동의 명칭은 그 한자에서도 알 수 있듯이 한강의 지류인 탄천 서쪽에 있는 마을이란 지정학적 위치에서 유래했다고 한다. 대모산 기슭의 탄천을 끼고 있는 아름다운 고장 수서동에는 조선 세종의 5남 광평대군과 그 후손의 무덤이 700 여기나 모여 있다. 전주 이씨 광평대군파 묘역은 수서동 산 10-1, 6, 8, 9, 14, 일대에 자리 잡았다.

이곳 묘역에는 광평대군 이여와 그의 부인 영가부부인 신 씨를 비롯해 1398년 태조 7년 무인정사 당시 세자였던 의안대군 이방석과 함께 살해된 그의 동복형 무안대군 이방번과 부인 왕씨, 광평대군의 아들 영순군 등 종실이 묻혀있다. 이 거대한 묘역엔 종가 재실을 중심으로 마을이 형성됐고 마을 이름은 궁말 혹은 궁촌이라 불렀다. 이 일대는 경치가 아름다워 궁촌팔경이라고 불렀다.

이 묘역은 서울이나 근교에 현존하는 조선 왕실 묘역 가운데 가장 원형에 가깝고 봉분과 석물, 부속건물의 구조와 배치 상황은 중요한 학술적 가치를 지닌다. 광평대군은 동지충추부사 신자수의 딸과 결혼해 영순군 이보를 아들로 두었지만 20세의 젊은 나이에 세상을 떠났다.

한편 묘역 입구 대로에는 전통 가옥이 있는데 이것이 필경재이다. 광평대군의 증손인 이천수가 성종 때인 15세기에 건립했고 반드시 웃어른을 공경할 줄 아는 자세를 지니고 살라는 뜻으로 창건 당시에 건물 이름을 필경재로 지었다고 한다. 약 500년 된 종갓집 주택, 즉 종택으로 전통 가옥의 보존 가치가 있어, 1987년 4월 8일 문화관광부 전통 건조물 제1호로 지정됐다.

녹천 이유 선생 신도비도 함께 자리 잡았다.

이중하는 광평대군 7대손 아버지 이인식(연풍현감)의 아들로 1남 3녀를 두었다.

아들 범세는 1889년 8월 경무대에서 실시한 유생 전강을 통과하여 직부전시에 나가 급제하였다. 1909년 장예원 전사와 규장각 부제학을 지내고 국조보감을 편찬했다. 1910년 국권 피탈이 되자 벼슬을 버리고 아버지를 따라 양평으로 낙향하여 여생을 마쳤다.

범세는 아버지 이중하의 뜻을 따른 올곧은 선비였다. 그는 이시영(전 부통령) 이상설(고종 헤이그 특사)과 함께 한양의 세 천재로 불렸다.

범세는 이들과 함께 신학문을 배우며 교분을 두텁게 하였다. 한때는 서울에서 시대일보 사장을 맡으며 항일의 뜻을 펴려고 하였지만, 신문은 곧 폐간이 되고 말았다. 그는 해방을 보지 못하고 1940년 별세하여 부친인 이중하와 함께 나란히 양평 창대리 선산에 묻혀 있다.

족보에는 세종대왕의 다섯째 아들인 광평대군의 후손으로 이인식-이중하-이범세 이흥종(손자)으로 이름이 나와 있다.

아들 이범세가 생전의 아버지 문집을 모아 엮은 이아당 집을 찾을 수 있다. 이아당은 이중하의 호이다. 손자 이흥종은 한국전쟁 때 이를 짊어지고 피난을 하였다고 한다. 또한 이중하의 관복과 훈장 등 유품은 강원도 홍천의 고택에서 불타 없어졌다고 한다. 또한 이흥종의 후손으로 아들 이규영, 규청 씨가 있다. 또 이중하의 손녀인 이석희 씨와 이석희의 딸이자 이중하의 외증손녀인 이인호(전 서울대 서양학과 교수) 씨는 러시아 대사까지 역임한 것으로 안다.

당시 이중하가 1904년(광무 8) 4월 10일에서 1905년 5월 23

일까지 각종 공문을 정리한 기부 보초의 주요 내용은, 관찰사인 이중하 자신을 비롯한 각급 관원의 도임과 이임 사항, 평안도 군수들의 치적, 살인 등 각종 형사 사건 조사 및 판결 내역, 중앙 관서와 관련된 소송사건 처리, 무명 잡세의 혁파, 민정시찰, 러시아군의 약탈에 따른 피해 상황, 풍경궁 영건에 필요한 목재, 석물, 광물 동원, 결호전, 납부실태, 장시 현황, 동학들의 집단행동 움직임 탐지, 내장원에 내는 역둔토 도세의 증액과 식리전의 부담 등 각종 폐단 조사, 일본군의 사정, 경의철도 부설에 따른 문제점 등에 관한 것이다.

특히 경의철도에 대한 보고가 가장 많은 비중을 차지하고 있는데 철도부설에서 넓은 면적을 정차장 부지로 책정한 일본의 조처를 철회하고 면적을 줄이거나 이서하여 달라고 의정부, 내부, 궁내부, 외부에 요청한 일과 철도 부설 노역에 동원되는 인부의 고가 증액, 철도 수선비 징수 등에 관한 것이다.

1904년에서 1905년까지 한반도 북부에 러시아와 일본이 전쟁을 벌이려던 시기로 이중하는 그 격변의 와중에서 지방관으로 자국민의 안전과 이익을 위해 제국주의 열강의 부당한 요구와 침략을 조사하여 해결하려는 모습을 보였다.

한편으로 이중하가 국토를 지키려는 투철한 민족주의자라고 하지만 1894년 동학운동이 일어나자 경상도 선무사, 영월 영천

탄핵사, 경상도 위무사로 동학군 진압에 선봉을 담당하였다. 그의 남정 일기에는 청군이 동학군을 토벌하려고 출동한 기록으로 여기서는 동학을 반체제 집단으로 보고 있었다. 그의 동학에 대한 인식과 민족의식이 동시대의 양반 관료들과 큰 차이가 없는 한계점을 보이고 있다는 점이다.

또한 대구 관찰사로 재직 시 단발령이 시행되자 솔선수범하였으며 을미의병이 발병하였을 때는 지방 의병을 진압하거나 위문하기만 하고 동조하는 기색을 보이지 않았다. 그런데 지방인이 생각하는 이중하는 선정을 베푸는 좋은 관원의 모습으로 나타나고 있다.

한번 잘못한 실수와 판단이 개인의 생각이 아니고 정부의 책임자로 진압에서 이루어진 행동이라 생각하면 그건 책임자로서 어찌할 수 없는 상황이었는지도 모른다.

아마도 그의 연약함과 패배, 죽음에 대한 두려움이 내포되어 있었는지 모른다. 그러나 그런 인식은 외직인 지방관에서 내직인 외부로 이임했을 때 이중하가 일본과 러시아의 침탈에 저항하는 모습에서 볼 수 있다. 이 고통스러운 상황을 지워 버리고 모든 것을 다시 원점으로 돌리고 싶었다.

12. 대원군의 선택-길

당시 이중하가 태어난 1846년은 대원군이 집권한 해였다.
세상은 온통 뒤바뀌 있었다.

1860년 무렵에 동아시아 근대사에서 획기적인 사건이 일어났다. 중국 북경을 점령한 서양 군대는 청나라 황실의 정원인 원명원을 파괴했다. 이 사건은 조선에 큰 충격을 주었다. 또한 일본의 에도 막부 말기인 1864년, 영국, 미국, 프랑스, 네덜란드, 4개 연합군대가 시모노세키 전쟁을 통해 조슈번 포대를 점령하였다.

서양 열강은 아편 전쟁으로 시작된 중구과 무역에서 중신들의 이익이 성에 안 차자 호시탐탐 기회를 노리다가 에로우호 사건을 구실로 중국에 난입하여 1860년 북경을 함락했다. 청 제국 성립 후 처음 있는 사건이어서 황제 함풍제는 열하(승덕)로 피란 갔다. 수도가 떨어지고 황제가 도망갔으니 그 충격이 이만저만이 아니었다.

그사이에 일본의 도쿠가와 막부는 1854년 미국과 동인도 함대 사령관 페리와 미일 화친 조약을 체결했지만, 무역 개시는 끝내 받아들이지 않았다.

초대 미국 영사 헤리스는 청과 서양 열강 간의 긴장 상태를 이용했다. 영국과 프랑스가 청을 치고 그 여세를 몰아 일본으로 쳐들어올 것이라며 미국과 미리 통상조약을 맺어 두면 든든한 방패가 된다고 막부를 협박하고 설득하였다. 막부 내부에 웅크리고 있던 통상 찬성파는 1858년 이 상황을 이용해 일거에 통상조약 체결에 성공했다. 청과 일본이 서양화에 첫걸음을 내딛고 있을 때 조선은 나라가 너무 꼴이 말이 아니었다. 강화도령 철종을 세워놓고 안동김씨가 집권하였다. 서양의 함대가 중국 북경을 함락하고 조선으로 밀려오는 것을 방심하였다.

1862년 유례없는 대 민란이 삼남(충청, 전라, 경상)을 휩쓸었다. 60년 세도 정치에 대한 파산 선고이자 문자 그대로 외후내환이었다. 그런 가운데 철종이 죽자 1864년 흥선대원군이 집권하였다.

흥선대원군(1820. 2. 21.~1898. 2. 20.)은 조선 후기의 왕족이자 정치가, 대한제국의 추존왕이다. 본명은 이하응이다. 부인은 여흥부대부인 민 씨이다. 남연군과 군부인 민 씨의 넷째 아들이며 대한제국 고종황제의 친아버지이다. 그는 40대 나이 중반, 한창나이에 권좌에 올라 권력자로서 정치 능력을 발휘하였다. 그 당시 대원군의 정치 역량을 볼 때 대원군을 능가할 인물이 없었다. 그는 사상 최초로 왕의 생부가 아직 살아 있는 대원군이었다.

당시 아들 고종이 11살이었으니 대원군은 권력 이상의 정치를 펼쳐 나갔다. 대원군은 10년간 개혁정치를 해 나갔다. 그의 빼어난 능력, 외후내환의 위기의식 없이는 생각하기 힘든 것이었다. 먼저 그는 전국의 서원을 대부분 철폐했다. 유림의 근거지 서원을 없애는 일은 말하자면 중세 유럽에서 교회를, 도쿠가와 시대는 일본에서는 절을 문 닫게 하는 것이어서 정신적 비중으로 치자면 지금의 명동 성당을 넘어설 만동묘를 한 방에 날렸다. 원래 만동묘는 송시열의 뜻에 따라 명나라 황제를 제사 지내려고 세운 곳이다.

한술 더 떠 그는 양반에게도 군포를 매겼다. 기세등등한 대원군의 혁명적 조치에 양반 세력은 제대로 저항하지 못했다. 당시 조선은 다른 나라에 비해 국가 권력이 약했기에 국가 권력은 양반을 제대로 제어하지도, 그들을 뚫고 사회 기층을 장악하지 못하고 있었다. 이런 상황에서 대원군 정책은 조선 왕조에서 드문 국가주의적 기화라고 할 수 있다.

대원군은 국방 강화에도 힘을 기울였다. 조선은 세계 최강국 청과 국경을 맞대고 있는 처지였으니 빈약한 재정으로서는 국방비를 충당할 수 없어 매번 끌려다녔다. 이미 유목 세계와 중원 세계를 통합하여 거대한 제국을 구축한 청 앞에서 조선의 군사력 강화는 청 앞에서 현실적 의미가 없었다. 괜히 청의 의심과 내부 불만을 살 것이었다. 청에 의한 정치 질서를 따라야 했던 것이다. 조선이 청의 광무 년 호를 쓰는 것만 봐도 그렇다. 사대주의 외교 노선은 이런 상황과 판단에서 나온 것이다. 그러니 압록강이 아니라 해상 안보로 강화도가 중요한 것을 알고 대원군은 강화도 무장에 나섰다. 그의 강화도 방비는 병인양요와 신미양요에서 선전, 그 결과로 프랑스와 미국 함대를 물리칠 수가 있었다.

문제는 대외정책이었다. 그는 통상수교거부정책과 척화비로 악명이 높다. 그러나 자세히 들여다보면 다른 움직임을 감지할 수 있다. 그는 국내에 있는 프랑스 선교사를 통해 프랑스의 도움을 받으려고 하였다.

부국강병의 절박함 때문인지 그는 부인이 천주교인 것을 묵인한 채 서학에 대하여 참작하였다. 연해주를 설치하여 조선과 국경을 맞댄 러시아와는 지방관을 통해 접촉을 시도하였다. 미국과는 제너럴셔먼호 사건을 계기로 여러 차례 교섭을 벌였다. 이때 대원군의 외교 경험은 대원군의 모험적인 외교 성과를 내지 못했다.

두 차례의 전쟁은 배외주의를 한층 고양시켰다. 위정척사파들이 전면에서 방해했다. 그러나 그는 여론과 타협하지 않았다. 그러한 시기에 일본에서는 대낮에 막부 수반인 이이 나오스케가 암살당했다.

조선의 병인양요 직전에 일본도 마찬가지로 서양과 전투를 치렀다. 1863년 영국은 싸스마번을, 1864년 서양 연합군은 조슈번을 초토화하였다. 척화와 양이를 부르짖던 이들은 서양과 화해하고 대신 부국강병에 매진했다. 막부는 서양과의 전쟁을 회피하고 군비 증강에 전력했다(대원군이 집권할 때는 일본에서는 막부가 부국강병과 근대화 경쟁에 나서기 시작했다. 1868년 일본에서는 메이지 유신이 정권을 장악하고 조선은 1873년 대원군은 10년 만에 실각했다).

  이 시기에, 1846에 태어난 이중하는 그의 나이 27세였다. 그가 1882년에 과거에 나가 증광문과에 병과로 급제해 홍문관 교리가 되기까지 대원군은 왕이 되지 못한 채였다. 배후에서는 언제나 대원군에 대한 고종과 민씨척파가 득세, 배후 조정을 해 나갔지만, 대원군 같은 강력한 정치 수완을 가진 사람은 없었다.
  조선이 망할 때까지 대원군 같은 강력한 지도자가 나오지 않았다. 그런 대원군의 개혁 가운데 조선의 정치는 수구파, 개화파, 온건파, 급진파로 갈라져 서로 마치 자신이 옳다는 식으로 분열해 갔다. 그런 가운데 김옥균을 중심으로 갑신정변이 일어났다. 겨우 3일 만에 불발이 되었지만, 조선은 또 한번 혼란에 빠지고 만다.

13. 명과 후금의 중립 외교

 이중하는 며칠간 승정원을 들락거리며 1619년 12월, 광해군이 창덕궁 인정전에서 참획사 이시발(1569~1626)과 어전에서 면담한 내용을 승정원일기에서 확인하였다.
 참획사는 후금(청)에 대비하여 군사 외교 대책을 기획하는 막중한 직책이었다. 이시발은 광해군에게 다음과 같이 말했다.
 -전하! 일본은 같은 하늘을 쳐다보고 살 수 없는 원수입니다만 우리나라는 지금 그들에게 기미책(포용하여 다독이는 정책)을 쓰고 있습니다. 하물며 후금과는 대대로 원수진 일도 없고 불화의 단서도 맺지 않았으니 화친해서 우회적으로 지내더라도 안될 것 없습니다. 오늘의 계획은 신료들을 접견하여 토론하고 여러 논의를 채택하시되 전하께서 재결하시면 국가의 대사를 한마디 말만 듣고도 결정할 수 있을 것입니다.
 광해군은 이시발의 말을 듣고 조용히 말했다.
 -경의 말에 나도 동감하오. 그러나 조정 중신이 짐의 말에 응하지 않으니 이것이 문제이오! 심하전투만 해도 그렇소! 명나라

에 쳐들어온 후금에 대항하기 위하여 명, 조선, 여진족까지 참전하였지만 결국 이 전투에서 명나라는 후금에 패하고 후금은 만주 지역을 완전히 차지해 버렸으니 장차 화가 조선에 미치지 않을 것이라는 보장은 할 수가 없소이다.

-전하! 망극하옵니다.

당시 조선은 군사적 대결을 한창 벌이고 있던 명과 후금 사이에서 갈피를 잡지 못하고 있었다. 광해군은 양국의 대결에 휘말리지 않으려고 부심했다. 하지만 명의 압박과 신료들의 채근에 밀려 같은 해 3월 강홍립를 도원수로, 김응서를 부원수로, 선천 군수 김응하와 순천 군수 이일원에게 조선군 1만 5천 명을 보내 후금을 공격하는 데 동참하게 하였으나 심하라는 전투에서 8,000명의 전사자를 내며 참패하고 말았다. 그런데 명은 패전 후에도 후금 공격에 다시 나서라고 요구했고 후금은 자신들 편에 서거나 최소한 중립을 지키라고 조선을 압박했다.

이시발은 다시 머리를 조아리고 왕에게 아뢰었다.

-전하! 원수 일본과도 화해했는데 후금과 적대할 필요가 없으니, 그들과 화친하되 신료들과 소통하여 의견을 폭넓게 하시어 국정을 안정하게 하셔야 합니다.

-물론이오! 경의 말을 어전에서 신료들과 함께 의논합시다.

그렇지 않아도 조선은 임진왜란을 계기로 원한이 하늘을 찔렀지만, 조선은 1609년(광해군 1) 일본과 국교를 재개하였다. 일본 막부와 대마도가 국교 회복을 강하게 요청했기 때문이라고 했지만, 조선이 직면했던 대외 환경은 중요한 배경이 되었다.

광해군은 신료들을 어전에 모이게 한 후, 엄숙하게 말했다.

-경들은 들으시오! 명과 후금 대결이 격화되면서 조선은 국방의 중심축을 대륙 방향으로 옮겨놔야 하는 실정에 와 있습니다. 대륙에서 밀려오는 위협에 집중한 상황에서 일본이 재침할 경우, 정면과 배후에서 협공당하는 수적 위기에 처할 수밖에 없는 현실을 고려해야 하니 누군가 진언해 주시오.

그러나 누구 하나 선 듯 나서 아뢰는 사람이 없자, 참획사 이시발은 그제야 안심이 된 듯 신료들을 대신하여 말을 하였다.

-전하! 전하께서 일본에 대하여 복수가 아닌 우로를 선택하시려면 임진왜란을 계기로 사용된 저들의 조총과 장검, 성능과 품질을 들어, 일본에서 무기를 수입하여 후금의 침략에 대비하는 것이 중요합니다.

임금은 이시발의 말을 듣고는 신이 난 듯이 말했다.

"경의 말은 제 생각과 같습니다만, 여러 대신들의 의견은 어떻소!" 하고 좌중을 둘러보았다.

중신들은 하나같이 전하! 그렇게 하옵소서! 하고 말했다.

실제 신료들은 반일 감정이 들끓고 후금을 오랑캐로 매도하던 당시의 분위기를 거스르며 일본과 후금을 포용해 결국 명과 후금의 전쟁, 그리고 일본과의 전쟁에서 다시는 휘말려 들지 말아야 한다는 것이었다.

1592년 광해군은 임진왜란이 일어나자 선조를 대신하여 경상, 전라, 충청도를 주유하며, 평안도 함경도 강원도 황해도를 돌며 조선이 건재하다는 사실을 알리고 관민들에게 분전할 것을 촉구하였다. 그는 왕세자로 가장 많은 시간을 궁궐 밖에서 전쟁의 소용돌이 속에서 분조를 이끌고 전쟁의 현장을 누볐다.

그는 명군에 대한 지원 업무를 총괄했다.

1년 이상의 전쟁을 통해 전쟁의 참상과 민중 외교는 물론 조선의 허약한 현실과 일본의 강한 군사력을 직접 목도하였다.

물론 해상에서는 수군을 이끈 이순신이 모두 승리를 했지만 동시에 명군의 실상에 대해서도 나름대로의 감각을 갖게 되었다.

1608년 광해군은 즉위 후 명과 후금 그리고 일본과 모두 우호적인 관계를 유지하려고 노력했다. 전쟁으로 피폐해진 민생을 회복하고 자신의 왕권을 공고히 하려면 대외 관계가 인정되어야 한다고 판단했다.

이중하는 오늘도 시간이 나자 승전원으로 가서 광해군 때의 명과 후금 사이의 중립 외교를 조사하며 조선이 나아갈 길을 찾아보았다. 쉬운 일은 아니었다. 227년 전의 일을 생각하기는 역부족이었다. 당시 기록을 보면, 당장 신료들 대부분은 왜란 당시 은혜를 베푼 상국, 명의 편에 서서 오랑캐 후금에 맞서야 한다고 주장했다. 신료들은 1619년 심하 전투에서 패한 후에도 명의 재출병 요구를 받아들이라고 임금에게 간언하였다. 그때마다 광해군은 단호했다. 더 이상 참전은 불가하다고 선을 그었다. 그는 후금과 화친을 꾀하는 한편, 명의 재출병 압박을 피하기 위해 부심했다. 우선 조선이 심하 전투 참전과 패전으로 심각한 피해를 입어 명을 도울 여력이 없었다. 조선이 명나라 편에 섰던 것에 반감을 품은 후금으로부터 침략을 당할 위기에 처해 있다고 명에게 호소하였다.

전쟁은 참혹했다. 강홍립이 이끈 조선 군대는 명군의 패배 소식을 듣고 급히 진을 쳐서 청군을 막고자 평지에서 대비하였다. 조총수가 병력의 반 이상이었던 조선군은 후금의 기병대에게 대패하고 후금에 2일 동안 포위되어 굶고 하다가 결국 5,000명의 군사를 이끌고 누르하치에게 투항한다.

조선군은 조총과 장창으로 맞서 싸웠으나 강한 역풍으로 인해 불이 꺼지고 화기의 연기에 시야를 빼앗겼다. 이때 후금 기마병이 돌격하여 선봉 부대를 돌파하고 이때 좌영을 방어하던 조선

장수 김응하가 전사한다. 이때 전사를 한 김응하는 조선에서 충무공의 시호를 받았고 명나라 신종 황제는 그를 요동백에 추서하였다.

1619. 4. 2. 강홍립은 명나라의 사대주의에 물든 신하들의 압력으로 관직을 삭탈당한다. 광해군은 여론에 밀려 강홍립, 김경서, 정응정, 여눌 등의 가족까지 구금했지만, 강홍립에게만큼은 죽어서도 밀지는 밀지로 끝나야 한다는 것을 지키게 하였다.

강홍립은 항복 후 청나라에 자신들의 사정을 알렸다. 임진왜란 때 명군이 조선에 파병, 할 수 없이 전투에 참가했다고 하였다.

14. 독선과 아집 사이에서 - 광해군

이중하는 이 사실을 알고 아! 이것이 외교의 사술이구나! 정확한 자료라 할까! 그래서 광해군은 인조반정에서 쫓겨났지만, 뒤에도 명에서는 광해군이 우리를 충실히 섬겼고 공이 많았다는 평가를 가져왔다는 것을 알았다.

당시 요동의 명 지휘 고난 중에는 심하 전투 당시 조선이 고의로 항복했다는 의심하는 사람들이 있었다. 광해군은 이들의 의심을 풀기 위한 대책으로 심하 전투 당시 후금군과 끝까지 싸우다가 장렬하게 전사한 장수 김응하를 추모하는 시집을 요동 지역으로 유포시켰다. 조선군이 고의로 항복하기는커녕, 김응하처럼 명을 위해 분전했다는 사실을 중국인들에게 홍보하기 위한 포석이었다. 광해군은 또한 재출병을 요청하기 위해 입국한 명 사신들이 입국하는 길목에 소복을 입은 여인들만 모아놓고 곡을 하도록 하였다.

처연한 광경을 목격한 명 사신들이 사연을 물으면 심하 전투 당시 전사한 조선군의 미망인들이라고 소개했다. 명을 위해 참전했다가 조선 사회가 처참한 후유증에 시달린다는 서실을 사신들에게 생생하게 보여 줌으로써 재출병 이야기를 꺼내지 못하게 하려는 의도였다. 광해군은 명과 후금 사이에서 약소국 조선이 생존하려면 때로는 상대국을 기만하는 것도 필요하다는 생각을 가졌다. 광해군의 이 같은 자세는 어느 정도 성공을 한 것이다.

이중하는 여기까지의 기록을 들여다보고 그래도 광해군이 있었기에 이만큼 조선이 견디어 온 것을 알았다. 비록 내정 실패로 광해군이 무너졌지만, 그의 명과 후금 사이의 중립외교는 정말 대단한 것이었다고 생각했다. 따지고 보면 광해군이 나름대로 능력을 발휘했지만, 그의 외교가 딛고 선 토대는 허약했다. 외교와 국내 정치가 따로 놀았기 때문이다. 그러다 보니 광해군은 이이첨 같은 측근들의 정치적 독주와 강공을 제어하지 못한 채 이복동생인 영창대군을 살해하고 계모 인목대비를 유폐하는 인륜상의 과오를 저질렀다. 그 때문에 효를 지고의 가치로 여기던 조선 대다수 사대부의 지지를 상실하고 말았다.

그뿐이 아니다. 광해군은 재정 문제 등을 내세워 명의 출병 요구를 강하게 거부했지만, 정작 스스로는 이율배반적인 형태를 보인 것이다.

왕권의 위신을 세운다는 명분으로 경희궁과 인경궁 등의 건설 공사에 매달렸다. 거대한 궁궐을 동시에 지으면서 재정에 비상

등이 켜졌다. 그러자 광해군은 조도사라 불리는 어사들을 삼남에 파견하여 증세를 독촉했다. 목재와 석재 등을 바치는 사람들에게 벼슬을 주는가 하면 아예 은을 받고 벼슬을 팔게 하였다.

신료들은 공사 규모를 줄여 절약된 비용을 후금을 막는 데 쓰자고 호소했지만 듣지 않았다. 독선과 아집 속에서 백성들은 아우성쳤고 신료와 사대부들은 등을 돌렸다.

패권국 명과 신흥 강국 후금 사이에서 명에 일방적으로 휘둘리지 않고 후금과 잘 지키려고 했던 광해군의 의도와 수단은 대단했다. 그러나 돌아선 민심과 여론은 비난과 냉소를 쏟아냈다. 내정이 무너지니 광해군도 쓰러졌다. 그의 외교 또한 허무하게 무너졌다.

이중하는 이 사실을 승정원일기에서 찾아 읽으며 생각하는 바가 있었다. 광해군 당시와 오늘의 내외 현실은 패권국과 신흥강국 사이에서 경쟁이 심한 것을 생각했다. 조선의 외교 안보 상황이 중대한 시험대에 올랐다는 사실은 그때나 지금이나 다르지 않았다. 고종 위에 대원군이 군림하여 세계열강이 조선을 향해 각축전을 벌이고 있는 것도 여간 일은 아니다. 그렇다면 청나라의 충돌을 피할 수 없는 전략이 무엇일까? 아마도 그것은 국론분열, 국경 분쟁, 안보 중요, 바로 외교가 중요하다는 것을 깨달았다. 그렇다면 이중하에게 다가오는 국왕의 어명을 어떻게 받아 처리할 것인가?

15. 임오군란-대원군 집정

　임오군란은 1882년 훈련도감에서 해고된 구식 군인들이 13개월간 동안 체불된 임금을 정부가 저급 불량 쌀을 지급하여 일어난 난이다. 1882녀(고종 19) 7월 23일, 구식 군대가 별기군(근대식 신식 군대)과의 차별 대우에 항의하면서 조선 왕조에 대한 집단으로 일으킨 군란이다. 이 사건을 보면 조선은 청일의 사이에서 샌드위치가 되는 계기가 되었고 멀리는 조선 왕조가 멸망의 길을 걷는 본격적인 시작이 되었기에 중요한 사건이다. 왜란, 호란 이래 250년간의 평화가 깨지고 최초로 대규모 외국군이 진주하게 된 결정적인 요인이 임오군란이었다. 한반도 역사상 처음이자 마지막으로 한 나라의 군주가 살고 있는 궁궐이 군대와 백성들에게 기습을 당한 것이다. 또한 외국 군대, 청군과 일본군이 본격적으로 조선에 주둔하는 계기가 되었다.

　조청상민수륙무역과 제물포 조약, 조일수호조규 속약, 조일통상 장정 등이 체결된 청군과 일본군이 주둔하여 청과 일본 상인이 조선 영토로 진출하게 되었다. 그 결과로 빈약한 기반을 가졌던 조선 상인들이 몰락하게 되었다. 기록에 의하면 1891년 조선에 거류하는 청나라인은 2,000명, 일본인은 8,600명에 육박했다고 한다.

1876년 일본 제국과의 불평등 조약인 강화조약을 맺은 조선 왕조는 문호를 개방하게 되었고 그로 인해 진보적 성향의 개화파와 보수적인 위정척사파 간의 갈등은 더욱 심해지게 되었다. 한편 조정은 기존의 5군영을 무위, 장서의 2영으로 통폐합하고 일본의 추천하에 별기군이라고 불리는 신식 군대를 창설하여 일본 교관인 일본 육군 소위 호리모토 레이조와 일본 육군하사관 조교의 지도 아래 훈련을 실시했다. 그러나 2영의 구식 군인들은 별기군에 밀려 차별대우를 받게 되었으며 급기야는 급료조차 제대로 지급받지 못하는 상황을 맞았다. 이에 군인들은 일본의 후원을 등에 업은 별기군과 그들을 우대하는 조정에 대해 반감을 품게 된다. 그 와중에 고종은 세자빈 순명효왕후 민 씨와 순종의 가례를 위한 혼수품으로 대량의 비단을 일본 회사로부터 구입하는 데 거액의 돈을 지출했다. 국왕이 나라를 지키는 군인들의 급여는 체불한 채 아들 혼수 장만에만 거액의 돈을 들인 것이다.

1882년 선혜청에 전라도 조미가 도착하여 음력 6월 5일, 구식 군인들에게 밀렸던 급료를 지불하게 되었는데 이 조미가 선혜청 관리들의 농간으로 인해 싸움의 불씨가 되었다.

군인 1) 아니 대체 이게 뭐야. 이 쌀이 반이고 겨가 반이잖아.
군인 2) 이것 좀 보게. 내 쌀에는 모래가 섞여 있네.

 이유인즉, 그 조미에는 식용 쌀이 아닌 썩은 쌀겨와 모래가 섞여 있었고 양포 기준에 맞지 않는 것으로 알려졌다. 실제로 확인해 본 결과 사실로 드러나자 구식 군인들은 포수인 김춘영과 유복만이 주도하여 집단으로 조미 수령을 거부한 뒤 선혜청으로 가서 쌀을 새로 달라고 요구했다. 지금 담당자가 새로 못 주겠으니까 받기 싫으면 가라는 식으로 군인들을 모욕하고 자극하는 언동을 일삼자, 결국 군인들은 분노가 폭발하여 선혜청 관리를 구타했다.
 고종은 처음 구식 군인들이 선혜청 관리들을 구타했다는 말을 듣고 음력 6월 9일, 고종은 차대를 행하였다. 영의정 홍순목이 아뢰기를, "추수 후의 농사 형편은 예견할 수는 없습니다만, 대체로 기전, 서울 및 경기 지방은 틀림없이 흉년을 면치 못할 것 같습니다. 앞으로 도하(서울) 백성들의 우환이 실로 심할 것입니다. 그런데 종전에는 이러한 때면 매달 양곡을 발매하여 기근을 구제하였습니다만, 지금 선혜청에 무슨 저축된 곡식이 있습니까? 다만 전날 군자감에서 급료를 내줄 때의 일을 가지고 말하더라도 도감의 군졸들이 받은 곡식이 섬이 차지 않다면서 두 손으로 각각 섬식을 들고 하는 말이, 13개월 동안 급료를 주지 않다가 지금 겨우 한 달분을 분급한 것이 바로 이와 같은가? 라고 하면서 해당 구지기를 구타하여 현재 생사를 분간하기 어렵습니다. 이어 대청 위에 돌을 마구 던져 해당 낭관이 도피까지 하였으니 이 어찌 작은 문제라고 하겠습니까?"라고 말했다.

임금은 영의정 홍순목의 말을 듣고 하교하기를, 13개월이나 급료를 내주지 못한 것도 민망스러운 일인데, 게다가 섬이 차지 않은 것은 또한 무슨 까닭인가 하니, 홍순목이 아뢰기를, "도봉소에서 획송하면 중간에서 축내는 일이 없을 수 없다고 합니다. 비록 그러하나 이는 군의 기율에 관계되는 일이므로 즉시 우위영 대장에게 말을 전하여 엄하게 조사한 다음 법률을 정하게 하였습니다. 그러나 이것은 아마 군사들의 가슴속에 억울함이 쌓인 것에 연유한 듯합니다. 신이 중종과 부중이 함께 일체라는 뜻으로 지난날에 진술을 올린 바가 있습니다. 그런데 무소의 군사가 받는 것은 완전하고 훈련도감의 군사가 받는 것은 이처럼 완전치 아니하였으니 어찌 한탄하지 않겠습니까? 10년을 양성하여 하루 동안 쓰는 것은 마찬가지인데, 만약 그사이에 후함과 박함의 차이가 있어 평일에 원망이 쌓였다면 어찌 우려할 바가 없겠습니까?

전하! 근래에 전하께서 행차할 때마다 군사들에게 건호케 하라는 명이 있었으나 해영에서 돈이 모자라서 나누어 주지 못하였으니 이는 유명무실한 문서일 뿐 혜택이 아래에 미치지 못한 것입니다. 그들이 먹여줄 수 있는 것을 바라는 식량은 아홉 말의 쌀에 불과한데, 이것조차도 일 년이 지나도록 충분치 않아서 스스로 의식을 마련하여 분주히 복역하면서도 감히 군령을 어기지 않았으니 오히려 기율이 있다고 충분히 말할 수 없습니다" 하고 아뢰었다.

임금은 전교하기를, "과연 그렇다. 군졸들이 군령을 어기지 않는 것은 역시 가상한 일이다. 경은 이 일을 신속히 처리하여 매듭을 지으라"고 간곡히 당부했다. 그러나 선혜청의 제조 민경로가 고종의 말을 듣고도 주동자를 잡아 구속해버림으로써 군인들의 분노가 한층 끓어올랐다. 횡령도 횡령이거니와 급료도 제대로 줄 수 없는 형편에 그나마 있던 돈까지 횡령했다는 것은 당시 조선 왕조의 재정 부패가 최악에 도달하였음을 보여 주었다.

이중하는 이제 관직에 나와 일하는 것도 이제 겨우 2년이 되어 가는 과정에서 이 사실을 목격하고 영의정 홍순목(1816~1884)에게 가서 언짢은 표정을 지으며 따져 물었다.

홍순목은 본관은 남양, 자는 분계, 자는 희세이며 홍현규의 손자로 승지 홍종원의 아들이며 갑신정변의 주역 중 한 사람인 홍영식의 아버지이다. 그는 조선 후기 대사헌, 이조판서, 영의정을 역임한 문신으로 한때 흥선대원군의 측근으로 활동했다. 1844년(헌종 10)증광별시 문과에 병과로 급제, 지평 수찬을 지내고 1846년 초계문신에 뽑혔다.

1849년 헌종이 죽자 반전도감도청이 되고 부사과를 거쳐 1858년(철종 9) 이조참으로 승진하였다. 1863년 대사헌이 되었으며 이듬해 고종이 즉위하자 흥선대원군의 신임을 받아 1864년(고종 1) 황해도 관찰사가 되고 1866년 이조판서, 예문관 제학, 홍문관 제학, 한성판윤 등 여러 관직을 거친 뒤 이조판서가 되고 1867년 예조판서를 역임하고 1869년 우의정에 올랐다.

수구세력 강경파의 거두로서 대원군의 통상수교거부정책을 적극적으로 지지하여 1871년 신미양요 때는 미국에 맞서 싸울 것을 주장하고 1872년 영의정에 올랐다. 그의 나이 56세였다.

그러나 1884년 아들 홍영식이 갑신정변을 일으켰으나 사흘 만에 실패하고 홍영식이 피살되는 사건이 발생하자 관직을 삭탈 당해 자살하였다. 3번이나 영의정에 올라 재정난을 타개하기 위한 당오전의 주조를 주장하여 이를 실현시켰다.

-대감! 정상적인 상황이라면 아예 일어나지 않도록 어떻게 대

책 마련을 해야 하지 않았을까요? 실제로 정규군에게 이런 대접을 하려고 한 것은 아니겠지만, 군인들의 월급을 등쳐 먹을 정도로 조선 정부의 행태(여흥민씨 척족)가 판단력이 정상이 아니라는 것을 말하고 싶습니다.

-이 교리! 잘 보았어요. 이 교리 말이 다 맞아요. 영의정인 내가 입이 열 개라도 할 말이 없습니다. 나만 해도 납득하기 어렵지요. 저들에게서 불만이 터져 나왔다면 이건 불만이 아니라 뻔한 일이지요. 실제로 삼정의 문란에서 가장 문제가 많았던 환곡에서 수령과 아전들이 횡령을 한 것이라고 생각하니 나도 분통이 터지고 가슴이 무겁고 착잡합니다.

-대감! 조정에서 이번 일을 원인과 결과를 완벽하게 파악하고 바로 잡아 놓지 않으면 일이 더 커질 것을 아십니까?

-이 교리! 이 교리가 말한 대로 임금인 고종까지도 심각한 것을 못 느낀 무능한 군주가 되고 말았지요. 제대로 된 해결책을 제시하고 은폐된 조작을 파헤쳐 불신을 찾아낸다면 훌륭한 군주가 되었을 터인데 그렇지 못해, 어떻게 보면 통수권자인 임금 자체가 한 통속이라 생각하면 비상식적으로 대응하지 않았나 하고 느껴지지요.

그의 말은 직선적이고 아주 통쾌할 말이었다. 다만 임금이 무능하다는 말을 하는 것을 보면 누가 들으면 반역이라도 한다는 말로 들릴 수가 있지만, 성격이 강직한 그는 오히려 이중하가 들어서라도 이 난국을 타개하고 싶었던 것을 알 수가 있다.

　-대감! 한 가지를 더 여쭙겠습니다. 원래 대감께서는 흥선대원군과 같이 통상수교거부정책은 대단히 추진력이 높았고 이를 실제로 수렴하기 위해 대대적인 국방력 강화가 필요한 것을 알게 합니다. 그런데 흥선대원군의 정치적 기반인 5영군을 개화라는 명목으로 고종이 2영으로 개편하고 귀속시킨 것은 조선의 기존 군 체제를 갈아엎은 것이 아닐까요?

　영의정 홍순목은 이중하 교리가 이토록 집착하여 물고 넘어지는 것을 금세 알아차렸다.

　바로 조선의 삼정 문란에 대한 환곡 즉 다시 말하면 고종의 입장에선, 남아있는 구식 군인들이 언제든지 자신의 정권을 위협할 잠재적 위험인물인 대원군에게 들러붙는 가능성이 불만이란 것을 생각하게 한 것인지도 모른다고 생각했다. 그런데 이 구식 군인들에게 채납한 급료로 지불한 쌀이 이 정도라면 군란이 일어나도 당연하다고 볼 것이다. 그러니 군인들이 속수무책으로 당해야 하는 것을 보면 군인들의 월급을 등쳐먹은 탐관오리들의 행패가 정상이 아닌 것을 들어 섶을 지고 불에 뛰어든 꼴이 된 것이다.

영의정 홍순목은 교리 이중하가 말하지 않아도 조정이 가만히 방관만 하다 일어난 사태를 보며 올 것이 왔다고 생각했다. 그러나 흥선대원군이 정적에 가깝다고는 해도 엄연히 고종의 아버지였다.

  훈련도감을 포함한 병졸 개개인의 막연한 대원군에 대한 기대심리 즉 칼부림을 할 수 없음을 본다. 그러나 이미 정부가 군제를 개편한 이상, 임금인 고종도 격동하는 세계정세 속에서 살아남기가 너무 늦은 것 같았다.

  더구나 고종으로부터 선혜청을 맡아본 민경호가 구식 군인들의 봉급을 횡령하고 하인들을 시켜 구식 군인들의 쌀가마니에 썩은 쌀, 모래, 겨를 섞어서 사건의 원인을 제공한 장본인이라면 마치 돼지 목에 진주 목걸이를 걸어주는 꼴이 되고 말았던 것이다. 특히 조선왕조의 재정 부족과 고질적인 부정부패는 민 씨 일가와 고종의 잘못된 판단을 누적시키며 산더미처럼 일을 키워 버렸다. 그러니 어쩌랴! 결국 일은 터지고 말았다.

  담당자 민경호는 그 일 하나 똑바로 처리 못하는 그저 무자비하고 비체계적으로 표면적 주동자만 잡아들여 그들에게 태형을 가해 구식 군인들의 분노만 샀다.

  상황의 심각성이 증대했음에도 분노한 병졸의 구심점이 되는 대원군을 비롯한 위정척사파의 접촉을 차단하는 시도를 하지 않고 안일한 대처만 하였다. 무엇보다도 믿을 구석이라 볼 수 있는 고종의 친위대인 별기군은 고작 400명에 지나지 않아 일종의 시범용 부대라 실질 전투력은 검증된 점이 없었다. 그러니까 고종과 조정의 생각과는 달리, 초동 조치가 실패한 뒤 폭발해 버린 대규모 병졸들이 정치적 구심점을 찾는 만약의 사태가 터질 경우, 조정 입장에선 이걸 막을 재간이 매우 불투명하였다.

결국 이런 고종과 조정의 방관에 가까운 잘못된 정치적 판단은 최악의 결과를 초래하고 말았다.

16. 갑신정변-3일천하

고종 21년(1884. 12. 4. 갑신년) 이중하는 갑신정변을 맞았다.

1882년 증광 문과에 병과로 급제하여 1883년 홍문관 교리가 되고 1885년 공조참의가 되어 안변부사로 나가기 전 해이다.

김옥균, 박용효 등의 개화당이 민 씨 일파의 사대당을 물리치고 국정을 대신하기 위하여 일으킨 정변으로 거사 이틀 후 사대당과 청의 반격을 받아 실패로 돌아갔다.

김옥균(1851~1894), 서재필(1864~1951), 박영효(1861~1939), 홍영식(1856~1884), 김홍집(1842~1896), 서광범(1859~1897), 파올 게오르그(1848~1901), 민영익(1860~1914)

이들은 청나라에 의지하는 척족 중심의 수구당을 몰아내고 개화 정권을 수립하려 무력 정변을 일으켰다. 이 정변은 삼일천하로 실패했다.

12월 4일, 저녁 우정국 낙성식에 정변을 일으켜 고종 명성 황후를 경운궁으로 피신시킨 뒤 민 씨 척족들을 축출하거나 일부 처형하고 12월 6일 오후 중국 간섭 배제, 문벌과 신분제 타파, 능력에 따른 인재 등용, 인민 평등권 확립, 조세제도의 개혁 정책을 내놓았다.

개혁파 당시에 내놓은 정책 중 현재 전하는 기록은 14개 조항이나 일설에는 80개 조항이 있었다는 견해도 있다.

민 씨 정권은 청나라 원세개에게 도움을 요청해 청 군대를 불러들였고 명성황후는 창덕궁으로 되돌아갈 것을 주장했다.

김옥균이 일본에 의존했다는 비판도 있다. 그해 말 12월 조선 조정에서는 예조참판 서상우 등을 특차전권대사로 파견, 갑신정변 과정에서 일본 측의 개입을 문제 삼았다가 오히려 한성조약을 체결하게 된다.

1874년 흥선대원군의 실각 이후, 1876년 2월 27일, 일본과 강화도에서 강화조약을 맺었다. 일본은 1875년 2월부터 군함을 이끌고 동해와 남해, 황해 등에서 무력시위를 벌이게 된다. 이때 조선군의 선제 발포가 문제가 되어 1876년 2월 27일, 강화도에서 조일수호조규가 체결되면서 제물포항이 개항된다.

이후 부산과 원산항을 개항이 되자 위정척사파들의 시위는 격화됐고 1877년 흥선대원군의 쇄국을 반대하고 강화도조약을 지지했던 박규수가 사망한다.

1882년 임오군란으로 구식 군대 및 위정척사파의 추대를 받은 대원군이 집권했으나 명성황후는 청나라 군대를 끌어들여 대원군을 실각시킨다.

그 후 조선의 정치는 청나라로부터 노골적으로 간섭을 받기 시작한다. 불만은 고조되어 북학파의 후신인 개혁파들은 중국의 오랜 속국 노력과 내정 간섭에서 벗어나야 한다고 주장했다.

1884년 초부터 김옥균, 서광범, 박요효, 서재필 등은 정변을 개혁하고 그해 7월부터 계획을 세워 12월에 정변을 일으켰다. 결국 청의 군대가 명성황후의 전갈을 받고 청나라 군대 1,500명이 창덕궁 안으로 진입한다. 홍영식은 청나라 군과 싸우다가 전사했고 김옥균과 서재필 박영효 등은 인천을 거쳐 일본으로 망명했으며 윤치호 등은 외국 유학 형식으로 망명했다.

이중하는 앞서 임오군란과 갑신정변을 통해 청나라군에 의해 밀려남으로써 왕권이 크게 실추되었음을 가슴 아파했다. 거기다가 임오군란 때는 흥선 대원군이 반란 세력을 등에 업고 궁중에 들어와 대권을 장악했다가 곧 청조에 납치되는 것을 보고 울분을 토했다. 거기다가 청과 일본이 이 변란을 계기로 조선에 진주해 세력 다툼을 벌여 조선의 자주권에 치명적인 손상을 입히는 것을 보니 기가 막혔다. 청나라가 조선을 무력으로 점령한다는 이유를 내세워 일본은 일본대로 조선에 병력을 대대적으로 파병

했다. 임오군란과 갑신정변 후 민 씨 정권과 고종은 친청 정책을 펴면서 새로운 국면을 모색했지만, 급격하게 변하는 동아시아 정세에 효과적으로 대처하지 못한 채 혼란은 점차 가중되었다.

전국 곳곳에서 반봉건, 반외세의 기치를 내건 민란이 끊임없이 이어졌다.

이중하는 임금 앞에 나가 아뢰었다.

-전하! 공조참의 이중하입니다. 지금 두 나라가 조선에서 내정 간섭을 못 하게 하고 자국으로 군사가 물러가게 해야 합니다. 잘못하면 조선이 두 나라에 사이에서 국정을 농락당할 수 있습니다.

임금은 이중하의 말을 듣고 말하기를,

-경은 어떤 방법이라도 있소?

고종 임금은 우유부단하여 어떻게 할 줄 몰라 우왕좌왕하며 국정을 펴지 못했다. 차라리 이때 아버지 대원군이라도 있으면 될 것을, 대원군의 실권을 빼앗아 청군에 의해 천진으로 납치를 하게 했으니 참으로 불효가 아닐 수 없었다.

-전하! 오늘의 세상은 누구나 믿지 못하는 지경에 이르렀습니다. 조선의 군대와 나라를 위해 올바른 결정을 내리시고 이젠 피하지만 말고 죽을 각오로 결단하여 조선을 지키소서!

이중하는 이 말을 하고 어전을 물러 나왔다.

17. 군란의 격화

　폭행 사건을 일으킨 김춘영, 유복만 군인들은 잡혀가서 뭇매질을 당하고 옥에 갇히게 되었는데 그들이 사형을 당한다거나 흥선대원군 형인 홍인군이 고종에게 군란의 진입을 요청을 했다는 소문을 듣게 된다. 거기다가 투옥된 군인들이 모두 죽을 것이란 소문에 구식 군인들은 분노는 제대로 폭발했다. 구식 군인들은 김춘영의 아버지 김장손과 유복만 동생 유춘만의 주도로 그들에게 동조하는 한성의 백성들에게 김장손이 목소리를 높여 말했다.
　-여러분! 지금 우리는 이래 죽으나 저래 죽으나 마찬가지입니다. 저들은 작금의 사정을 왜곡, 시정하지 않고 오히려 이 일이 옳지 못하다고 한 사람들을 붙잡아 매를 치고 옥에 가두고 죽이고 있습니다. 우리가 언제 정부를 믿었습니까? 한 나라의 군주라는 자가 백성들을 돌보지 않고 도탄에 빠지게 하고 굶어 죽게 하는 것을 보니 살기 위해서라도 저들을 처단해야 합니다. 와아! 옳소!

병사들의 불만스러운 사기는 금세 하늘을 찌를 것 같이 불타올랐다. 그러자 유춘만이 큰 소리로 말했다.

-이 탐관오리들을 전부 잡아 목을 치고 이들이 가진 양식을 전부 뒤주에서 꺼내 흉년에 배고픔으로 고통받는 백성들에게 전부 나눠 줍시다.

-옳소!

횃불을 든 병졸들은 쏜살같이 선혜청을 빠져나가 종로에 있는 민경호의 집으로 달려가 자택에 불을 지르고 약탈하기 시작했다. 그사이에 일부 병사들은 운현궁에 있는 흥선대원군을 찾아가 협조를 요청했다. 한 병사가 급하게 머리를 조아리며 말했다.

-대원군 대감! 지금 대감이 나서지 않으면 우리는 모두 죽습니다.

흥선대원군은 사태를 짐작하고 자리에서 일어나며 우렁찬 목소리로 말했다.

-그래, 알았다. 내가 알았으니 너희들은 일단 여기서 물러나 제자리로 돌아가 있어라.

그 말을 하고 그는 관복을 갈아입고 밖으로 나갔다.

숱한 사람들이 횃불을 들고 웅성거리며 소리쳤다.

-와아! 대원군 대감이시다. 대원군 대감님! 대원군 대감님!

만세!

　그는 사태를 휘어잡기 위해 일단 그들을 달래주고는 성난 군중들에게 해산할 것을 명령했다.

　-여러분! 이 일은 내가 책임지고 해결하겠으니 일단 해산하여 다음 일을 기다리십시오!

　흥선 대원군은 자신의 심복인 허욱을 불렀다.

　허욱이 앞에 나타나자, 대원군은 말하기를, 너는 빨리 군인으로 변장해 옷을 갈아입고 김장손, 유춘만에게 가서 그들 구식 군인들의 지휘를 맡도록 하라 하였다.

　-네, 대감 어른!

　허욱은 재빨리 방에서 군복을 갈아입고 자신을 찾아온 병사들을 따라 김장손과 유춘만이 있는 곳으로 갔다.

　음력 6월 5일, 허욱, 김장손, 유춘만의 지휘 아래 구식 군인 300명이 동별영의 무기고를 부수고 병장기를 탈취하여 무장하고 포도청과 관가(의금부)를 습격하여 잡혀간 김춘영, 유복만, 그 외 군인들과 위정척사파 및 흥선대원군 지지자 인물들을 비롯한 모든 죄수를 석방하고 일부는 중종 민 씨의 오빠인 민경호, 민대호 등 민 씨 일파 친척과 개혁파 인물들의 자택을 습격하고 파괴하였다. 모두 하루 사이에 일어난 일이었다.

다음날 이들은 경기 감영을 장악하고 감여의 무기고를 부순 후 그들과 합세한 1만 명의 일반 백성들까지 무장시키고 개화파 인물에 이어 원흉과 혐오의 대상이었던 주조선 일본 공사관과 하도감까지 습격하여 별기군 교관이었던 호리모토 소위를 비롯한 별기군 군인들을 습격하여 살해했으며 별기군 부대까지 급습하여 별기군 일부를 살해하여 사태가 끝나는 듯싶었다. 그러나 구식 군대는 이에 그치지 않고 그다음 날 6월 10일, 대원군 지휘하에 폭동을 일으킨 뒤 백성들과 합세하여 민씨 일파를 처형하기 위해 궁궐로 거침없이 진격하였다.

이들은 우선 대원군의 형이었지만 고종과 중전(명성황후)을 지지하였던 전 영의정 홍인군(이최응)과 이조참의 겸 호군인 민창식 집을 습격해서 현장에서 이들을 죽였다. 이때 백성들이 임오군란에 합세한 것은 민 씨 세력과 명성황후인 관료들의 횡포와 부정부패를 조장하고 똑같은 만행을 일삼았기 때문에 백성들 또한 구식 군인들처럼 민 씨 일파에 대한 증오감과 원한이 매우 컸다. 그들은 단숨에 창덕궁 돈화문으로 들이닥쳤는데 궁성과 궁궐에서는 이들을 막아서거나 저지하는 병사들은 누구도 없었다. 궁 안으로 들어선 군인들과 백성들은 더 이상 거칠 것이 없었다. 거기서 그 원흉이었던 민경호와 경기도 관찰사 김보현을 붙잡아 죽였으며 모든 근원이라고 할 중전 민 씨를 찾아서 죽이는 일에 혈안이 되었다.

(1882년 임오년 고종 19년 6월 10일)

군졸들은 먼저 이최응의 집을 부수고 벌벌 떨고 있는 그를 죽였다. 군병들은 그가 다시 살아날까 염려하여 장창으로 항문을 찔러 창날이 머리와 뺨에 나오는 것을 확인하고 멈췄다. 그리고 나서 장안의 민가 놈은 다 죽이겠다고 호언하면서 대궐로 들어가 선혜청 제조 민겸호와 지중추부사 김보현을 살해했다.

또 김보현의 큰 집과 작은 집과 신관호, 한성근, 윤홍렬, 홍완, 이태응, 내영 집사 등속과 숭인동 왜자(일어 통역관)의 집들이 모두 파괴되었다. 홍완은 포박되어 난군이 죽이려 들자 살려 달라고 애걸복걸하였다. 그밖에 민가와 친근한 사람이나 궁궐에 침입하는 점쟁이, 무당집까지 모두 파괴하여 이날 피살된 사람의 숫자는 헤아릴 수 없이 많았다.

이때 중전 민 씨는 궁녀 옷을 입고서 궁녀로 변장하여 궁궐을 빠져나가려고 했는데 뜻밖에도 구식 군인과 마주치게 되어서 위기를 맞았지만, 무예별감으로 있던 홍계문이 자신의 누이동생인 홍 상궁이라고 속이면서 그의 도움으로 궁궐을 탈출하는 데 성공하였다. 민비는 충주 장호원에 있는 충주목사 민응식의 자택으로 피신하였다.

 이중하는 엄연한 현실 앞에서 시선을 고정하고 이 사태의 원인과 책임을 곰곰이 생각하였다. 모두가 대신이라 하는 자가 자신이 저지른 범죄로 두려워하고 심지어 중전 민비마저 달아나 버린 이 상황 속에서 나이 어린 고종이 수습하기란 어려울 것을 직감하였다. 아무도 자기편이 없는 상황에서 임금은 아버지 대원군에게 매달려야만 했다. 지금까지 임금은 중전 민비의 치맛자락과 중전 민비 일족에 가려 정상적인 국정을 살펴 오지 못한 것이 사실이다. 처벌의 위협은 실제적인 것이긴 했지만 사람들은 처벌에 대한 두려움 때문에 스스로 옥죄어 버린 것이 되고 말았다. 지급된 봉급에 대한 구식 군대의 불만과 위협은 엄연한 현실이었다. 임금은 똑바로 정치를 못 한 것이 사실이었다.
 이중하 자신이 홍순목 대감과 나눈 이야기는 엄연한 현실 앞에서 두려움을 극복하기에는 너무 늦었다. 이중하는 자신의 좁은 소견으로만 봐도 전쟁이나 기근, 빈곤, 천재지변 같은 심각한 문제들이 얼마나 가슴을 아프게 하고 탄식하게 되는가를 깨달아야만 했다. 정확히 어떤 상황에 처해 있든 간에 백성이 먼저였다. 백성의 눈물을 닦아 주지 못한 임금이었기에 혼란과 공포가 한꺼번에 밀려온 것이다.

옛말에 죽 쑤어 개 준다는 말이 있다.

애써 한 일을 남에게 빼앗기거나 엉뚱한 사람에게 이로운 일을 한 결과가 되었음을 이르는 말이다. 이 말을 새겨 정신을 차리고 서둘러 혼란을 수습해야 함을 잊어서는 안 될 것이다.

이번의 참사가 무엇을 의미하는지, 이중하는 무한한 궁휼과 희망과 기쁨을 찾아 나서야 하였다. 그는 불안과 공포를 느끼며 임금이 있는 어전으로 발길을 옮겼다. 그래도 정작 그 위협으로부터 보호받을 사람은 임금이었다.

18. 대원군의 섭정

    고종은 사태 수습을 위해 아버지 흥선 대원군의 입궐을 요청하였다. 흥선 대원군은 구식 군대의 호위하에 부대부인 민 씨, 장남 이재연과 함께 입궐하여 고종을 알현하고 있었다.
    -전하!
    흥선 대원군은 아들인 고종에게 인사를 올렸다.
    고종은 아버지 흥선 대원군에게 눈물을 흘리며 읍소하였다.
    -아버지! 이 난을 어찌하면 좋겠습니까?
    흥선대원군은 아들 고종의 말에 심각한 어조로 말했다.
    -전하! 이 일은 전하께서 알고 계신 바, 제대로 귀담아듣고 처리하지 못한 것에서 시작되었습니다. 어찌 그렇게 하였습니까?
    흥선 대원군은 아들 고종에게 사실 그대로를 말하였다.
    -전하! 이번 일로 제가 할 수 있는 것은 오직 왕조의 안위를 보호하는 것이고 보면 각처 요소마다 유능한 인재를 한 사람이라도 소홀함이 없이 배치하여야 할 것 같습니다.
    -아버지! 그렇다면 아버지께서 국사를 다시 맡아 주십시오.

그리고 형님 이재연을 무위 대장으로 임명하겠으니 이 난국을 바로 잡아 주십시오.

-전하! 신이 하는 일은 오직 왕실의 안위와 국가의 백년대계를 위함이오니 삼가 간섭을 말아주십시오.

(여기서 보면 조선이 창업된 이후, 삼봉 정도전이 재상 중심제를 실현하기 위한 정치가 왕의 명목상 권위의 상징으로, 재상은 관리를 임명하고 정치를 하는 것이었다.)

대원군의 섭정 정치가 시작되었다.

-자! 여러분! 이만큼 분을 풀었으니 모두가 해산하여 졸아 가시오.

모든 일은 내가 책임지고 하리라 하고 흥선 대원군은 군인들과 백성을 달랬다. 군인과 백성들은 대원군의 섭정이 시작된 것을 알고 대원군 만세를 외치며 해산하여 귀가하였다. 흥선 대원군은 섭정 통치를 하면서 중전 민 씨 지지자를 모두 파면하면서 귀양을 보내거나 처벌하였다. 군인들의 밀린 봉급을 모두 지급하고 구식 군대에 대한 우대를 강화해 나갔다.

또한 이전에 자신을 지지했던 인물들을 대거 기용하여 조정 관리로 격상하는 등 고종이 시행했던 부분을 전면 개정하였다.

영의정 홍순목은 원래부터 대원군의 핵심 인사였으므로 자리를 유지하게 하였다.

한편 중전의 시신을 공개해 달라는 일부 구식 군인들의 요청이 빗발치자 대원군은 중전 민비의 국상을 선포하였다. 봉기를 일으킨 군인들이 대원군을 찾아가서 흥선대원군의 정계 복귀를 요청했고, 대원군이 받아들인 것은 하루만이었다. 그래도 왕실의 어른이니까 그런 것인지 아니면 기회를 잡으려는 사람들이 대원군에게 몰려와서 그랬던 것인지는 확실치 않다.

19. 토문 감계사 이중하

　함경도 안변 부사였던 이중하는 1885년 고종 22(광서 11. 7. 30.) 조정으로부터 토문감계사로 임명받았다.

　조선은 안변부사 이중하를 토문감계사로 조창식을 토문감계 종사관으로 임명하여 공동감계에 임하게 하는 일이 결정되었다.

　조선 내무부가 고종 임금에게 올린 계문에서는 "토문 땅의 국경 때문에 중국에서 앞으로 관원을 파견한다고 조선에서 먼저 관원에게 임무를 주어 파견하여 맞이해야 합니다. 안변 부사 이중하를 토문 감계사로 임무를 주고 교섭 아무주사 조창식을 토문감계 종사관으로 임무를 주어 빨리 내려보내 양쪽의 관원들이 모여서 상의하여 합당하게 처리하는 것이 어떻겠습니까?" 하니 임금께서 이를 윤허하셨다(조선왕조실록 고종 22권 7월 30일 자).

　임금의 교지가 전달되었다.

　간도는 본래 고구려와 발해의 땅으로 발해가 망한 후에는 그 유민의 하나인 여진족의 근거지가 되었다. 이들 여진족은 조선에 조공을 바치고 조선은 그들에게 생활 물자를 교환할 수 있는 기회를 제공하면서 서로 관계를 유지해 왔다. 간도 지역은 여러 강의 지류 연안에 위치한 기름진 땅이었지만 여진족은 농경보다는 유목과 수렵에 종사하였고 그 땅을 개척하여 농경지를 만든 것은 주로 조선인들이었다. 그런데 청이 건국되면서 간도 지역 중 장백산 일대를 그들의 발상지로 여겨 성역으로, 특히 청태종은 병자호란 뒤 백두산 일대를 봉금 지역(거주 금지 구역)으로 삼아 사람들의 거주를 금하고 있으니 짐은 통탄하지 않을 수 없다.

물론 이곳에 계속적으로 사람들이 많이 거주하자 청은 경계를 확실히 하기 위하여 숙종 38년(1712) 길림 지방의 장관인 목극등을 파견하여 조선 측 대표와 함께 백두산에 경계를 표시하는 정계비를 세웠다. 이 비에 따르면 청과 조선 사이의 국경은 동으로는 압록강에서 토문강에 이르는 것으로 되어 있다. 그런데 우리가 간도 문제를 핵심을 가지고 논하는 것은, 이 토문강은 두만강을 볼 것인가 아니면 만주 대륙의 송화강으로 볼 것인가 하는 데 있으니, 목극등이 합의한 토문강은 두만강의 상류가 아닌 만주의 송화강 상류인 것이다. 따라서 간도 지방은 조선에 귀속되었음을 어찌 말로 다 할 것인가?

-짐은 말한다. 토문 감계사 이중하에게 하명한다. 백두산정계

비가 건립된 뒤 160년 간은 별문제 없이 지내오다가 지금에 이르러 청나라의 봉금이 소홀해지고 조선인들이 두만강을 넘어가 농사를 짓는 일이 빈번해지자 문제가 야기된 것이다. 그런즉 토문(만주의 송화강)이 청과 조선의 경계임을 확인하고 그런 결과 간도가 우리 영토임을 청국에 주장하라.

이중하는 고종 임금의 교지를 받고 그렇지 않아도 이 문제를 예지하고 승정원일기에서 조선과 청국이 백두산정계비를 놓고 목극등이 조선 관리는 나이가 들어 걸을 수 없다고 하여 접반사 박권을 빼돌리고 소수의 조선 수행관만 데리고 백두산으로 가서 정계비를 세우고 돌아간 것을 알고 있었다. 그는 이번 일이 조선과 청국이 치열한 공방이 벌어질 것을 예상하고 외아문 주사 종사관 조창식을 불러 엄숙하게 말했다.

-조 종사관은 들으시오. 이번 회담은 절대로 물러섬이 없어야 하오. 승산은 우리한테 있으니 마음을 강하게 하고 회담에 참여하여 승기를 잡도록 응원과 최선을 다해 주어야 합니다.

-네, 감계사 어른.

-그런데 준비한 물건은 잘 챙겼소?

-네, 만전을 다해 한 치의 오차 없이 하도록 준비를 하였습니다.

-그럼, 함께 갈 병사와 식량과 의복 약품 등 시일이 오래 걸릴

것을 대비하여 여유 있게 행장을 꾸려 주셔야 하오.

-네, 감계사 어른!

-고맙소이다. 모두 하늘에 맡기십시다.

1885년 9월 30일, 청과 조선 사이의 간도 국경을 둘러싼 1차 감계 회담이 회령에서 열렸다. 조선 대표는 안변 부사 이중하가 감계사로, 외아문주사 조창식이 종사관으로 청국 관리와 마주 앉았다. 청나라 측 대표단은 감계위원 훈춘부도통 덕목, 척간사무 가원계, 길림파원 진영 등 9명이었다.

회담에 앞서 조선은 정계비를 자세히 조사하여 감계하자고 주장하고 청 측은 토문강, 도문강, 두만강이라는 기본 전제하에 두만강의 지류 중 어느 하나를 본류로 정하여 그 줄기로 국경을 정하자고 하였다.

청-정계비 진위를 조사하려면 먼저 토문강(두만강)을 거슬러 올라가서 그 원류를 찾아보고 만일 그 비가 도문 강의 서쪽에 있으면 소위 동위 토문, 서위 압록의 증거가 될 것이다. 우리가 파견되어 부사와 함께 감계하게 된 것은 토문강의 변계를 조사 결정하려는 것이지 비를 조사하러 온 것은 아니다.

조-조선 북쪽에 해마다 흉년이 들어서 백성들이 두만강변의 옛날 우리 금지를 개간하였는데 훈춘의 파병들이 우리 농민의 집을 불사르고 몰아 대니 강희제 때 세운 백두산의 정계비로 보아 여기는 우리 농민이 내쫓길 지역은 아니다. 아마 훈춘의 대인들이 이 비를 보지 않아 오해를 한 것 같다. 우리는 영토를 확장하려는 생각은 절대로 없다. 비의 진위를 가리기 어렵다고 함은 그저 놀랄 따름이니 확실히 의심되는 일이 있으면 명백히 말하라.

청-비가 없다는 것이 아니고 이 비가 위물(가짜)이라는 것이다. 청나라에서는 이를 증거할 만한 기록이 없다. 우리는 토문 감계사이지 토문 감비사(비를 감정하는 사자)가 아니다.

조-이번에 산에 올라가서 조사할 때 두만강 원류가 만일 분수령 버퇴에 접하여 흐르면 앞서 말한 우리 측 말이 풀리는 것이고, 만일 접류하지 않고 고개를 넘어서 100여 리를 격해 있고 그 반면에 바로 아래의 수원이 다른 강이 되어 강벽이 문과 같은 형상을 한 것이 있으면 우리 측 말에 근거가 서게 될 것이다.

청-도문의 두 자는 만주어로서 그 음이 근사하기 때문에 취한 것에 불과하다.

조-토문과 도문의 글자 모양이 현저히 다른데 어찌하여 혼칭하는가?

결국 1885년 제1차 감계 회담은 토문이 두만강이냐 도문강이냐의 문제를 놓고 싸움이 계속되다가 끝을 맺지 못했다.

다음날 10월 1일, 청나라 측은 토문강은 곧 두만강이라 전제하고 우리는 강을 조사하기 위해 왔으므로 조선 측의 주장에 따라 강과 비는 조사하도록 하겠으나 비를 조사하라는 명령을 받지 않았으니 일단 강부터 조사하자고 주장했다.

그날 양국 대표는 회령을 출발하여 무산을 거쳐 수원리로 가는 도중에 계속 싸웠고 무엇을 먼저 조사할지 합의하지 못한 채 삼하지구-즉 세 지류가 갈라지기 시작하는 곳에 이르렀다. 이때 청나라 대표가 서두수부터 가자고 하는 바람에 문제가 생겼다.

서두수는 가장 남쪽 지류고 아예 조선 내륙으로 흐르는 강이라, 국경과는 아무 상관도 없다. 이에 청나라는 100리가 안 되는 비는 얼마든지 인력으로 옮길 수 있다며 분수령을 따라 쌓은 흙더미나 목책도 모두 인력으로 만들 수 있으니 믿을 수 없다는 것이었다. 저들은 이미 저들 나름대로, 두만강의 모든 지류를 확인하고서야 국경을 제대로 정할 수 있다는 계산과 논리를 펼쳤다. 그러나 조선 측으로 봐서는 아무리 생각해도 물리적으로 불리한 주장이었다는 것을 알았다.

벌써 10월(음력) 중순인데 어느 세월에 국경을 조사하고 획정할 것인가? 실제로 양측 대표단은 10일 동안 겨우 200리

(80km)의 서두수 강변을 답사할 수밖에 없다.

이에 토문감계사 이중하는 다음과 같은 반론을 제기하였다.

-감계위원 도통 덕모, 척간사원 가원계, 길림파원 진영에게, 대인들께서는 수천 리 어명을 받들고 와서 한번도 비면을 보지 못하고 감장에게만 날을 허송하게 될 뿐이니, 봄철 같으면 몰라도 지금은 서두수 감강에 따를 수 없소이다. 비를 조사하려 하지 않고 강원을 조사하려는 것은, 그 근본을 헤아리지 않고 끝만을 헤아리는 것이나 마찬가지외다. 감을 조사하기 위한 시일만을 보내고 감비는 여사로 돌리니 이것은 비를 조사하기를 꺼리는 것이외다. 만일 비를 조사하지 않는다면 그것은 경계를 조사한 일만 못되는 것이오. 대인께서는 대인의 사명이 감계인지 감비가 아니라고 하나, 원래 비를 세우지 않았더라면 어찌 정계를 논할 필요가 있겠소이까! 감계하려면 반드시 감비는 먼저 하여야 함은 바꿀 수 없는 이치외다. 토문은 어디까지나 토문이외다.

이중하는 대담하게 큰소리쳤다.

청 측은 감계사 이중하의 말을 듣고 더 이상 비를 보지 않고는 실마리가 풀리지 않을 것을 알았다. 서로 싸워가며 달래 가며 대화를 하는 것은 쌍방의 이익만 논할 뿐, 진전이 없다고 판단하였다. 감계사 이중하의 말을 따르기로 하였다.

청 측은 그제야 무슨 생각을 했는지 다음과 같이 말했다.

-감계사 어른! 이왕 이렇게 된 이상 우리 모두 그리로 가서 비를 확인합시다. 그 대신 양측 대표단 인원을 뒤섞어 3개 팀을 만들어 하나는 홍단수, 하나는 서두수, 하나는 홍두수를 따라 상류로 갑시다.

그리하여 이들은 셋으로 나눠 10월 15일 하기로 하였다.

여기서 2팀인 서두수 팀은 험한 길과 쌓이는 눈 때문에 중도에 답사를 중단하였다. 그러나 3팀인 홍토수 팀은 본인 이중하가 속해 있어, 궂은 날씨와 험한 산길을 무릅쓰고 백두산정계비에 도달했다.

이중하는 금세 비문을 탁본하였다. 또한 동서의 수원을 상세히 조사하고 경계선을 표방하기 위하여 흙과 돌을 쌓은 토의 모양도 자세히 그려 귀환하게 된다.

결국 각자의 담당한 구역을 마친 3팀의 양측 대표단은 10월 27일 무산에 모여 싸움을 시작한다. 청나라는 또 트집을 잡아 싸움을 걸었다.

기본적인 국경선이 두만강임이 분명하다는 것을 되풀이하였다.

저들은 조선 측 계문사 이중하를 향해 말했다.

-계문사 어른! 이번 답사를 통해 정계비의 동쪽 계곡, 즉 조선

측이 주장하는 이른바 토문강의 발원지는 송화강 상류로 흘러가는 것이 확실히 입증되었으므로 비문상 동위 토문은 실제 국경과 부합하지 않소!

이 말을 하고 눈을 부릅뜨고 이중하를 쳐다보았다.

이에 조선 측 감계사 이중하는 정중히 말했다.

-대인 어른! 토문강의 하류가 송화강으로 흐르는 것은 사실이나 정계비 및 다른 문헌의 기록이 틀림없이 토문강을 묘사하는 것이 정확하외다. 두만강의 세 상류는 어느 것이나 정계비에서 백수십 리 이상 떨어져 있으므로 정계비 상의 토문강이 될 수 없소이다. 따라서 소위 두만강 상류는 국경선 획정의 대상이 될 수 없나이다. 만일 청나라 주장이 경황 상 계약서 문안이 잘못된 게 분명하니 계약서를 수정하라는 것이었다면, 조선 측의 주장은 계약은 계약이다, 따라서 글자 그대로 지켜야 한다는 것입니다.

이중하는 눈을 부릅뜨고 대들었다.

실제 답사 결과를 보면, 홍단수의 발원지는 정계비에서 동쪽으로 130리, 서두는 4~5백 리에 달해서 도저히 정계의 기본으로 삼는 것이 불가능했다.

여기에 청나라 측이 제시한 지리서(이야기를 기록한 문서)를 바탕으로 한 두만강의 수원에 대한 지도가 실제와 전혀 맞지 않은 다는 것이 입증되었다. 실제 여기서 확인된 것은, 토문강이 송화강 상류를 흘러 들어가는 것이 조사를 통해 입증되었기 때문에 청은 더 이상 말문이 막혔다. 결국 조선 측에서는 정계비가 건립될 당시 조선의 지리라면 몰라도 만주 방면의 지리에 대하여서는 제대로 알지 못했으므로 그 경계에 대해 뭐라고 말할 수 없었던 것이다. 이에 설득할 만한 의견을 내지 못한 양측 대표는 회담을 종료하고 조선은 11월 30일, 청은 12월 3일 귀국하였다.

이중하는 청국과 헤어지고 안변으로 돌아오자 국경에서 보고 들은 일들을 기록한 문서와 함께 정계비 탁본, 현장에서 그린 그림첩 하나, 청나라 대표단과 주고받은 회담 기록 초본과 함께 고종께 보고서를 제출, 장계를 올렸다.

-전하! 삼가 이중하 1차 조사한 국경 감계를 올립니다. 두만강 상류의 여러 수원중에서 봉퇴에 가장 가까운 곳은 토문 수원이고 횡으로 만파를 결하여 거리가 40~50리쯤 됩니다. 토문강의 상하 형편으로 말한다면 비의 동쪽은 말라 있는 건천이고 동으로 100리를 가서 비로소 발원하여 동북으로 흘러 돌아 북으로 송화강으로 들어갑니다. 송화강은 곧 흑룡강 상원의 일파이며 길미, 영고 등지가 모두 그 안에 속해 있습니다.

중략

전하! 신의 생각으로는 하류는 비록 송화강으로 흘러 들어간다고 하더라도 표하신 비 토와 토문의 형편으로 보아 두만강 상류와는 접하지 아니하오니, 우리나라 사람은 다만 토문 경계를 인정할 따름입니다. 우리는 처음부터 속이거나 숨김없이 극력 변론하였으나 저쪽은 오로지 도문강은 그 원천이 바로 경계라고 주장하고 있어, 신은 다만 비 퇴의 계로 증거 하였습니다.

중략

홍단수의 형편을 보면 서쪽은 압록의 지류인 75리 되는 거리에 있고 비를 세운 곳에서도 130리 떨어져 있습니다. 서두수의 정류는 길림 지방에 이르러 입비처와는 4~5백 리나 떨어져 있으므로 비문의 동위 토문과는 처음부터 상관이 없었습니다.

하략

임금은 이중하의 감계회담 장계를 받아 보고 너무나 감격하였다. 이럴 수가! 이중하가 해내다니! 정말 대단하오! 임금은 어전에 대신들을 불러 놓고 말했다.

-경들은 들으시오. 지금 이중하의 장계를 받아 보았소! 이 토문 감계사는 청국을 상대로 담판하여 조선을 우뚝 세워놨소이다.

이 말을 하자 도승지가 이중하의 장계를 읽어 나갔다.

대신들은 하나같이 이중하가 한 일을 칭찬하였다.

-전하! 갸축드립니다. 모든 대신이 임금에게 이중하가 한 일

이 장하다고 기뻐하였다.

사실 1885년 감계회담은 결론을 내지 못한 상태에서 끝났다.

이중하는 실제 답사를 통해 두만강의 여러 지류 중 어느 하나도 문헌에 기록된 토문강과 일치하지 않는다는 사실을 입증하였으나, 진짜 토문강은 두만강이 아니라 송화강으로 흐른다는 사실 역시 입증되고 말하기 때문이다.

이중하는 정말 힘든 줄다리기를 한 것이다.

20. 제1차 회담

　1882년 임오군란 이후 서울 용산에 군대를 주둔시키고 있는 청은 조선에 대한 종주국임을 자처했다. 원세계가 가마를 타고 궁을 드나들고 선 채로 고종을 알현할 정도로 청의 위세는 대단했다. 그사이 청나라 대표가 조선의 종주국 행세를 하며 아주 위협적으로 경계를 확정하였으나 이중하는 국토 수호에 강한 의지를 내비치며 이를 거부한 것이다.
　청나라는 간도 땅에서 조선 유민을 쫓아내려 했다. 조선 유민은 청에 귀화하든지 두만강 이남으로 다시 돌아가든지 둘 중의 하나를 선택해야 했다. 압록강 두만강을 국경선으로 하려는 청의 압력에 맞서 이중하는 백두산정계비에 나타난 토문강이 두만강이 아니라 북쪽으로 흘러 들어가는 송화강의 지류임을 끝까지 주장했다.
　백두산 답사를 통해 당시의 협상 내용과 정계비 토문강의 현장 기록을 세세하게 남겨 놓은 것도 이중하의 업적이라 할 수 있다. 그가 남긴 감계일기(감계전말)는 간도 영유권 주장에 소중한 자료가 되고 있다. 감계일기에서는 청 측 대표와 함께 1885년 10월 거의 한 달 동안 겨울의 백두산을 답사해 겪은 고초를 그려내고 있다.

내용은 다음과 같다.

10월 17일, 30리를 가서 절파총수의 엽막에 도착하니 날이 저물었다. 이 막사는 지어진 것이 매우 열악하였고 또한 온돌도 없었다. 종일토록 눈과 싸워온 나머지 사람과 말이 모두 얼었는데도 노원에서 새벽을 기다렸다. 이렇게 하룻밤을 보냈다. 이중하는 함경도 회령에서 출발해 무산을 거쳐 10월 18일 백두산정계비에 갔다가 다시 10월 27일 무산에 도착하는 여정이었다. 청측 대표들이 천천히 쫓아오는 것이 마지못해 오는 모습이어서 이 또한 가소로웠다.

이 일기에서 이중하의 대담한 기세가 드러나 있다.

이중하가 감계사로 선정된 과정을 보면 조선 정부에서는 처음부터 이중하를 감계사로 정하고 있었다. 8월 29일에 내무부는 함경도 감영에 안변 부사 이중하를 토문감계사로 임명하고 노자를 2등에 따라 지급했다. 또한 마필과 노문도 즉시 발급해 감계사 및 종사관의 하인, 마부와 말, 가마꾼의 비용을 마련하도록 하였다. 감계사 일행의 노자와 양식은 함경도에서 마련하였는데 그 내용은 다음과 같았다.

무산- 횡령- 종성- 온성- 무산 계.백미 4석 2석 4석 계 10석

전미 15석 10석 5석 10석 계 40석

된장 1석 1석 1석 1석 계 4석

소금 10두 10두 10두 계 30석

북어 150급   계 150급

말린미역 600꼭지   계 600꼭지

돈 200냥 300냥 300냥 300냥 계 1,100냥

말먹이 콩 2석 2석 2석 2석 계 8석

귀리 3석 3석 3석 3석 계 12석

안무사 이중하의 수행원 가마꾼은 6명, 종사관 조창식 가마꾼은 4명이었다. 좌수 최지섭, 병방군관 김태진, 통사 김여진이 압록강변에서 청국 관원을 영접했다. 청국은 일행은 감계위원 17명이었다.

1772년(숙종 38)에 청나라 목극등이 조선 관리인 접반사 박권과 함경감사 이선부가 나이가 늙어 백두산에 오를 수 없다고 따돌리고 하급 관리를 대동하고 백두산에 올라가 정계비를 세웠다. 이 일로 인하여 조선에서는 사헌부 구만리가 경계를 정하는 막중한 일을 소홀히 했다면서 이 두 사람의 파직을 요청했다.

지난날 조선이 명 사이에 맺은 국경선은 윤관이 고려 지경이

라는 두만강 북쪽 700리 공험진 선춘령에 비를 세웠다. 성호 이익(1681~1763)은 윤관이 세운 비에서 목극등이 와서 정계를 정할 때 서희가 소손녕에게 윤관의 비를 따졌다. 순암 안정복(1712~1791)은 이가환에게 경계비를 분계강을 한계로 해서 두 나라의 국경으로 삼았다. 그 강은 두만강 300리에 있다.

규장각 검서관 성해응(1760~1849)은 목극등이 세운 정계비 발원에서 도문강은 두만강이 아닌 북쪽의 여러 강을 토문이라고 한다. 또 그는 공험진 면에서 금사, 청나라 사람들이 그린 지도를 보니 두만강 북쪽과 수빈강(현수 분하)남쪽은 토문강이라 불렀다. 조선 왕족 실록은 태조 때부터 줄곧 두만강으로 표기하다가 숙종 1692년(숙종 18) 세자시강원 찬선 이현일의 상소문에 토문이 등장한다.

1808년(순조 8)에 편찬한 만기요람에 백두산 정계에서 옛 지도에 분계강이 토문강이 북쪽에 있다고 했다. 1883년(고종 20) 서북 경략사 어윤중이 함경 종성 사람 김우식과 백두산정계비를 조사하고 청나라 돈화현에 토문강과 분계강 이남 강토에 대한 옛 지도 모사본과 새 지도 등을 보내면서 간도는 조선 땅이라고 말했다. 청국 관리는 말을 못했다. 1885년(고종 22) 독판교섭통사 안무사 김윤식이 청나라 총리 원세개에게 공문을 보낸다. 토문강은 두만강 이북의 것이라고 주장하였다.

이중하는 1885. 1차 감계 회담을 맞아 직접 간도에 이주하여 개간하여 농사를 짓고 살아가는 이주민을 파악하여 1885. 12. 6. 백두산정계비 감계사 사업 교섭 보고서(첨정)를 올렸다.

이때 조사한 인원과 농지의 규모를 보면,

1) 본부는 남자가 619명, 여자가 509명, 밭은 102 날갈이, 임시 거주 남자가 2,738명, 밭은 1.229 날갈이, 개간민과 무산 백성을 합하면 845명, 개간인이다. 그중 153명은 임시 거주민이었고 845명은 개간민이다.

2) 종성은 남자 778명, 여자가 584명, 임시 거주민 중 남자는 2,025명 개간민 밭은 1,835 날갈이 1식이다.

3) 온성은 450호 안에 417호는 임시 거주민인 403호, 개간민 밭은 703 날갈이 2식이었다.

이중하는 1885. 11. 27. 제1차 감계회담이 시작되자, 눈이 쌓이고 춥고 올라가기 힘든 백두산에 량을 간단히 챙겨 수행원을 데리고 정계비를 찾아 나섰다. 수행원은 안무중근 최두형, 전 오위장 최오길, 전 첨리 이후섭, 출사 오원정, 염리 전보권, 가동, 홍업, 근예, 춘길, 웅법, 이돌 몇 명과 같이 출발했다. 모두 가죽 버선과 털저고리로 갈아입은 사냥꾼이었다.

10월 10일은 삼천에서 40리에 도달하여 유숙하고 12일은 20리를 가서 삼하강 어귀에 도착하여 여장을 풀었다. 15일에는 30

리를 가서 홍단사에 도착해 송아지를 잡고 곡식을 데쳐 천왕당 신에게 제사를 지내고 백두산 등반의 안전을 빌었다. 16일은 산 입구에 도착, 인근 마을의 읍리 안창준이 식량과 말 먹이를 갖고 왔다. 민간인 수십 인을 뽑아 짐꾼과 안내로 삼았다. 그날 정계비에 도착하자 이중하는 탁본을 3장을 만들어 한 장은 청국 관리 진영에게 주고 2장은 이중하가 가졌다.

탁본할 때 정계비에 얼음이 얼어 불을 피워 녹이고 나서 탁본을 하였다. 정말로 이런 기록을 남겨놓은 것은 이중하의 업적이 아닐 수 없다. 그는 답사 중에도 왕명을 받고 백두산에 오른 심정을 감계일지에 남겼다.

광서 11년 12월 2일, 이중하의 감계사등록(고종 24. 1887.)에는 이중하는 제1차 공동감계사를 마치고 회령부로 돌아오자 안무영에게 1885년 11월 초, 간도에 월간을 한 읍민의 상황을 하나도 빠뜨림 없이 파악하여 15일 이내로 하라고 지시하였다.

안무영은 책 세 권을 만들어 한 권은 안무영이 보관하고 두 권은 이중하에게 전했다. 이중하는 이 중 한 권을 청 관리 진영, 덕옥, 가원계에 편지와 함께 전달했다. 아마도 이중하는 중국 측에 양보하거나 합의가 어려운 국경 문제보다는 그 발단이 되었던 월가민의 안치 문제를 고심하였고 아마 이러한 사정을 호소하기 위해 중국 측에 호의를 기대하였던 것으로 보인다.

대인 진영 덕옥 가원계에게

조선 안변 부사 이중하가 서신을 보냅니다.

아득한 타향에서 만나 서로 따라다니며 행동을 같이한 지 몇 달이 되었으므로 회령부 성 모퉁이에서 이별하려 했을 때 그동안 맺은 정 때문에 서로가 이별을 아쉬워했습니다.

또다시 번거로우실 텐데 모든 일이 순조롭기만을 간절하게 빕니다. 저는 이제 비로소 경성에 도착하여 곧 서울로 행장을 꾸려 보내고자 합니다. 그런데 깊은 관심을 보여 주시고 멀리서 감싸 준 덕택인지 무산, 회령, 종성, 온성 네 읍의 월간 백성과 토지에 대한 서류가 지금이 돼서야 마련되어 각 지방관이 보내왔습니다. 따라서 회령 지부에게 전달을 위탁하여 화룡욕으로 보내고자 합니다.

자세히 검토하시고 받아 주시면 다행이겠습니다. 앞으로 서신 연락은 쉽지 않을 터이고 고개를 돌려 보면 큰 아쉬움뿐이니 어찌 이를 달래야 할지 모르겠습니다. 오로지 귀하 여러분께 날로 행운과 승진이 있기만을 축원합니다.

이만 그치도록 하겠습니다.

제, 이중하.

21. 장계-조회

 1885년(광서 11년 고종 22) 10월 3일. 청국 관원 진영, 덕옥, 가원계는 광서 11년 9월 28일, 회령부에서 조선의 안변부사 이중하와 만나 두만강을 따라 거슬려 올라가면서 장백산의 발원지가 감계를 시작하게 되었음을 보고하였다.

 이들은 9월 3일, 10월 1일 무산으로 옮긴 후 10월 6일과 7일 양측 사이에 이루어진 회담과 백두산 등정을 마치고 돌아와 11월 27일 이루어진 회담, 그리고 그 직전과 직후, 양측이 주고받은 조회 등, 조선 측이 기록한 내용을 감계사 등록에 기록하였다.

 하늘이 도와준 탓일까?

 이중하가 토문강을, 백두산정계비에 쓴 강희 51년 세운 목극 등의 기록을 가지고 주장하자, 청국 측은 그 기록을 가지고 있지 않다고 말해 이중하는 마음이 흡족하였다. 조선 측은 있는데 청국에는 기록이 없다는 것을 보면, 회담 당시 길림 장군 희원이, 진영, 덕옥, 가원계의 장계를 받고 길림 훈춘 영고탑에 강희 51년 정계 관련 당안이 전혀 남아 있지 않다는 사실을 알고 어찌

했으면 좋을지 몸 둘 바를 모르고 있음을 알아차렸다.

1) 훈춘은 강희 53년에 처음 관청이 설치되었으므로 그 이전 강희 51년의 당안은 전혀 없다고 답장하였고
2) 영고탑 부도 통아문의 오래된 당안은 동치 13년에 불에 타서 거의 남아 있는 것이 없고
3) 광희 51년분 문서에도 관련 경계문서는 없다는 답장을 총리아문에 알리는 자문이 입수되었다.

그렇다 보니 청국 관리는 공동 관계를 의논한 결과 조선의 상유가 힘을 실었다. 청국 관리는 상부(길림 장군 희원)로 받은 계문을 가지고 조선의 이중하에게 고증을 하게 된 셈이었다.

조선의 유민이 월간을 하여 토지를 차지하고 개간한 문제에 대해 조선 국왕은 시종일관 상황을 제대로 파악하여 엄격하게 통제하고 적절하게 거두어들이지 못하고 있으며 오로지 변방 관리의 일면적인 말만 믿고서 쉽사리 이러한 감계 요청을 해본 것으로 보입니다. 그리고 훈춘의 무관들도 부대를 파견하여 질서를 유지하고자 할 때 조선의 변방 관리에게 미리 공문을 알림으로써 백성들을 풀어놓아 월간한 것을 질책하지 않고 갑작스레 집을 불태우는 행동으로 나선 것은 졸속한 처리로 보이며 일

한 일을 제대로 마무리한 것으로 보이지 않습니다.

　원래 조선은 대대로 번복으로서의 분수를 지켜 삼가 직분을 다해 왔으며 조선의 경계는 응당 신속하게 조사를 하여 확정함으로써 또한 유민들이 모두 안정을 찾을 수 있게 함으로써 중국에서 그동안 어여삐 여겨온 뜻에 부응할 수 있을 것입니다.

　다만 조선이 토문과 두만이 서로 다른 강이라고 말하는 것은 실로 아무런 증거가 없으며 그들이 그려서 보내온 지도 역시 그다지 분명하지 않습니다. 기존의 책에 실려있는 것을 검토해 보면 길림과 조선은 토문강으로 한다고 실려 있고 다른 두만강에 대해서는 기록이 없습니다. 또한 토문강과 압록강이 동서의 양쪽에 경계하여 있고 표시된 그림이 아주 분명한 데다가 따로 소도문강이 있는데 본 류의 북쪽에 있어 또한 두만강이란 이름을 가질 수 없습니다.

　함경도는 철령의 동북과 두만강을 경계로 하며 무산 등 여섯 진영은 강변에 설치하였습니다. 백두산은 장백산의 다른 이름이고 두만강은 토문강의 다른 발음이며 방언이 다를 뿐 실제로는 하나의 강입니다. 이상 내용은 고증이 실로 정확합니다.

　이중하는 청의 관리가 올린 계문을 간파한 후, 응당 이 자리에 나온 관리들의 초안 업무를 맡고 이제부터 일을 말한다고 해도 조선 관원과 맞대서 물증(증거) 없이 처리한다는 것은 어불성설임을 알았다.

이중하는 고삐를 놓지 않았다.

일단 먹이가 들어온 이상, 사냥개가 달려들어 현재 남아있지 않은 증서(문서)를 즉 당안을 보내 달라고 버티었다.

청국 관리는 회피하기에 바빴다.

원래 당안은 연도가 오래되고 이미 곰팡이가 나서 문드러지고 남아 있지 않다는 것을 실토하면서 앞으로는 회담하는 척하고 뒤로는 물증을 확증하는 데 혈안이 되었다. 결국 청에서는 백두산정계비를 올라 답사 확인하라는 훈령(지시)이 내려오자 진영, 덕옥, 가원계 등은 지시에 따를 수밖에 없었다.

길림과 조선의 상무를 감독하고 있는 진영은 덕옥과 가원계 등에게 조선 관원을 만나 적절하게 답사하고 처리하라는 훈령을 내렸다고 실토하였다.

이중하는 이만하면 조선이 승기를 잡은 것이나 마찬가지였다.

손자병법에 지피지기면 백전백승이라는 말처럼, 적을 알고 나를 알면 백번 싸워도 백번 다 이긴다는 말을 생각하였다. 원래 이 말은 지피지기면 백전불태라고, 적을 알고 나를 알면 백번 싸워도 위태롭지 않다는 말이, 위태롭지 않다는 말을 이긴다는 말로 부른 것 같다. 그런 가운데, 광서 11(고종 22년) 11월 8일 청국의 진영, 덕옥, 가원계는 이중하에게 급히 교문(조회서)를 보내왔다.

공동 감계를 위해 세 갈래로 인원을 나누어 백두산정계비와 토문, 소백산과 홍토산 및 두만강의 여러 지류 등 산천과 비석, 흙, 돌무더기를 작성하고 공동으로 관인하였다는 경과를 작성하여 중국 측에서 조선의 감계사 이중하에게 조회하자는 내용이었다.

고종 22년(광서 11년) 11월 29일(1886. 1. 3.).

조선국 정삼품 통정대부 전 예조참의이자 행안변도호부사 겸 병마절도사인 토문 감계사 이중하는 청국 관원 진영, 덕옥, 가원계에게 조회를 보냈다. 이 조회는 토문감계사 이중하가 공동감계에서 결론을 내리지 못해 각기 지도와 비문 탁본을 가지고 돌아가서 조회를 보내고 보고를 올린 다음, 중국 황제의 결정을 기다리고 하겠다면서 미진하였던 중국 측의 주장에 대한 반박을 보충하는 조회이다.

정계비나 그 위치 내용에 대해 중국 측이 의심하는 것은 비판하면서 두만강 이북 토문강(해란강)까지의 지역이 여전히 조선의 땅임을 주장하는 입장을 유지하고 있다.

삼가 감계 위원에게 조회를 보냅니다.

이번 감계는 스스로 논의하여 결정하지 못했으므로 각기 지조와 탁본을 가지고 돌아가서 서로 조회를 보내고 이러한 보고를 올린 다음 황상께서 결정을 내리는 유지를 삼가 기대하겠습니다.

이번에 처음부터 아무런 속임수나 숨김이 없었던 것은 또 귀국처에서 몸소 두루 조사에 나선 덕분이기도 합니다. 따라서 백두산에서 내려온 다음 한마디도 서로 나누지 않았습니다. 어제 귀국에서 보내온 공문의 각 부분을 보니 너무 남을 의심하는 것 같았습니다. 감계된 일이 작은 것이 아니어서 비록 즉석에서 대략 답변을 하기는 했지만 그대로 여전히 자세한 이야기는 하지 못했으므로 이제 조목조목 이야기해 보고자 합니다.

귀측에서는 예부에는 경계에 관한 기존 서류가 없으므로 믿기 어렵다고 하였습니다. 저희가 어제 이미 임자년(강희 51년) 경계를 할 때 오라총관이 올린 상주문을 옮겨 적은 것 한 통을 보내드려 열람할 수 있도록 하였습니다. 나중에라도 혹시 과거의 서류를 찾을 수 있다면 대조해서 검토하실 수 있을 것입니다. 귀측에서는 또한 이 비석은 나중 사람들이 거짓으로 만든 것이든지 아니면 바로 당시의 착오로 세워진 것이라고 하셨습니다.

이 일이 바로 그 당시의 착오인지는 아직 단정할 수 없습니다. 그렇지만 후대 사람들이 거짓으로 만들었다는 것은 정말로 이치에 맞지 않습니다. 지금 또 이 비석이 만주 글자가 한자도 없는 것이 의심스럽다고 하셨습니다만, 아득히 청조가 개국하였을 무렵부터 조선과 왕래한 공문서에는 일찍이 만주어 글자가 단 한자도 없습니다.

조선의 광주 삼전도 지방에 청조의 태종 황제께서 병자년에 세운 동정비(즉 병자호란 이후 새겨진 삼전비를 가리킨다)가 있는데 그 비석의 앞 뒷면에도 역시 만주어 글자는 한 자도 없습니다. 하물며 이 비석(정계비)은 강희 성조 때 문치가 크게 일어난 다음에 만들어진 것이 아니겠습니까?

지난번 이중하는 삼전도비에 대한 것을 직접 자신이 보고 안변부사로 부임하였기에 자신 있게 이 비에 대하여 말할 수 있었던 것이다. 그의 선견지명이라 할까! 그는 자신 있게 청 측과 담판 지을 수 있었다. 그러나 청국은 상본(정계비 내용)이 없으니 생트집을 잡았다.

조선이 갖고 있는 비문, 상본이 가짜니, 비석(정계비)을 옮겨 놨느니, 별의별 트집을 잡으며 이중하에게 압력을 가했다. 이중하는 눈 하나 깜빡하지 않고 말하기를, "귀측에서는 원본이 없으리라고 생각했을까마는 조선은 300년이 지나면서도 이 상본을 가지고 있다. 하지만 청국은 없으니까 갖은 협박을 하며 자기들의 주장대로 회담을 성사시키려고 한 것이다." 라고 했다.

이중하는 이 기세를 몰아가며 말했다.

-상국에 원본이 없다고 해서 어찌 우리가 갖고 있는 상본이 가짜라고 말할 수 있소? 거기다가 비(정계비)를 옮겼느니 하며 으름장을 놓는 것이 어찌 대국이라 말할 수 있겠소? 조선은 작은 나라라고 해도 그렇게 생트집 잡아 거짓말로 협상에 입하지는 않소이다.

이중하의 말은 산이 울릴 만큼 쩌렁쩌렁하였다.

청국은 물증(원본)이 없으니 반박할 여지가 없는 것이다. 진영, 덕옥, 가원계는 마치 쥐구멍이라도 있으면 기어서 들어가고 싶은 심정이었다.

이중하의 말이 다 옳았다. 그러면서도 위신과 체면을 내 세워 상국의 위치에서 조선을 하대하며 일을 매듭지으려고 하는 것이다.

이중하는 당당했다.

-상국 어른들께서는 이 문제를 그리 쉽게 처리해서는 안 되오!

이중하는 청국 관리의 억압적인 자세를 물고 늘어졌다.

-상국 어른들! 여보시오! 이 비문 글자의 자획이 하나도 문드러지지 않았는데 이것 때문에 의심스럽다고 했는데 전서, 예서

21. 장계-조회 157

로 써진 조석문은 여전히 진한 시대의 옛 유물이 남아 있을 정도인데 지금 이 비석은 겨우 170년이 지난 유물입니다. 자획이 문드러지지 않은 것이 어찌 의심할만한 것이 되겠습니까? 물길 주변에 흙 돌무더기를 설치하여 그 위에 수목이 무성하게 자랐는데 왕왕 오래 자라 한 아름이 되는 것도 있습니다. 이 또한 사람의 힘으로는 할 수 있는 일이 아니지 않습니까?

이중하의 말은 모두가 옳았다. 물증을 가지고 반박하는 이중하를 보며 청국 관리 진영, 덕오, 가원계는 혀를 찼다. 더 이상 무엇이라고 꼬집어 말을 못 했다. 그만큼 물증 없이 조선과의 국경 감계를 하다 보니 처음보다 지금이 더 꼬이는 것 같았다. 차라리 아니함만 못한 것이다. 청국 관리는 할 말을 잃고 이중하를 쏘아보았다. 이중하는 이왕 말이 나온 김에 더 그들의 목을 죄어 갔다.

-상국 어른들! 어른들께서는 토문이라는 말이 의심스럽다고 하셨는데, 비석 동쪽의 물길이 흙 벼랑이 깊고 길어 마치 문처럼 마주 보고 있어, 옛적부터 토문이라고 이름을 붙였습니다. 지금 서로 강을 사이에 두고 살고 있는데 어찌 이런 지명을 가지고 속일 수 있습니까? 동쪽이 토문이란 것은 본래 들어맞지 않은 것은 아닙니다. 다만 하류가 북쪽으로 들어가기 때문에 오늘날과 같은 논란이 생기는 것입니다.

이중하의 말은 들은 청국 관리는 가면 갈수록 난처했다. 입이 열 개라도 할 말이 없었다. 이중하를 맞서 대항할 변명이 없었다. 이를 어찌 한 담! 청국 관리는 안절부절못하며 지금까지의 감계가 또 불발로 끝나고 조선이 말하는 것을 다 들어맞는다고 해야만 하는 불리한 수세에 몰렸던 것이다.

이중하는 숨을 고르더니 또 말을 해 나갔다.

-상국 어른들은 이 비석은 응당 소백산 남쪽 분수령 위에 있어야 한다고 말하셨습니다. 아마도 이것은 허황령을 가리키는 것 같습니다. 그렇지만 허황령은 동서 물길의 발원지가 서로 75리 떨어져 있습니다. 이곳을 분수령이라 한다면 이치에 맞겠습니까?

이중하는 요목조목 따지고 들며 청국의 관리를 옴짝달싹 못하게 하였다.

청국 관리는 할 말을 잃었다. 혹을 떼려다가 혹을 부치는 격이 되었다. 저들은 마음속으로 청국에 이중하 같은 인물(관헌)이 있으면 얼마나 좋았을까 하고 생각하고 있었다. 정말로 이중하는 대단한 인물이었다.

동서고금을 통해서라도 한 세기에 날 만한 그런 사람이라 할까? 조선에 이런 담대하고 신념이 강한 신하가 있다는 것이 부러웠다. 차라리 자신들이 청국 관리로 감계한다며 나선 것이 부끄러웠다. 청국 관리들이 서로 눈치를 보며 말이 없자, 이중하는 또 말하기 시작했다.

　-상국 어른들은 지금 비석을 세운 곳에서 물길이 가리는 곳은 동서쪽으로 몇 발짝 길이가 되지 않으며 천지 아래에서 가장 처음 양쪽으로 벌어진 큰 골짜기입니다. 천하의 큰 강은 셋이 있는데 압록강은 그 가운데 하나입니다. 그 수원이 천지로부터 나온다는 것은 고금의 지도와 책자를 보면 알 수 있는 일입니다. 만약 멀고 가까움을 계산하지 않고 영역의 한계도 살피지 않고 단지 산마루 아래로 좌우를 바라보는 것 가지고 분수령을 정한다면 이느 곳인들 압록강과 도문강의 발원지가 아니겠습니까? 또 허황령과 백두산정계비가 세워진 곳 사이의 거리는 130리 정도입니다. 백두산의 반이 조선에 속해 있다는 것은 동방의 황무지가 개척된 이래로 지금까지 천 년 이상 대대로 이어져 전해져 왔으며 또한 전하여 서적에도 두루 실려 있습니다. 지금 귀 국차에서 주장하는 바와 같다면 백두산은 당연히 조선의 강역 밖에 있어야 하는데 도대체 어찌 이러한 도리가 있겠습니까?

　청국 일원은 이중하의 말이 그렇게 옳을 수 없었다. 한마디 말을 잘못했다가는 본전도 찾지 못하는 형국에 이르렀다. 도대체 일이 꼬여도 이렇게 단단히 꼬일 수 있을까 생각했다.

　점점 이중하에게 말려들어 가고 있었다. 청국 관리는 더더욱

할 말을 잃었다. 이중하가 조리 있게 하나하나를 반박하고 물고 늘어질 때마다 너무 곤혹스러운 것이 당연했다. 할 말을 잃고 말았다. 정말로 세 갈래로 나누어 답사를 한 것이 오히려 화가 되었다.

이중하는 다시 목청을 높여 큰 소리로 말했다.

-상국 어른들! 귀국 청에서 홍수산수를 논의한 부분 또한 그 뜻을 알 수 없습니다. 저희들은 본래 중간의 두 물길을 지워 버리는 뜻이 없었고 또한 송화강의 머리와 꼬리를 잘라 버리려는 뜻도 없었습니다. 단지 이 물과 돌 흙무더기의 거리가 40-50리 떨어져 있다고 말하는 것뿐입니다. 어디에 늘이고 줄이고 한 부분이 있습니까? 종래 귀측의 조회에서는 돌 흙무더기가 이남은 조선의 경계이고 돌 흙무더기의 이북은 중국의 경계라고 하였는데 이것은 또한 정말로 사원(사심)을 드러내는 주장입니다. 그런데 지금 돌 흙 무더기 이남은 아예 언급하지도 못하게 하시는 것은 도대체 무슨 뜻입니까?

이중하는 청국 관리들에게 이 문제를 따지듯 물고 늘어졌다.

청국 관리들은 할 말이 없었다. 이중하의 말이 하나도 틀리지 않고 다 옳았다. 다만 이 장계가 청국이든, 조선이든 빨리 끝났으면 하는 눈치였다. 이중하는 이 여세를 몰아 또 한 번 청국 관리를 수세에 몰아넣었다.

-상국 어른들께서도 아시겠지만, 종성에서 시작한 두만강에서 혜란강까지의 90리 이 땅은 200년 동안 조선에서 중국으로 물품을 운반해 주던 한계선으로 지금 폐지된 지 겨우 4년밖에 되지 않았으니 다시 어찌 구구하게 증거를 제시하면서 확인해야 할 수 있는 것이겠습니까?

요컨대 저희는 귀국처에서 나라에 봉사하고 백성을 염려하기 위해 힘들게 고심하는 것을 깊이 잘 알고 있으니 다시 어찌 번거롭게 군더더기를 들어 놓을 필요가 있겠습니까? 그런데 바로 지금 귀국처에서 조사하여 아뢰겠다고 하신 말씀은 일반에 가까운 백성의 목숨에 관계되는 바가 크고 또한 공부에 관계된 바 역시 아주 무겁습니다. 모름지기 반드시 아주 확실한 사항이어야만 문서에 올릴 수 있는 것이고 이런 것이 바로 공부를 처리하는 자세이며 저희가 두텁게 바라는 바입니다. 응당 공문을 갖추어 조회를 보내야 하는 바이기에 이런 조회를 보냅니다.

귀국 청에서는 번거롭더라도 참작해 주십시오. 이상입니다.

위의 조회를 진영, 덕옥, 가원계에 보냅니다.

광서 11년 11월 29일 이중하.

22. 공동 감계 보고서

고종 22년(광서 11년) 12월 6일(1886. 1. 10.).
이중하는 청국 관리와 백두산정계비를 돌아보고 아무런 결론 없이 끝나자 이중하는 종사관 조창식과 함께 고종에게 공동 감계를 보고하였다.

-전하! 중국 측과 공동 감계 및 담판에 대한 조선 측 감계사 이중하와 종사관 조창식이 보고서를 올립니다. 중국 측이 정계비 조사를 회피하고 두만강 조사로 감계 범위를 한정하려 시도하였고 세 갈래 인원으로 나눠 감계하는 도중, 중국 측이 무리한 일정의 추진으로 조선 측이 포기하도록 유도하려는 시도를 하였다는 점을 알려 드립니다. 두만강 상류의 발원지 가운데 정계비와 이어진 흙 돌무더기에서 가장 가까운 홍토산수의 발원지라는 것도 확인하였습니다. 하지만 도문강 상류가 송화강 쪽으로 연결되고 길림과 영고탑 등의 땅이 송화강 동쪽에 있다는 점도 확인되었으므로 중국 측은 당연히 중국과 조선 강역의 경계

는 토문이 아닌 두만(도문)강으로 삼아야 한다고 주장했습니다.

조선 측은 토문강이 경계지라는 주장을 더 이상 고립할 수 없게 되면서 경계를 표시한 비석과 흙 돌무더기를 두고 단지 토문으로 경계를 한 것만 인정한다고 반박할 수밖에 없었습니다. 결국 양쪽에 주장이 서로 뒤엉켜 모순되자 합의하지 못하고 각기 지도를 그려보는 것으로 결말이 이루어졌습니다. 하지만 조선 측은 토문강(송화강)을 주장하므로 중국 조선 경계는 더 이상 유지할 수 없게 되었습니다.

전하! 함경도 행안면 도호부사겸 토문 감계사가 등보한 기록을 토대로, 신이 종사관 조창식과 함께 토문강 경계를 답사하기 위해 9월 2일 안변 근무지에서 출발한 연유를 이미 급히 아뢰옵거니와 같은 달 20일 경성부에 도착하였습니다.

21일에는 19일에 보낸 공문을 전달받았습니다. 회령 부사 서형순이 올린 이 보고에 의하면, 혼춘 부도 통아문에서 파견한 변무교섭승판처의 덕옥과 훈춘초 간국의 가원계, 길림에서 파견한 진영의 조회를 보니 공동감계에 관한 일로 9월 16일 회령부 건너편 화룡역의 상무국에 모여서 기다리고 있겠다는 것이었습니다.

그래서 곧바로 답장 조회를 보냈고 신과 종사관 조창식, 수행원 김우성, 군관 신석현이 그날 출발해서 9월 26일 회령부에 도착했습니다. 덕옥과 가원계 일행은 역시 같은 날 도착했는데 진영 일행은 28일이 되어서야 도착했습니다.

중국에서 파견된 관원은 원래 총리아문이 올린 주의에 대해 군기 대신에 황상으로부터 받은 유지에서는 토문강의 옛 경계를 조사하는 것을 허락하고 있으므로 오로지 강의 원류를 조사하면 될 뿐, 단지 강을 조사하기 위한 방증에 지나지 않았다고 주장하였습니다.

그렇지만 신은 경계비는 경계를 표시하기 위한 것이었으므로 부득불 같은 원류를 조사하기에 앞서 먼저 가보지 않으면 안 된다고 말했습니다. 이 때문에 며칠 동안 옥신각신하다가 10월 3일에 이르러서야 비로소 출발할 수 있었지만, 중국 관원 일행은 회령에서 위로 강을 따라 수백 리를 가는 동안, 이리저리 지도를 그린다며 헛되이 시간을 낭비하였습니다.

그리고 무산 내지의 서두수, 홍단수, 홍토산수가 모여 두만강에 합류하는 곳에 이르자, 다시 종전의 주장을 내세우며 오로지 두만강의 정류만을 답사하고자 하였습니다. 그래서 신은 먼저 정계비의 경계를 조사한 다음, 두만강의 원류를 살피는 것이 타당하다고 주장하면서 누차 논쟁을 되풀이하였지만, 중국 관원은 다시 두만강의 강원을 조사하지 않은 것이 몹시 의심스럽다고 하면서 줄곧 고집을 피웠습니다.

마침내 각기 인원을 내어 세 갈래 길로 나눠서 답사하자는 의견을 제시하여 오가면서 의논한 다음, 10월 15일, 1) 종사관 조창식 수행원 회령부의 무관 이후섭, 종성부 위생 김우식, 훈춘에서 파견된 덕옥과 함께 홍단수 원류를 조사하고, 2) 수행원 종성부의 출신 오원정과 중국의 지도 작성관 염영이 함께 서두수에 가서 조사하고 3) 신(이중하)과 안무영 중군 최두형, 수행원 온성부 전 오위장 최오길, 무산부 역관 권홍조와 중국 관원 딘영, 가원계와 함께 홍토산수의 원류를 따라 바로 백두산으로 향하였습니다.

이중하는 이들과 같이 거친 언덕과 험한 벼랑, 어지러운 숲과 수풀을 뚫고 힘겹게 전진하며 겨우 2백 정도를 나갔는데 산천은 높고 가파르며 험하고 막혀 있는 데다가 눈과 비바람까지 겹치니 부득이 중간에서 노숙을 해야만 했다.

-가원계가 한밤중에 다시 출발하자는 의견을 내었습니다.
이미 저물어져 비석을 조사하는 데 뜻이 있지 않은 그는 억지로 따라올 수밖에 없었습니다. 깊은 산속 캄캄한 밤에 이르러 신에게 다시 길을 재촉하자고 강요한 것은 저 스스로 물러나게 하려는 그의 꾀였던 것입니다.
신은 그 뜻을 짐작하였지만 중간에 멈출 수 없었습니다. 인내심을 발휘하여 앞길을 재촉할 수밖에 없었습니다. 이날 밤 정강이까지 차는 눈길을 가는데 천지가 어둡고 흐릿하여 수많은 사람과 말이 그야말로 위태로움에 빠질 상황이었습니다. 그런데 갑자기 동쪽 하늘이 개면서 아침 해가 떠오르기 시작하였으므로 비로소 비석이 있는 곳을 찾기 시작할 수 있었습니다. 그날 밤 간 거리를 가늠해보니 약 60리 정도가 됩니다.

전하! 신은 정계비를 찾은 다음 비문을 탁본하여 신과 중국 관원이 각기 한 장씩 지닌 다음, 동쪽과 서쪽 발원지 그리고 흙 무더기, 돌무더기의 모양을 하나하나 손가락으로 가리켜 확인한 다음 산을 내려왔습니다.

그러나 종사관 조창식은 홍단수로부터 답사를 시작하여 허황령 척산에 이르렀다가 거센 눈보라를 만나 간신히 돌아왔습니다. 서두수를 답사한 인원 역시 차례로 도착하여 27일 이르러서야 모두 무산부에 모일 수 있었습니다. 몇백 리 가량, 험한 길을 다니면서 7~8일 동안 길에서 잠을 잤지만, 세 갈래 인원들이 모두 아무 일 없이 돌아올 수 있었던 것은 아마도 전하의 가호가 있었기 때문입니다.

전하! 신이 엎드려 생각건대, 감계 문제에서 정계비를 가지고 말씀드린다면, 정계비는 큰 호수의 남쪽 산기슭 10리 끝에 있었습니다. 비석의 서쪽으로 몇 걸음 떨어진 곳에 물길이 있어 압록강의 원류가 되고 비석의 동쪽으로 몇 걸음 떨어진 곳에 물길이 있어 토문강의 원류가 됩니다.

  거기서 잇달아 돌무더기와 흙 무더기가 90리 정도 뻗어 있었습니다. 그 흙무덤의 높이는 몇 척이나 되고 그 위에 수목이 자생하고 있는데 나무는 늙어서 둘레가 이미 한 아름 정도가 되므로 옛적에 경계를 표시했던 것이 분명합니다. 그리고 대각봉의 후미 중간에 이르면 물길 모양이 갑자기 좁아지면서 흙 언덕이 마치 문처럼 마주 보고 서 있는데 옛날부터 토문이라고 부른 것은 바로 이것을 가리킵니다.

  두만강 상류 여러 물길의 발원지 가운데 이 흙 돌무더기에서 가장 가까운 것이 홍토산수 발원이지만 그사이에는 질펀한 둔덕이 자리 잡고 있으며 거리가 40-50리 정도 멀리 떨어져 있습니다.

  전하! 토문강 상 하류의 상황을 말씀을 드리자면 비석의 동쪽 건천으로부터 동쪽으로 100여 리를 뻗어가야 비로소 물이 땅 위로 나오면서 동쪽으로 흐름을 바꾸어 북쪽 송화강으로 들어갑니다. 송화강은 바로 헤이룽강 상류 가운데 하나입니다.

  길림과 영고탑 등의 땅이 모두 그 경내 즉 송화강 동쪽에 있습니다. 중국 관원은 조선 강역의 경계는 토문강으로 삼아야 한다고 주장하면서 총리아문과 예부의 주장에서도 토문강 옛 경계를 조사하라고 하였는데 지금 비석의 동쪽 물길이 송화강 상류여서 동쪽의 토문이라는 비석의 내용 뜻과 들어맞지 않아 도리어 의심이 커진다고 주장하였습니다.

 신은 이에 대하여 하류가 비록 송화강으로 들어가지만, 경계를 표시한 비석과 돌 흙무더기의 상황이 위에서 얘기한 바와 같다는 것, 그리고 토문의 형편은 두만강 상류와는 아주 멀리 떨어져 서로 연결되지 않지만, 조선 측에서는 단지 토문으로 경계를 한 것만을 인정한다고 주장할 수밖에 없었습니다.

 처음부터 속이거나 숨기는 것이 없었고 입이 닳도록 힘을 다해 주장했습니다만, 중국 측의 주장은 토문강의 정원을 경계로 삼자는 것이었고 신의 주장은 오로지 비석과 돌 흙무더기를 증거로 삼아야 한다는 것이었으므로 양측의 주장이 서로 뒤엉켜 피차 모순이 될 수밖에 없었습니다. 그래서 따로 지도를 작성하여 각자 조정에 보고하는 것으로 결론을 내렸습니다.

 10일 동안 상의한 다음에 비로소 초본을 완성하여 조회하여 함께 검토한 다음 다시 정본을 그리게 하였습니다. 지도 제작원의 그림을 그리는 방법은 아주 정밀하고 섬세하였는데 가로 세로의 선을 나누어 거리를 표시하려고 나침판을 꺼내어 방위를 확인하였으며 여러 날 공을 들여서야 원본이 만들어졌습니다. 산천의 형세가 아주 완벽하게 드러난 것은 아니지만, 홍단수의 상황은 바로 서쪽 압록강 지류와의 거리가 75리 되며, 비석을 세운 곳과 남북으로 130리 떨어져 있었습니다.

서두수 정류는 발로 길주 지방에 이르는데, 비석을 세운 곳과 남북으로 4-5백 리 떨어져 있으니 동쪽이 토문이라는 것과는 애초부터 아무런 상관이 없었습니다.

곳곳을 손가락으로 가리키며 확인하고 하나하나 따져 충분히 의심을 깨뜨렸다고 생각했지만, 중국 관원은 정계비의 발원지와 중국 지도가 서로 들어맞지 않는다고 하여 끝내 의심을 풀지 않았습니다. 여러 날 동안 자기주장을 고집하여 결국 합의할 수 있는 방법을 찾지 못한 것입니다. 그러므로 각기 비문 탁본 한 장과 지도 한 장을 나눠 가지고 지도에는 서로 직인을 찍은 다음, 따로 조회를 하기로 하였습니다.

이에 11월 30일, 회령부에서 각자 귀환하였습니다.

변계의 상황과 보고들은 사실을 간략하게 몇 항목으로 묶고 신의 어리석은 생각을 덧붙여 별도로 문건을 하나 만들었습니다. 아울러 비를 탁본한 한 장과 지도 한 장(조회등처 1권, 담초 1권)을 승정원에 올려보내 참고하도록 하였습니다. 이상과 같이 신과 종사관 조창식이 바로 돌아오는 길에 오른 연유를 장계로 알리고 조회등촌 1권과 문답 1권을 올리면서 첩정으로 보고를 드려야 할 것입니다. 이상입니다.

광서 11년 12월 6일 행 부사겸 감계사 이중하.

23. 청국의 자문-조회

광서 11년(고종 22년) 7월 26일(1885. 9. 4.).

청국은 조선에 도문강 옛 경계를 조사하는 문제에 대해서는 총리아문에서 이미 상유를 받아 북양대신과 길림 장군에게 자문을 보냈고 귀 예부에 자문을 보내 답변하니 이 내용을 조선 국왕에게 전해 달라고 알리는 문서를 보내왔다.

-지금까지 자문 전 달관이 경사에 보면 예부에서 자문에 의거하여 대신 주를 올려서 유지를 받은 다음 원래의 주와 받은 유지를 옮겨 적어 조선 국왕에게 알리는 한편 각처에 자문을 보내는 식으로 처리해 왔습니다.

그런데 이번에 귀 아문에서 의논하여 상주한 것을 북양대신 길림 장군 조선 국왕에게 귀 아문에서 알렸는지의 여부를 보내온 문서에서는 전혀 언급도 하고 있지 않습니다. 이에 총리 아문에 편문을 보내니 조사한 다음 사실을 저의 예부로 답변을 해주셔서 저희들이 일을 처리할 수 있도록 해주셨으면 합니다.

살펴보니 조선 사신이 휴대한 화물에 대해 징세하는 문제는 이미 귀 예부에서 이를 거부하는 답장을 하였습니다. 이에 본 아문에서는 이미 상읍에 따라 북양대신 성경 장군 봉천부 부윤 등에 알려서 함께 의논하여 적절하게 검토하도록 했지만 현재로서는 아무런 방법이 없으므로 조선 국왕에게 알릴 필요는 없습니다.

토문강 옛 경계를 조사하는 문제에 대해서는 본 아문에서 이미 상유를 받아 북양대신과 길림 장군에게 자문을 보냈고 귀 예부에 자문을 보내 답변하니 이 내용을 조선 국왕에게 전하여 알려 주시기 바랍니다.

광서 11년(고종 22) 7월 28일(1885. 9. 6.)

청국의 길림 장군 희원이 또 자문을 보내왔다.

-조선에서 토문강은 두만강이라 하고 해란하를 토문강이라고 하지만 해란은 토문강의 발원지와 수백 리 떨어져 있고- 생략

이에 대하여 조선 국왕은 자문을 보내 조선의 서북 강역은 원래 토문강을 경계로 하여 왔습니다. 강희 51년 오라총관 목극등이 유지를 받들어 변경을 조사한 다음, 돌에 새겨 분수령에 세워 놓아 토문강 이남과 이북으로 죽구과 조선이 경계로 삼았던 것

입니다.

　조선에서는 빈번히 혹시 다투다가 소란을 일으켜 중국에 폐를 끼칠까 염려하여 토문강 이남 지역은 비워둔 채, 백성들이 들어가 살지 못하도록 해 왔습니다. 최근 종종 그 빈 땅으로 이사하여 집을 짓고 경작을 하는 사람이 나타나 변경 금지령이 오래되면서 점차 해이해졌는데 이는 진실로 저희 지방관의 책임입니다. 그렇지만 그 땅은 실은 조선 땅이 아니므로 조선 백성이 거기 거주해서는 안 되는 땅입니다.

　계미년 광서 9(1883)년에 이르러 돈화현에서 조선 지방관에게 조회를 보내 농민을 거둬들이라고 요구했다.

　-작년 동지사 겸 사은사로 정사 김만식과 부사 남정철이 공문을 가지고 가서 예부에 올린 것으로 압니다. 이 문제는 국경에 관한 것이자 나중에 문제와도 관계되는 것이니 응당 조사를 하여 옛 경계를 명확히 해야 할 것입니다. 그래서 부사직 이응준을 파견하여 자문을 보냅니다.

　광서 7년 이금용의 다음과 같은 보고가 있었다.

-조선 빈민이 경계를 넘어 황무지를 개간하고 이미 조선 함경도에서는 그들에게 증명서를 발급하고 구역별로 나누어 장부에 등록하였습니다. 아울러 조선 온성부의 병관 조병직이 직접 제게 다음과 같이 하였습니다. 강주 변 사람들은 대부분 북안에서 나는 것에 의존해서 사는데 그들 스스로 자신들이 경계를 넘어 경작하고 있음을 알고 있으며 단지 중국 측에서 각별한 인지함을 베풀어 주시기를 바랄 뿐입니다.

그해 북양 대신 이홍장이 24일 다시 답장을 보내왔다.

-이미 조선 국왕에게 전달하여 조속히 적절한 사람을 파견하여 날짜를 정해 공동 감계를 하도록 요청하니 아울러 길림 장군께서는 지방관에게 수시로 독촉, 전달하십시오.

이러한 문서들이 계속하여 조선과 청국에 오고 가자 조선은 안변부사 이중하를 파견한다고 청국에 알렸다. 간도라 부르는 것은 애초에 개간을 시작한 곳의 지명이지 간도가 섬인 것은 아니다.

1870년대 이후 중국과 조선, 러시아가 서로 조선의 유민을 끌어들이기 위해 경쟁적으로 노력하고 있었으므로 자칫하면 땅을 얻더라도 실제로는 백성을 잃게 될 수 있으니 이들을 안정시켜 북면이 텅 비게 하지 않은 방도를 마련하는 것이 무엇보다 중요함을 지적하고 있었다.

두만강은 예로부터 국가의 금지령이 아주 엄격하여 강을 건너는 사람이 있으면 반드시 주살했다. 기사년(1869)과 경오(1870)년의 대흉년 이래 몰래 강을 건너는 사람이 차차 늘었고 신미(1871)와 정축(1877)년 사이에는 경계를 넘어간 사람을 거둬들이고 국가의 곡식을 구휼하여 안심시킨 적도 있었다. 그런데 강을 건너온 이들 백성은 마치 망한 집 자식처럼 위태로워 며칠이 지나지 않아 모두 다시 도망가 버렸다.

중국 내지로 들어간 사람들에게는 모두 훈춘의 초간극에서 소와 곡식을 주어 농사를 짓게 하니 그것은 애당초 조선 백성이 들어가는 것을 원하지 않았던 것이고 조선 백성들 역시 돌아오고자 함이 아니었다. 그 상황을 보면 이는 대체로 황무지를 개간하기 위함이었고 또한 월간한 백성들이 러시아의 경계로 들어가는 것을 우려하여 공비를 아끼지 않고 오로지 그들을 끌어모으려는 의도인 것만 같았다. 그러나 최근 중국에서 백성들이 거두어들이려고 독촉하는 것을 보면 오로지 조선 백성이 그곳의 호적에 편입되는 것을 막고 다만 육진의 건너편 변경에서 개간하기만을 원한 것이었다.

고종 22년(광서 11) 12월 6일(1866. 1. 10.)

이중하는 고종에게 별단초 장계를 올렸다.

별단초란 제목으로 장계를 올린 토문 감계사 이중하가 따로 올린 공동 감계서에 보면, 토문(두만)과 토문(송화강)의 해석을 둘러싸고 양국의 해석과 그에 따른 감계의 초점이 분명히 달랐다는 것과 상류의 발원지를 보면 토문의 형태가 되니 비문과 일치하지만 하류는 송화강으로 들어가 버리고 영고탑 길림등도 모두 그 동쪽에서 이곳을 경계로 고집하여 지점하기는 어려우며 종성에서 두만강을 넘어 북쪽으로 90리 되는 곳의 모아산이 중국 상인들의 물건을 운반해 주던 경계라고 내세워도 증거가 없다고 중국 측이 부정하여 의견을 일치시키기가 어렵다는 것이다.

-전하! 신이 생각건대, 오늘의 급무는 분명 변경에 대한 금지령을 다시 확인하는 것이지만, 지금은 새로 양쪽 지역 사이의 무역이 개방되어 양쪽 백성이 왕래가 빈번해지고 있으므로 사실 더 이상 모든 것을 막고 금지할 수 있는 상황이 아닙니다.

따라서 해당 도의 관찰사, 안무사 및 지방관에게 엄격히 지시하여 별도의 규정을 세우고 널리 순찰을 두어 상무국에서 발행한 증명서가 없는 사람은 강을 한 발자국도 건널 수 없게 해야 합니다.

　만약 이를 어기는 사람이 있다면 기존의 법률에 따라 처단하고 만약 이미 강을 건넌 백성이라면 기한을 정하고 방도를 세워 거둬들여야 합니다. 그런 다음에야 중요한 지역을 보존할 수 있을 것 같습니다.

　그렇지만 변경 백성의 현재 시점이 강북 쪽의 토지를 생명줄로 삼고 있으니 하루아침에 엄격히 막는다면 필경 그들은 러시아 경내로 들어가 버릴 것입니다. 따라서 깊이 생각하여 잠시 그들을 안치시키는 방안을 찾아가야 합니다.

　이미 월경한 백성들의 경우는 호구를 조사하고 오가작통제를 실시한 다음 그 통수를 뽑아 그가 통제하게 만드는 방침을 분명히 밝힙니다. -생략

　이중하의 장계는 내용의 구절구절이 옳았다. 옛것을 사랑하고 나라를 사랑하는 마음이 구절구절 묻어났다.

　문제는 지방 관원들의 이런 폐단을 엄격하게 처단하고 백성들을 처리하는 문제였다.

　임금은 장계를 받아 들고 있다가 생각하는 바가 있는지, 도승지를 불렀다.

　-전하! 찾아 계시옵니까?

-도승지! 지금 중신들을 어전에 모이게 하시오!

-네, 전하!

신료들은 도승지로 하여금 임금이 어전에 모이게 하라는 전갈을 받고 전부 모여들었다. 임금은 도승지에게 말했다.

-도승지는 지금 이중하가 올린 장계를 읽으시오!

도승지는 장계를 읽어 나갔다. 갑자기 어전이 숙연해지자, 임금은 엄숙하게 말했다.

-경들은 들으시오! 이 문제를 어떻게 처리하면 좋겠소?

오가작통법! 이 법은 지난날 세조가 실시하여 중앙집권제를 강화하여 부역, 동원, 등을 목적으로 만들었으나 운영 관리가 제대로 되지 않아 숙종 때인 1675년에는 수도인 한성에서는 5개의 호를 1개의 통으로 구성하고 리는 5개의 통으로 구성하며 면은 34개의 리로 구성하여 동에는 통주 또는 통수를 두어 조직을 강화하였다.

지방에서는 동일하게 5개의 조를 1개의 통으로 구성하고 리는 5개의 통으로 구성하여 3~4개의 리로 면을 형성하여 면에는 권농관이라는 관리관을 두었으나 초기에는 제대로 정착되지 못하다가 조선 중기부터 본격적으로 활성화되었다.

오가작통법은 호구를 밝히는 동시에 범죄자의 색출과 조세 징수, 부역, 동원 등을 목적으로 만들었으니 운영 관리가 제대로 되지 않아 숙종 때인 1675년에는 오가작통법 저조를 작성해 오가작통법을 강화하였던 것이다. 사실 오가작통법은 조선 후기에 이르러서는 호패와 함께 호적의 보조 수단이 되었으며 역을 피하여 호구의 등재 없이 이사와 유랑을 반복하는 유민들과 도적떼들의 행태를 방지하는 데 주로 이용된 것이 사실이다. 그러나 법률로 규제를 엄격하게 금지하는 것만으로는 백성들의 생업을 안주시킬 수는 없었다.

외무독판 김윤식이 말하였다.

-전하! 해당 지역은 예전에 백성들이 살도록 허용된 땅이 아니고 근래 유민들이 몰려 들어가 농사를 짓고 있는 땅이라 의지할 곳 없는 백성들의 생업을 되찾게 하는 것이 상책입니다.

더구나 백성들은 멀리 떨어진 황벽(荒僻)에 살고 있어 스스로 잘 알고 있지 못해 광서 9년 여름 서북 경략사 어윤중을 북방에 파견하여 길림, 훈춘, 등지의 조선 유민을 거둬들이게 하였습니다. 그러나 두만강 연안에서 농사를 짓는 백성들은 돌아오는 것을 원치 않고 있는 것입니다. 조선에서 200년이 지나도록 황무지로 내버려 두었다가 지금에서야 월경과 개간을 문제 삼는 것은 어찌 보면 백성을 더 자유롭게 하지 못하는 폐단이 아닐까 염려되는 것이 사실입니다.

임금은 외무독판 김윤식의 말도 일리가 있다고 여겼다. 김윤식(1835~1922)은 청품 김 씨로 자는 순경, 호는 운양, 서울 출신이다. 아버지는 증 이조판서 좌찬성 김익태이고 어머니는 전주 이씨로 일찍이 부모가 사망해 숙부 청은군 김익정에게 의탁해 경기도 양근에서 성장하였다. 1874년 문과에 급제해 황해도 암행어사를 지내고 시강원 사서, 부응교, 부교리, 승지를 거쳐 한때는 순천 부사가 되었다.

정부의 개항 정책에 따라 영선사로 학도와 공장 30명을 인솔하여 중국으로 건너가 그들을 기기국에 배치하여 일하도록 하였고 북양대신 이홍장과 7차에 걸친 회담 끝에 조세수호 통상조약을 체결하였다.

임오군란 후 대원군을 청나라로 납치한 것을 이홍장과 교섭하여 석방하여 조선으로 돌아오게 하였고 군란을 수습 후 강화 유수에 규장각 직제학을 겸임하였다. 원세개의 도움을 받아 진무영을 설치, 500명을 신무기로 무장하고 중국식으로 훈련, 갑신정변 때 궁중 수비를 맡았다. 갑신정변을 원세개의 도움으로 끝내고 정변 후 병조판서를 거쳐 동판교섭동상사무가 되어 관계를 담당하였다. 독판 재임 중 민씨 척족과 친입 급진 개혁파의 세력에 대항에 하기 위해 청과 도모하여 흥선대원군의 귀국을 실현했다.

한때 1887년 5월 부산첨사 김완수가 일상사채에 통서의 약정서를 발급하였다는 죄목으로 면천으로 유배되어 5년 6개월을 지냈다. 1894년 석방되고 강화 유수로 임명되었다.

김윤식이 집군 수용된 것은 청일전쟁 직전으로 일본 세력의 지원으로 민씨 척족 세력이 제거되고 흥선대원군의 집권이 성공하였기 때문이다. 김홍집 내각에 등용되어 군국기무처 회의원으로 갑오개혁에 간여하였고 특판 교섭통사무에 임명되었다. 그해 7월, 정부 기구의 개편에 따라 외무아무대신(현 외무부장관)에 임명되었다.

그는 이중하와 같이 일본이 조선을 합방한 것에 저항하고 일본이 조선을 전 한국이라는 전자를 고집하여 사용하는 것에 항의하여 조선이 일본에게 쓰러져 가는 것을 몸으로 막았던 것이다.

24. 제2차 회담

1887년 청나라로부터 제2차 감계회담을 하자는 공문이 조정에 도착했다.

길림과 조선의 계지는 무산 이동 녹둔도에 이르기까지는 도문강(두만강)이라는 천연의 계한이 있어 이것은 경계로 긋는 데는 추호도 의심할 뜻은 없으나 무산으로부터 서쪽의 분수령 상의 입비처(비를 세운 곳)까지는 분명치 않으므로 위원을 파견하여 조사하겠으니 무산에서 회담할 것인지, 회령에서 회담할 것인지 화답하기 바란다. -천진총리각국 사무아문. 1887. 4. 7.

이에 조선 측에서는 4월 8일, 청나라 측의 주장을 부인하는 답신을 보냈다.

정계를 홍단수의 수원으로 정하고자 함은 근본적으로 잘못되었다. 홍단수 소백산 이남에 속하여 조선의 내지이다. 두만과 도문은 일수이고 이류가 아니므로 목극등이 비를 세운 대로 도토문강으로 정계의 본문을 삼아야 한다. 청 측이 주장하는 이른바 서두수가 어윤화이고 홍단수는 홍단화 삼지라고 함은 명목이 부합되지 않고 또 신빙할 수도 없으며 또한 조선의 내지에 있어 정계비와는 하등 관계가 없다.

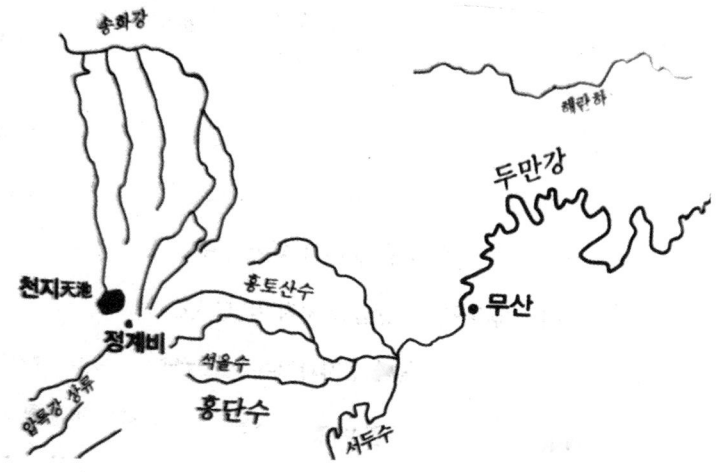

이 답신을 받은 청 측은 즉각 정식 조회문을 보내왔다.

목극등이 세운 비는 변경을 살핀 내용을 적은 비지, 경계를 나누는 비가 아님을 의심할 바가 아니다. 서위 압록 동위 도문(토문이 아니라 도문으로 적어서 보냄)이라 한 비문 중에 분계라는 글자가 없는 것으로 보아 이는 당시에 비를 세울 적에 분계처에 세운 것이 아님이 더욱 명백하다.

　청나라는 정계비가 갖는 국경 확정의 의미를 근복적으로 무시하려고 들었다. 이에 조선 조정에서는 4월 8일, 비를 세울 당시 목극등이 보냈던 물건들을 제출하며 이것을 읽으면 정계비가 경계를 정하기 위한 것임을 한눈에 확인할 수 있음을 서한으로 보냈다. 이에 청나라는 국경을 정할 관원을 보내겠다고 연락을 해 왔다.

　1885년 1차 회담에 나왔던 바로 그 관원들이었다. 조선은 다시 이중하를 파견하여 청나라 관원들과 논의하기로 하고 다시 반박문을 보냈다. 조선 측은 청나라 황조일통도집이 홍단수를 대도문이라고 병기하고 있는 데 대해서 이것이 맞는지를 가부간 확인해 달라고 하였다. 청나라 측은 강희제 당시의 문헌을 조사한 결과 그 비는 분계를 위한 것이 아니라 변계를 조사하는 비가 분명하다는 답장을 보내왔다. 그리고 비문 자체에 분계라는 글자가 없다고 새삼 강조하였다.

　조선 측에서는 변계를 살펴 비를 세우는 것이나 국경을 정하여 비를 세우는 것이나 다 같은 뜻이라고 반론하고 비문에 분계라는 글자가 없음은 경계를 그날 처음 정한 것이 아니라 원래 그전부터 있었던 옛 경계를 비로 표지했을 뿐이라고 반박했다.

양측의 서한을 통한 논쟁은 열매를 맺지 못했고 두 나라 대표단은 재차 무산에서 회담을 실시하기로 하고 2년 전에 만났던 이중하를 다시 감계사로 임명하여 청나라 관리들과 이해 4월 22일 무산에서 다시 얼굴을 마주 앉게 하였다.

임금은 이중하에게 감계사로 윤허함을 알렸다. 이중하는 자신보다 더 훌륭한 사람을 보내 담판할 것을 원했지만, 임금은 이중하를 또 한번 회담을 주도하게 하였다. 사실 이때는 조선에서 가장 청나라의 세력이 강했던 시절이었다. 임금이 아무리 보아도 이중하만 한 인물이 없었다. 그의 강직한 기질과 성품은 어디를 내놓아도 당당했기에 임금은 그를 매우 신임하였다.

당시 청나라 군대는 1882년 임오군란과 1884년 갑신정변을 진압하는 데 주도적인 역할을 했고 서울에 주둔한 청나라 군대를 배경으로 조선 주재 총리교섭통상대신 원세개가 한참 위세를 부리고 있었다. 청나라가 강압적으로 문제를 해결하려고 해도 조선에서는 영토를 확보하기 위해 노력했다.

4월 22일, 무산에서 다시 만난 이들 대표단은 2년 전 회담과 마찬가지로 어느 강을 탐사할 것이냐를 두고 또 싸움이 벌어져 결말이 나지 않았다.

이중하는 정계비에 가까운 홍단수를, 청나라는 서두수를 조사하자고 했지만 결국 양측은 일부를 타협해 중간에 있는 홍단수를 살피고 장파로 돌아와서 그 뒤에 다시 어느 쪽으로 답사할지 정하기로 했다. 이렇게 문제를 가지고 시간을 끌었다.

일차적으로 홍단수 탐사는 윤 4월 2일, 장파로 돌아온 것은 윤 6월이었다. 청나라 측은 이번에 서두수를 조사하자고 했고 조선국은 절대 반대했다.

결국 홍토수로부터 조사하기로 하고 윤 4월 23일 조사하려고 했는데 일주일 전 16일에 열린 회담에서 치열한 논쟁이 벌어졌다.

청-홍토수는 비퇴와 서로 접하고 있는가?
조-비퇴가 홍토수에 접한다면 무엇 때문에 경계 조사의 분규가 있겠는가?
청-귀국에서는 복류(물이 땅으로 스며드는 것)40리라고 하는데 동봉수를 조사한 바 과연 홍토수에 접하는가?
조-접하지 않는다.
청-홍토수는 비퇴에서 멀고 동봉수는 홍토수에 접하지 않으니 귀관의 뜻은 어떠한가?
조-비퇴는 홍토수에서 먼 까닭에 표석을 그사이에 증설하려고 논한 것이다.
청-비가 증거가 되지 못한다는 것은 벌써부터 알고 있었다. 이 비가 본래 어디에 있었고 누가 옮겼다는 것은 차마 말할 수 없어 하지 않는다.

조-만일 참으로 비를 옮겼다는 것을 귀관이 알 것 같으면 공문을 보내어 명확히 하라. 이것은 대사건이니 내가 마땅히 우리나라 조정에 보고하여 강구 변론하겠다.

청-차마 말할 수 없다.

조-명백히 공언하지 않으면 안 된다. 어째서 공인하지 않는가?

청-대답을 못한다.

조-비는 옮길 수 있더라도 토(퇴적)도 옮길 수 있겠는가? 퇴 위에는 수목이 나서 아름들이 늙은 나무들이 많다.

청-(황급히 말하기를) 퇴는 우리나라 조정에서 장백산(백두산)에 기도하기 위하여 만들어진 길의 표지이다.

조-목극등이 비를 세울 때 내왕한 옛날의 문안이 있다. 이 어찌 말이 되느냐?

청-귀관은 다만 홍토수 이외의 물은 상의치 않으려 함은 무엇 때문이냐!

조-귀관은 늘 조선의 내지를 줄여서 변하게 하려고 하니 내가 어찌 그 땅을 줄이는데 상의하겠는가?

청-이전 이미 모든 물줄기(수원의 맥)를 조사하였으니 청컨대 귀관은 공평히 말하라.

조-공평히 말하면 곧 홍토수다.

청-(노기를 띠고 위원들 모두 함께) 이것이 과연 공평한 말인가?

조-우리나라 기백년 옛 한계를 구하고자 함인데 입장을 바꾸어 생각하면 사리가 당연하다. 어째서 심하게 노하는가?

현재 한국사에 기재된 간도 일대의 지도는 지도상에서 홍토수라는 강 이름이 명확하지 않으나 백두산, 무산, 서두수의 위치를 위에 올린 간략한 지도와 비교하면 용정, 연길 등 대부분의 유명한 간도 지방의 도시와 촌락들이 홍토수 이북에 있음을 확인할 수가 있다.

지도의 한계 때문에 동서 간의 길이가 매우 함축되어 있으며 이로 인해 간도 지방의 면적이 실제보다 매우 좁아 보일 수 있다.

청-(또 크게 노하면서) 그렇다면 다시 의논할 필요 없이 홍단수로서 결정하겠다.

조-홍단수는 조선의 내지이다. 귀관이 스스로 정한다고 하더라도 나는 그렇게 정할 수 없다.

청-이곳은 길림 땅이다. 어째서 조선 땅이냐?

조-귀국 황조 일통도에도 대도문이 요하에 있다.

청-이 지도는 황제 소장의 것이(총리 사무아문)라고 보기에,

보낸 것이 증거가 되지 못한다.

조-총서 주의에는 항상 이 지도를 인증한다. 이것이 증거가 못되면 무엇이 증거가 되겠는가?

청-(또 크게 노하며) 총서의 공문을 보고자 하는가?

조-귀관의 전년의 감계 품보중에 처음부터 홍토수의 말을 한 마디도 없는 바 총서에서는 처음부터 이 강이 있는 줄을 몰라서 그런 것이다.

청-귀국은 누누이 북양대신과 총서에 홍토수의 일을 청하였다. 그러나 총서는 이것을 허락하지 않으므로 홍단하로 정계 하려는 것이다.

조-총서의 주의 중에 수원 지형은 논리가 심상하다. 홍토수가 대도문임이 역시 분명하다.

청-총서도 상세히 알지 못한다. 다만 우리들의 품의 보고 여하에 있다.

조-이번에 상세히 제도하여 봉정하면 결정될 것이다. 우리가 이렇게 쟁론할 필요가 무엇이냐? 이 일은 옛 경계를 알려 밝히는 데 있는 바 귀관은 새 경계를 정하려고 한다. 대소국 300년 이래 각각 자기의 옛 경계가 있다. 어째서 오늘 다른 경계를 정하겠는가?

청-옛 경계를 누가 아느냐, 귀관이 이를 알고 있는가?

조-홍토수가 옛 경계이다.

청-귀관은 홍토수의 흐름이 뵈토에 접하지 않고 그 수원이 비와 접하지 않음을 보고도 홍토수를 주장하니 오늘 결정하지 않고는 하산할 수가 없다. 귀관은 이를 밝혀 말하여라.

3인이 함께 소리 지르며 강요하였다.

조-(꾸짖는 소리로) 내 모가지는 자를 수 있으나 우리 강역을 축소할 수는 없다. 여기에 국가의 옛 기록이 있다. 어찌 이리 협박하느냐?

청-홍토수 외에는 주장할 수 없다고 하는 바 귀국의 명리가 본디 이러한가?

조-우리나라 조정에서 나를 파견할 때는 다만 홍토수의 옛 경계에 경계를 정함을 알 뿐, 홍단수, 서두수의 설은 우리나라 정부의 생각 밖의 일이다.

청-귀국의 뜻은 다만 홍토수에만 있는가?

조-그렇다.

청-귀관의 정계를 세우지 못한다면 귀관을 파견한 것은 무슨 일을 주관시키려 함인가?

조-구계를 가리켜 증명하기 위해서 파견한 것이다.

청-구계를 가히 증거 할 만한 것이 있는가?

조-우리 조선의 도지가 있다. 명백히 싣고 있다. 우리나라 도지는 귀관이 믿지 않은 것이므로 나는 다만 귀국의 도지로만 증거를 하는 것이다.

청-(모두 심한 노한 눈초리로) 그러면 그것을 가지고 서로 조회하겠다.

조-마땅히 그렇게 하겠다.

여기서 보면, 조선은 회담 내내 정계비에 근거하여 홍토수가 옛날부터 원래 국경이라고 주장했다. 한편 청나라는 정계비의 가치 자체를 무시하려 했다. 홍토수가 올바른 국경이란 논리는 감계회담이 이루기 전부터 조선 조정이 청나라 조정에 꾸준히 제기한 것이다. 청나라는 홍토수보다 더 남쪽으로 국경을 내리기를 원했기 때문에 조선의 주장을 거부하고 경계 회담을 요구한 것이다.받아들이면 회담을 할 필요가 없다).

조선은 홍토수가 국경이라는 근거를 목극등의 기록, 청나라 지도, 조선 지도를 제출했다. 1885년 1차 회담에서 이중하를 비롯한 조선 대표단은 국경은 두만강이 아니라 토문강이라고 일관되게 주장했다.

2년이 지난 이번 2차 회담에서는 분명히 두만강의 지류 중 하나인 홍토수가 옛 경계선이라는 주장을 내놓고 굽히지 않았다.

한없이 북쪽으로 흘러 송화강, 흑룡강으로 흘러 들어가는 토문강을 국경으로 주장할 수 있다는 걸 조선 정부는 스스로 잘 알았다. 조선이 주장한 홍토수와 청나라가 주장한 홍단수 사이의 땅, 그 면적이 만주의 1/3이나 될까!

이중하가 광대한 간도를 지키기 위해 감계회담에서 죽을 각오로 싸웠다. 왜 청은 홍단수를 국경으로 정하려고 주장했을까! 5월 15일에서 16일 이틀간 이중하는 굴하지 않고 홍토수가 경계로 해야 한다고 주장한다. 그러자 16일에는 청나라 대표가 약간 타협적인 태도를 보이며 석을수 위를 경계로 하는 것이 어떻겠느냐고 한다.

그때 이중하는 다음과 같은 논리로 거절한다.

강의 큰 근원을 버리고 작은 흐름을 찾아 국경으로 하는 것은 부당하다. 석을수는 황조일통여도에 명기된 대도문강의 계와 부합되지 않으므로 부당하다. 백두산 동쪽 기슭의 강물을 버리고 소백산 동쪽 기슭의 강물을 구한다는 것은 당치도 않다.

청나라가 제안한 석을수 안을 이중하가 거절하자 결국 1887년 2차 감계회담은 성과 없이 끝났다. 청나라 대표단은 이중하의 거절 통보를 받고 5월 18일 장파를 떠나 회령을 거쳐 길림으로 갔다. 다시 청나라는 3차 회담을 열려고 하였으나 제대로 안

되었다. 결국 조선은 서울에 있는 원세개를 통하여 감계를 하자고 하였으나 북경의 이홍장은 총리 사무아문에 전하여 처리하겠다고 회답을 해 왔다. 이중하는 북변간도 관리사 이범윤과 청과 협의했지만 뚜렷한 결론이 없이 회담이 끝나자 곧바로 경계 문제에 대해 보고하는 상소를 올렸다.

고종 24년(광서 13) 3월 4일 임진(1887. 3. 28.)

-전하! 엎드려 생각건대 나라의 일 가운데에서도 국경에 관한 문제는 가장 중요한 것입니다.

우리 세종조와 숙종 때 북쪽의 경계문제를 처리한 것을 두루 살펴보니, 그때에는 중신과 신료가 함께 변경에 머물렀으며 임금과 신하 모두가 오랫동안 고생하며 대책을 마련한 뒤에야 비로소 일을 할 수 있었습니다. 지금 신을 말할 것 같으면 배운 것도 없고 식견이 옅으며 품계가 낮고 사람이 보잘것없습니다. 그런데 갑자기 중임을 맡았으니 어찌 소홀하여 실수하지 않을 수 있겠습니까? 만일 착오가 있다면 죽임을 당한들 무슨 소용이 있겠습니까?

오늘날 경계를 확인하는 일은 지난 시절에 비할 것이 못 됩니다. 옛날의 경계를 다시 밝히고 유민들을 찾아다가 안착시키는

데 지나지 않습니다. 그러나 옛날의 경계를 말한다면, 발원지가 일치하지 않고 나무 울타리도 썩어 문드러져서 실제의 장소가 옛 문헌과 맞지 않기 때문에 옳게 확인하기가 곤란합니다. 유민들을 말한다면 강에 대한 단속이 오랫동안 해이해져 넘어간 사람들이 아주 많은데 쇄환할 길이 없으며 그렇다고 내버려 둘 수도 없습니다.

지난번 중국에서 온 자문은 저들의 국적에 편입시키겠다는 뜻을 보였지만 이 역시 쉬운 일은 아닙니다. 이것은 강토와 백성들에 관계되는 매우 중요한 문제이니 의정부에서 충분히 논의해 주시옵소서. 이 일을 감당할만한 사람을 새로 임명하여 다시 제대로 밝힌다면 나라의 체면도 정주하게 되고 사리도 합당할 것으로 압니다. 생략-

여기서 이중하가 올린 상소를 자세히 보면 다음과 같다.

수원이 일치하지 않다는 것이다. 조선과 청나라의 실제 국경은 두만강이나 정계비에 기록된 토문강은 두만강으로 흘러들어가지 않고 있음을 의미한다.

목책이 다 썩었다 : 숙종 조에 국경을 표시하기 위해 세운 목책이다. 그런데 지금은 제대로 남아있지 않다.

강에 대한 단속이 해이해져 넘어간 사람들이 아주 많다 : 본래

강을 넘어가서는 안 되는데 넘어간 사람들이 많다는 것이다.

   표획한 곳은 어디서부터 어디까지인지, 충분히 토의하고 확정하여 다시 참작해야 한다. 국경에 대해서는 우리가 일반적으로 주장할 수 없고 내부적(묘당)으로 충분한 토의가 필요함을 이야기하고 있다. 경계가 명확하다면 고려할 필요가 없다.

   이에 대하여 임금은 다음과 같은 비답을 내렸다.
   -신중하게 다루어야 할 일이라 다시 감계를 하게 된 것이니 경은 사양치 말고 곧바로 가서 일을 처리하라.
   고종 24(광서 13) 4월 11일~5월 19일 작성, 고종 24 5월 28일 보고, 1887. 7. 18에 의하면, 이중하는 "백두산정계비 자료에 실린 부분은, 백두산 석비는 중구과 조선의 300년 경계가 되어 왔음을 국가 기록이나 야사에 실지지 않은 것이 없다. 중국의 일통여도에도 홍토수가 대도문강이라는 것은 확실하니 중국 지도를 공개하라"고 요구했다.

   청측의 진영은 비석은 도문강 발원지에 있어야 하므로 송화강 상류에 세워진 비석을 인정할 수 없다고 하면서 도문강 발원지를 찾아야 경계를 정하여야 한다고 지적하고 있다.
   조선 승정원의 기록을 보면 목극등의 이 비석이 경계를 정한 것이라는 점을 분명히 하며 그때 흙을 쌓고 나무 울타리를 두른 일은 목극등이 보낸 자문에 모두 실려있고 다른 기록도 장백산 남쪽은 조선의 경계라고 입증한 데다가 일통여도의 대도문강은 바로 홍토산수라고 강조한다. 당시 청국의 진영은 강희제의 상유에 조선과 관계가 있다는 글귀가 있으므로 경계를 나눈 비석이 없다고 했다.

이중하는 원래 정해져 있던 경계에 비석을 세우는 것이라 그런 것이라고 반발했다.

25. 피를 말리는 싸움

윤 4월 10일, 중국 관원 방랑이 공문 한 장을 보여 주며 이중하의 의향을 떠보았다. 부사가 지난날의 기록을 가지고 주장하는데 한발 물러서라는 것이다. 사실 중국 측도 기록이 없어 더 강하게 몰아붙이지 못했다.

이중하-귀국처에서 우리 백성을 굽어살펴 주시는 뜻에서는 진심으로 감사를 드립니다. 하지만 도문강은 원래 경계가 뚜렷하게 있는데 어찌 조선의 내지로 그 경계를 축소할 수 있습니까?
방랑-축소하는 것이 아니라 늘리는 것입니다.
이중하-이것은 원래 옛 지도와 기록이 있으니 조선에서 어찌 자기 땅이 아닌 곳을 한 걸음이라고 욕심을 낼 수 있겠습니까?
방랑-한 걸음이라도 축소 시킬 수 없다는 점은 우리도 마찬가지입니다. 저희는 마음속을 드러내어 말씀을 드렸는데 부사께서는 기존 주장을 여전히 고집하시니 흠차대신이 다시 파견되어 와서야 결론이 날 수 있겠습니다.

윤 4월 16일, 또 중국 관원이 3명이 와서 경계 문제를 상의할 것을 요청하면서 다음과 같이 말했다.

청-지금 홍토수를 보면 비석, 돌무더기와 이어지고 있습니까?

이중하-비석 흙 무더기가 홍토수로 이어지고 있다면 어찌 분분하게 경계를 조사하는 일이 있겠습니까?

청-조선 정부에서 40리를 복류한다고 하였는데 지금 동봉수를 보면 과연 홍토수와 이어지고 있습니까?

이중하-이어지고 있지 않습니다.

청-홍토수를 보면 비석 흙무더기와 아주 멀리 떨어져 있고 동봉수를 보면 또한 홍토수와 이어지고 있지 않으니 부사의 의견은 어떻습니까?

이중하-비석 흙 무더기는 홍토수와 거리가 상당히 멀기 때문에 지난번에 그사이에 표석을 추가 설치하자고 말씀드렸던 것입니다.

청-비석은 근거가 될 수 있는 것이 아니며 그 비석이 원래 어느 땅에 있었는지도 알고 있지만 누군가 지금의 자리로 옮겼다는 것은 차마 분명히 말하지 못하겠습니다.

이중하-귀하께서 만일 비석을 옮겼다는 것을 정확히 아신다
 면 분명하게 공문으로 제게 보내 주셔야 할 것입니다.
 이는 아주 큰 일이니 저로서는 마땅히 급히 우리 조정
 에 상주하여 조사해 처리해야 할 것입니다.
청-나는 차마 말하지 못하겠습니다.
이중하-이 문제는 명백히 조사하여 따지지 아니하면 안 됩니
 다. 어찌 그것을 공식적으로 말씀하지 못하십니까?

그들은 대답하지 않았다.

이중하-비석은 혹시 옮길 수 있을지 모르지만, 흙 무더기 역
 시 옮길 수 있다는 말입니다. 무더기 위에서 자라는
 나무는 아주 나이가 많습니다.
청-(다급하게) 흙 무더기는 청조 조정에서 장백산에 기도하
 러 다닐 때 왕래하는 지름길에 표시한 것입니다.
이중하-여기 목극등 총관이 이 비석을 세울 때 주고받은 옛
 문서가 있습니다. 어찌 그것이 말이 된다는 것입니까?
청-부사께서는 오로지 홍토산수 외에는 상의할 것이 없다고 하
 시는데 무슨 까닭이 있습니까? 우리들은 매번 진심으로 말
 씀드리는데 부사는 어찌 한결같이 들은 척 만 척하십니까?

이중하-귀하께서 매번 저에게 상의하자고 말씀하시는 것은 조선의 내지로 축소시켜 결정을 하자는 것입니다. 제가 어찌 우리 땅을 축소시키는 것을 상의할 수 있겠습니까?

청-지금 이미 물줄기를 모두 조사하였으니 공평하게 얘기해 봅시다.

이중하-공평하게 말한다면 바로 홍토수입니다.

청-(화를 내며) 이게 과연 공평한 말입니까?

이중하-우리의 수백 년 동안 옛 경계를 정하자는 것입니다. 입장을 바꿔 생각해 보면 아주 당연한 이치인데 어찌 이렇게 격노하십니까?

청-(또 한번 크게 분노하며) 그렇다면 이 일은 더 이상 논의할 필요가 없습니다. 나는 당연히 홍단수로 하겠습니다.

이중하-이곳은 조선의 내지이므로 귀하께서 비록 스스로 정한다고 하더라도 저희는 그렇게 정할 수는 없습니다.

청-길림 땅이지 어찌 조선 땅입니까?

이중하-황조일통여도에 당연히 대도문강의 경계가 있습니다. 청컨대 물줄기를 따라 공증하는 것이 어떻겠습니까?

청-지도는 황제께서 내리신 것입니까? 총리아문에서 보내신 것입니까? 지도는 증거가 되기에 불충분합니다.

이중하-총리 아문의 상주에서는 지도를 가지고 증거로 삼았는데 이것이 증거가 되기에 불충분하다면 달리 무슨 증거가 있겠습니까?

청-(다시 노하며) 총리아문의 공문을 보시겠습니까? 그 뜻은 홍단수를 경계를 하는 데 있습니다.

이중하-홍단수는 귀국터에서 지난해 조사해 보고할 때 처음부터 한 글자도 언급하지 않았으므로 총리아문에서는 이 물줄기의 존재를 알지 못해서 그랬던 것입니다.

청-홍토수는 귀 정부에서 누차 북양대신과 총리아문에 요청하였지만, 총리아문의 뜻은 이를 허락하지 않으려는 것이기 때문에 홍단수로 정하려는 것입니다.

이중하-총리아문의 상주문에도 강의 발원지나 물 모양에 대해서 아주 상세하게 이야기하고 있는데 홍토수가 대도문강이라는 것도 역시 분명합니다.

청-총리아문 역시 자세하게 알지 못합니다. 다만 우리들이 어떻게 보고하느냐에 달려 있는데 부사께서 매번 총리아문의 상주문의 근거로 삼은 것은 실로 아무런 도움이 되지 못합니다.

이중하-이번에 상세한 지도를 그려서 올리면 반드시 황상의 결정이 내려질 터인데, 우리가 하필 이렇게 이 문제를 놓고 다툴 필요가 있겠습니까? 이 일은 옛 경계를 제대로 밝히는 것인데 귀 국처에서는 따로 새로운 경계를 정하려 하십니까? 중국과 조선이 300년 이래 자연스럽게 지켜온 옛 경계가 있는데 왜 지금 따로 새로운 경계를 나누려 하십니까?

청-옛 경계를 누가 압니까? 부사께서 알고 있습니까?

이중하-홍토수가 옛 경계입니다.

청-부사께서는 이미 그 물의 흐름이 이어지지 않고 흙 무더기와도 이어지지 않음을 보았음에도 여전히 줄곧 홍토수를 주장하시는 것입니까? 오늘 불가불 결정을 하고 하산하지 않을 수 없으니 부사께서는 명백히 말씀해 주십시오.

이중하-(큰 소리로) 제 머리를 자를 수 있어도 나라의 영토를 축소시킬 수 없습니다. 이것은 나라의 옛 기록에도 있는 바인데 어찌 이렇게 서로 강요하십니까? 이것은 나라의 옛 기록에 있는 바이니 나라의 강토를 줄일 수 없습니다.

청-홍토수 외에는 부사께서 결정할 수 없다고 하시는데 조선 정부의 뜻도 본래 이러한 것입니까?

이중하-정부에서 저를 보낼 때 홍토수가 옛 경계인 것만은 알았습니다. 홍단수나 서두수라는 주장에 대해서는 정부에서는 미처 대응하지 못했습니다.

청-귀 정부의 뜻은 오로지 홍토수입니까?

이중하-그렇습니다.

청-부사께서 주체적으로 정계를 할 수 없다면 부사를 파견하여 보내는 것은 뭘 하라는 뜻입니까?

이중하-옛 경계를 지적하고 증명하기 위해 파견된 것입니다.

청-옛 경계에 대해서는 믿을만한 흔적이 남아 있습니까?

이중하-조선 조야의 기록과 지도 모두가 명백하게 기록하고 있는데 우리 쪽 지도와 기록을 귀하께서 반드시 믿을 수 없다고 하니 저는 다만 청조의 지도를 증거로 삼을 뿐입니다.

그들은 모두 분노와 한탄을 멈추지 않으면서 여전히 말했다.

청-그렇다면 이상과 같은 내용을 서로 조회를 보내면 되겠습니다.

이중하-이것은 당연히 이렇게 할 수밖에 없습니다. 중국 측의 뜻은 모두 홍토산수가 비석 흙 무더기와 서로 이어지지 않으며 동봉수와도 서로 이어지지 않다는 것으로, 이것을 가지고 우리의 홍토산수 주장을 타파하려는 것입니다. 또한 예전에 우리 측에서 보낸 복류 한다는 주장을 타파하기 위한 계책입니다. 당연히 그렇게 하겠습니다.
음력 윤 4월 19일, 신무충에서의 중국 관원 조회.

이중하는 중국 관원고와 피 말리는 싸움을 해야 했다. 서로 묻고, 물어뜯는 것은 서로가 두 눈에 쌍불을 켤 만큼, 얼굴이 붉으락푸르락하며 밀고 당기는 회담이었다.
이번 2차 감계는 이중하 자신이 머리를 내놓을 만큼 험난하고 어려운 고충이 말할 수 없었다. 백두산을 올라 보고도 저들은 자신들이 가지고 있는 옛 문헌이 없어, 새로 경계를 정하려고 안달이었다. 이중하를 압박하여 목극등이 백두산에 세워 놓은 정계비는 아예 포기한 지 오래였다. 백성들을 생각하면 이 경계 지점을 분명히 하지 않으면 훗날 조선에 또 이런 수난이 닥쳐온다고 말하고 싶었다. 그러나 분명한 것은, 홍토산수는 흙 무더기 및 동봉수와 본래 서로 이어지지 않으며 복류라는 것도 확실한 증거가 없지만, 우리 정부의 의견이 홍토수로 경계를 정하는 데 있어 홍토산수를 제외하면 감히 책임지고 결정할 수 없었다.
이중하는 한 발자국도 뒤로 물러서지 않았다.

5월 15일, 그해 회령부로 돌아온 이중하는 또다시 청국 관원과 회담했다.

이중하-장백산의 물줄기에 대해서 이번에 모두 두루 조사한 다음에 돌아왔고 경계에 대해서 논의한 지 이미 석 달째입니다. 귀측에서는 대도문강이 어느 강이라고 지정하겠습니까?

청-대도문강은 자세히 알 도리가 없으며 지도가 완성되기를 기다려 다시 상의해서 정해야 할 것입니다.

이중하-황조여도를 살펴 보면 대도문강은 지정하기 어려운데 귀 국처에서는 왜 지도를 끝까지 삼지 않으십니까?

청-황조여도는 믿을 수 없습니다.

이중하-작년에 토문강을 가지고 변론할 때 귀 국처에서 전후로 보낸 조회의 필답 가운데 반드시 황조여도를 첫 번째 확실한 근거로 삼았습니다. 지금에 와서 우리가 여도를 가지고 증명하려고 하면 매번 황조여도는 믿을 수 없다고 하시는데 이것은 무슨 까닭입니까?

청-전에 귀국과 해란하를 가지고 논쟁할 때 우리가 지도를 가지고 입증하였으나 지금은 앞의 일과는 다르니 증거로 삼을 수밖에 없습니다.

이중하-이렇게 말씀하신다면 다시 의논할 필요 없을 것입니다. 우리 측은 며칠 안에 돌아가겠습니다.

청-지도가 완성된 다음 다시 논하겠습니다.

이중하-생각이 다르니 저도 역시 반드시 들어맞지 않을 것입니다. 하필 지도의 완성을 기다려야 합니까?

청-지도가 만약 서로 들어맞지 않으면 피차간에 조회한 다음 돌아가는 길에 오르면 될 것입니다.

이중하-그렇다면 며칠 더 머무르겠습니다.

5월 16일, 이중하는 다시 중국 관원 방랑을 찾아가 만났다.

이중하-한 달이 넘도록 경계를 논의하였지만, 끝내 서로 의견이 서로 들어맞지 않았습니다. 저희는 바로 돌아가는 길에 오르고자 합니다. 다만 생각건대 중국과 조선은 원래 일가였고 최근에는 옛것과 비교할 수 없을 정도로 더욱 가까운 사이가 되었습니다. 그런데도 장황하게도 경계를 가지고 따지는 일 자체가 이미 아주 옳지 않을 터인데, 하물며 이번 공동 감계에서도 경계를 정하지 못했다는 점을 주변 나라가 알게 해서는 안 될 것입니다.

방랑-정말 맞습니다. 만약 석을수로 경계를 정한다면 장파도 잃지 않을 터인데 부사께서는 한결같이 고집하시니 도대체 무슨 까닭입니까?

이중하-석을수와 홍토수 사이의 거리는 몇 리에 지나지 않습니다. 그 사이는 사람들이 살 수 있는 곳도 아니고 경작할 수 있는 들판도 아닙니다. 단지 삼나무와 골짜기뿐이라 천년 가도 쓸모없는 땅입니다. 어찌 이 땅을 얻고 잃는 것을 가지고 따질만한 것이 되겠습니까? 하지만 국가의 강토는 한 치, 한 땅의 땅이라도 몹시 중요한 것이고 홍토수는 명명백백하게 옛 경계입니다. 제가 어찌 멋대로 다른 물줄기에 경계를 정할 수 있습니까?

방랑-강토의 중요함은 서로 마찬가지입니다.

이중하는 이번 도문강 경계의 재 감계는 발원지를 두루 살펴보고 청국 관리와 자세하게 논의하였지만 끝나지 않았다. 이유는, 조선 측은 장백산에서 홍토산수에 이르는 지역으로 경계를 나누자고 하고, 청 측은 소백산에서 석을수에 이르는 지역에 경계를 세우고자 하여 결국 합의에 이르지 못하였다.

이제 이미 측량은 끝냈고 단지 이 두 갈래의 작은 물줄기를 판별하는 일만 남았다. 비록 깊은 산 속, 몇 리의 거리에 관계되는 데 지나지 않지만, 중구과 조선 사이의 국경 문제이니 모두 신중하게 처리해야 할 것이다.

공동으로 측량한 거리에 따라 지도를 그린 다음, 총리아문에 올려서 황상께서 결정을 내려야 하므로, 이 때문에 또 한 번 시끄러워지고 번거로울 것 같았다.

이중하는 머리를 흔들며 하늘을 쳐다보았다.

아! 어찌 내 한 몸 편할쏘냐! 하고 소리 내 탄식했다.

내가 산을 향하여 눈을 들리라 나의 도움이 어디서 올꼬. 나의 도움이 천지를 지으신 여호와께서로다(시편 121:1-2)

26. 장계-제2차 감계 보고

고종 24(광서 13) 5월 28일(1887. 7. 18.)
이중하는 다시 고종에게 정해년 감계 결과 장계를 올렸다.

-전하! 신은 청의 관원들과 함께 홍토산수를 경계로 선정할 것을 목표로 하였지만, 청은 홍단수를 조사한 다음, 홍단수를 거슬러 올 리가 백두산정계비와 비석을 확인하고 돌아오는 일정으로 감계가 이루어졌습니다.

이 과정에서 중국 측은 석을수를 찾아내어 홍단수 대신 그곳을 경계로 고집하였고 조선 측은 홍토수를 주장해서 비석과 돌무더기라는 증거를 고집하여 결국 합의를 보지 못했습니다. 청국은 자기들이 그린 그림으로 중국에서 운반해 와서 비석을 세우려고 하였지만, 조선 유민의 안치를 위한 장정을 우선 마련해 달라고 요청하였습니다.

전하! 그런 가운데 신은 함경도 지방 당국에 지시했습니다. 중국 백성이 넘어오거나 조선 백성이 넘어가는 일을 차단하고 강을 건너가 농사를 짓더라도 농사일을 마치면 바로 돌아와야 하며 만일 혹시라도 가족을 거느리고 새로 들어가서 집을 짓고 그대로 주저앉아 사는 자가 있으면 나중에 처벌을 당할지 모른다고 경고하였습니다.

고종 24(광서 13) 5월 26일, 1887. 7. 16.

-전하! 지금까지 청과의 조선과의 국경문제를 놓고 담판을 벌였으나 견해차가 심한 데다가 청국 측이 강압적으로 나와 회담은 실패하였습니다.

청나라는 토문강을 두만강을 가리키는 말이라 주장하고 조선은 분명히 토문강이 있으니까 그 토문강이 국경이라고 하였습니다. 특히 청나라 관리들을 현지답사에서 청나라는 홍단수를 국경으로 할 것을 강요하며 군대로 위협했으나 소신은 말하기를, 내 머리를 잘라 갈 수는 있어도 우리 국토를 잘라 갈 수 없다고 단호히 요구하였습니다. 쌍방간의 대립은 매우 심각해 국경선 전체를 획정할 수가 없었습니다. 한 치도 물러설 수도 없는 회담이었습니다.

전하! 이 문제를 조정에서는 어떻게 풀어나가야 할지 하명하여 주시옵소서! 삼가 명을 받들겠나이다.

토문 감계사 이중하.

이중하는 2차 감계 보고서를 올리고 나서 중국 관원의 눈을 피해 다른 보고서를 임금에게 보냈다.

-전하! 중국 측이 홍단수를 고집하는 것은 을유 감계 이후 길림에서 진짜 대소도문강은 아예 빠뜨리고 보고하지 않음을 아룁니다.

신은 이번에도 그것을 사실로 만들기 위해 버틴 것이며 이것은 변계 문제로 몇 년 동안 감정이 쌓인 까닭이라고 지적합니다.

길림 측이 축적된 감정이 이중하를 깊은 산속 비 오는 가운데 앉혀 놓고 상국을 기만한다거나 영토를 넓히려는 음모를 꾸민다고 위협하고 꾸짖으면서 억지로 홍단수로 경계를 삼으려는 태도로 나왔을 정도인 데다가 한 달 가까이 산속에서 버티면서, 정말 곤란하고 급박한 상황이므로 내 머리를 자를 수는 있어도 나라의 영토는 조금도 줄 수 없다는 것을 주장하였습니다.

그것은 중국 땅을 빌려서라도 조선 백성을 안치시키는 방안이 대안이고 보니, 신은 기본 주장을 고집했고 중국 측은 도문강 발원지를 찾아 경계를 정하자고 하였습니다. 조선 내에 있는 두만강 지류 홍단수와 서두수까지 감계 대상에 포함시켰습니다.

전하! 신은 이번 화령에서 이루어진 국경회담에서도 홍토수 주장을 굽히지 않았습니다. 중국 측은 새로 발견한 석을수가 소백산 동쪽 기슭 아래서 시작된다는 점을 확인하여 홍단수 북쪽에 있는 이 석을수를 경계로 삼아야 한다고 입장을 바꾸었습니다. 한편으로 1870년대 이후 중구과 조선 러시아가 서로 조선의 유민을 끌어들이기 위해 경제적으로 노력하고 있으므로, 공동 감계를 통한 영토의 확보에만 지나치게 매달릴 경우, 자칫하면 땅을 얻더라도 실제로는 백성을 얻는 결과가 되므로 이들을 안정시켜 북변이 텅 비지 않게 하는 방도를 마련하는 것이 무엇보다도 중요하다는 대책을 제시합니다.

결국 조선 측은 당시 확보한 증거와 상황에 따라서는 더 이상 토문강(송화강)또는 봉계강, 중국 조선 경계라는 주장은 유치 확인할 수 없음을 보고합니다.

전하! 이 문제를 신료들과 논의하고 하청해 주시옵소서! 이중하.

임금은 이중하의 장계를 보고 감탄했다.

현실적으로 이 임무를 수행할 사람은 이중하 밖에 없었다는 것을 알고 청의 압력에 더 이상 굴복하지 말고 원칙을 끝까지 지키고 임무를 다 마치고 즉시 조정으로 복귀하라는 어명을 내렸다.

고종 25(광서 14) 1888년, 중국은 다시 제3차 공동 감계를 요청하여 왔지만, 조선 국왕은 요청에 응하지 않고 이런 과정에서 공동 감계의 재실행은 유야무야 되어 버렸다.

이중하는 결국 두 차례의 공동감계 회담이 양측이 합의된 결론을 도출하지 못한 상태에서 마무리된 것이 일단 안심이 되었다. 정말이지 피를 말리는 아슬아슬한 회담이었다.

사실 중국 측은 조선의 반발이나 지연 방책을 예상하면서도 그것을 무시하고 본격적인 동화정책을 추진하겠다는 의사를 확고하게 세웠다.

고종 26(광서 15) 1889년 이후, 길림 당국은 훈춘 도문강 북안에서 조선 유민이 월간 토지를 회수하기 위하여 토지를 측량하고 개간인을 사로 편성해 세율에 따라 세금을 부과하고 사무기구를 세우는 정책을 본격적으로 시행하였다.

광서 16년 3월부터 17년 7월까지 청국은 두만강 일대 전체 및 흑정자 등지에서 모두 네 군데에 대보를 세우고, 보는 각기 사로 나누어 편성한 결과, 모두 4보 39사로, 개간 4,308호. 남녀 총 2만 899명을 확보하였으며 개간지는 1만 5,442, 남, 여 소작료는 매년 은 2,779량 남짓을 거두게 되었다는 것을 알려 왔다.

사실 이곳은 중국이나 조선이나 지방관의 힘이 미치지 못하는 고충으로 전후의 사정이 조선 월간민의 저항이 강력하게 분출된 흔적은 나타나지 않았다. 실제 따지고 보면 이중하의 청국과의 감계는 백성을 구하고 나라를 사랑하는 구국 충성이 하늘을 비상하고 있었다.

광풍도 고요하사 물결도 잔잔하게 하시는도다(시편 107:29)

27. 발령-조정으로 올라간 이중하

　독판 김윤식은 이중하가 조정에 들어오자 임금을 만나기 전, 조용히 이중하를 승정원에서 만났다. 두 사람은 이미 약속이나 한 듯 서로 손을 잡고 웃으며 기뻐하였다. 이중하는 힘차게 말했다.
　-독판 어른! 이거 얼마만입니까? 그사이 중국 측으로부터 온 당안을 처리하느라고 얼마나 수고가 많으셨습니까?
　-부사 어른! 별말씀을 다 하십니다. 부사 어른이야말로 정말 큰일을 해냈습니다. 임금께서는 부사 어른 같은 분이 없다면서 신료들이 모인 어전에서 치하를 많이 하였지요.
　-독판 어른! 사실 조정에서 임금과 독판 어른이나 중신들이 밀어주지 않았으면 감내하기 어려운 것은 사실입니다. 얼마나 청국 관원들이 트집을 잡고 엄포를 놓는지 몰라요, 목극등이 세운 경계를 무시하고 막무가내라 새로 경계를 하겠다고 하니 덤벼들지 않을 수 없더군요.
　-부사 어른! 정말 잘하셨습니다. 이제 조선은 탄탄대로 입니다. 이제부터는 제가 조회의 당안을 받아 처리할 것이니 우리 힘

을 합쳐 성상을 보필합시다.

 -독판 어른! 이를 말이오! 저들의 트집에 우리가 얼마나 버틸 수 있을지는 모르지만, 1~2차 회담을 통해 조선이 승기를 잡았으니 이제는 월간민을 중국의 행정 구역에 예속시키는 문제에 대하여서도 시간을 끌어야 합니다. 저들은 가만히 있다가 아편 정국으로 정국이 소란해지니까 괜히 국경 문제를 가지고 조선을 압박해 굴종시키려는 저의가 분명하외다. 아마도 내가 알기엔 청국의 북양대신 이홍장도 여기에 신경을 쓸 재간이 없을 것입니다.

 -부사 어른! 잘 보았어요. 청국은 간도가 조선 땅으로 정해진 경계 안에 있으니 차마 쫓아내지 못하고 으름장을 놓는다는 것을 알아야 합니다. 발 등에 불이 떨어진 곳은 밖이 아니라 안이지요.

 -독판 어른! 맞습니다. 이번 사안은 조선 국왕인 임금께서 사신을 보내어, 자문을 가지고 가서 가령 월간한 조선 백성들이 쫓겨나지 않고 생업에 안주할 수 있게 해야 합니다. 응당 조선 땅이란 것을 정계비에 나타난 것을 가지고 청국을 몰아세워야 합니다.

 -부사 어른! 물론이오! 조선이 토문강을 경계로 한다는 것은 분명한 증거(정계비)가 있으니, 길림 동 남부 일대는 땅은 넓고 토양이 비옥하므로 조선의 생업을 수단으로 월간하였기에 조선이 영토를 늘리게 한 짓이라 하지만, 저들의 논란과 주장이 다른

것은 몰라도 정계비, 이것 하나만으로 자리매김해야 합니다. 나머지 일은 내가 감당하여 처리하겠으니 아무 염려 말고 이곳에서 함께 국사를 논합시다. 이제 다시 서울로 돌아왔으니 부사 어른이 할 일이 너무 많습니다. 임금을 알현하고 나서 좀 쉬며 부모님을 만나야 하지 않소! 아내와 아들도 무탈하지요?

 -독판 어른! 네, 정말 감사하지요. 모두가 임금의 하늘과 같은 성은이라 할까! 무사히 이곳에 왔으니 우선은 부모님 거처에서 함께 지낼 것입니다.

 -부사 어른! 옳은 말이요, 부모가 살아 있을 때 효도를 하는 것이 사람의 근본이지요. 나라에서 주는 녹봉이 성에 차지는 않지만 산 사람 거미줄 치겠소!

 -독판 어른! 네, 그렇습니다. 사람의 심령 모든 소원에 부족함이 없어 재물과 부요와 존귀를 하늘로부터 받았으니 이것 또한 분복이 아니겠소이까?

이중하는 이 말을 하고 독판 어른의 얼굴을 바라보았다.

독판 김윤식은 이중하의 말을 듣고 역시 이중하야말로 부모에게 효성이 지극한 자임을 금세 알았다. 그의 마음속에서 금세 아름다움이 묻어났다.

우리가 높은 지위와 풍부한 재물을 얻었다고 해도 염려와 불안이 끊이지 않는다면 또한 낙태된 자만도 못하다. 또한 일백 자녀를 낳고 천년의 갑절을 산다고 해도 낙을 누리지 못하다면 그역시 낙태된 자만도 못하다고 생각했다.

-부사 어른! 나는 이 기회에 부사 어른이 한 일을 귀감으로 삼고 있소이다. 그 누가 할 수 없는 일을 그 어렵고 힘든 백두산을 오르며, 눈과 비와 싸우며 끝내 해 낸 일을 보면 조선의 축복이 아닐 수 없소이다.

-독판 어른! 부끄럽습니다. 응당 제가 할 일을 감당한 것밖에 없습니다. 한 가지 알아 두실 것은 이미 이홍장은 원세개를 통하여 자문을 보낼 것 같습니다. 지난날 조선이 갖고 있는 자문을 가지고 예부에서는 상황에 근거하여, 정계비, 자문, 그림, 책 등 서류를 검토하여 착오 없이 처리해야 할 줄 아옵니다.

-부사 어른! 염려 마시오.

그는 이 말을 하고 한 번 '씩' 웃었다. 그의 웃음은, 이미 청국에는 목극등이 세운 정계비에 관한 기록(강희 51년)이 없으니 조선에게는 다행이라는 뜻을 말해 주고 있는 것이다. 지금쯤은 길림 장군은 북양대신에게 자문을 보내라고 허둥지둥할 것이다. 하필이면 옛 문서가 없다니, 조선은 하늘의 도움이 아닐 수 없다. 그러나 방심할 수 없다는 것이다. 또 무슨 일이 일어날지?

-독판 어른! 제가 알기엔 저들은 이번에 지출을 많이 하였습

니다. 들리는 말에 의하면 지난날 청국은 협력 덕옥을 파견하여 상무총국을 관할하는 진영과 함께 토문강을 조사하기까지 장백산(백두산)에 이르러 발원지를 찾아갔을 때 왕복 여비를 받은 돈이 166냥이요, 이들이 조선 무산부와 함께 교섭한 사건을 처리했을 때 모두 181냥이라고 하였습니다. 이것은 훈준 부도통아문의 비용에서 옮겨서 충당하였지만, 이러한 진출 예산 항목에 있어 장차 훈춘 부도통아문의 군사 경비에 피해를 줄 것이 분명합니다. 사실 이 많은 액수를 분담시켜 부담시키는 것이 어려울 것입니다. 또한 조선에서도 경비가 많이 지출된 것으로 압니다.

-부사 어른! 물론이오! 그러나 조선은 예조에서 왕께 보고하여 관리, 차역의 여비, 운반비, 물건 지불 등 응당 처리하여 재가를 받았고 거기다가 이번에 감계사 어른이 한 일, 모두가 국왕이 답례가 호사(축복)를 가지고 온 것이어서 조선은 모두가 기뻐합니다.

-부사 어른, 정말 수고가 많았어요.

이중하가 독판 김윤식을 만나고 나자 예견한 그대로, 광서 23년 2월 22일(1886. 4. 25.) 조선에 나와 있는 원세개가 독판 김윤식 앞으로 차지안치의 방안을 제시하면서 서신을 보내왔다.

서신의 내용인즉, 만약 비문에 따라 강을 확정한다면 즉 송화강 동쪽 모두 조선 땅이 되어 버리므로 중국 길림의 지방 주현들과는 또한 아주 시끄러운 알력이 될 것이라고 경고한 다음, 월간 유민이 다시 조선으로 옮겨가는 것이 어렵다면 대신 중국 땅을 빌려 조선 유민을 안치하겠다고 황상의 은혜를 간청한 다음 조용히 조정의 재가를 기다리는 방안을 원세개가 제안해 왔다.

차지안치의 제안은 원세개가 광서 12년 3월 23일, 독판 교섭 통산사무 김윤식에게 보낸 서한에서 비롯되었다고 일컬어지는데 그 서한이 바로 지금의 자료다. 차지안치의 문제와 관련해서는 이 책에 수록된 김윤식과 이중하의 여러 글에서 나타났다.

이중하는 단지 기존 지도와 기록을 검토하는 과정에서 비석과 비문을 검토하여 토문강 즉 송화강 동쪽이 모두 조선 땅이 되어버리므로 중국 길림의 지방 주민들과도 또한 시끄러운 알력이 생기는 것을 알고 있었기에 이중하는 끝까지 감계를 하며 한 발자국도 물러서지 않고 청 관원과의 회담에서 승리한 것이다.

청국은 얼마나 당황했겠는가? 자신들에게 없는 물증이 조선에는 다 갖고 있고 거기다가 새 경계를 획정하려 하니 조선은 한 치의 양보도 안 하지, 오히려 청국이 조선의 손을 들어 주면 자신들이 말하는 송화강 동쪽이 전부가 조선의 땅이 되니, 고작 한다는 말이, 황상께서 은덕을 베풀어 주어 조선의 유민을 받아 줄 것이니 행정 구역에 관한 경계를 조선이 양보하라는 간사함을 보내온 것이다.

옛말에 못 먹는 감 찔러나 본다는 말이 있다. 다 그런 것은 아니지만, 자기가 가질 수 없는 것이 있으면 그것이 설령 남의 손에 넘어가지 않도록 없애 버린다는 뜻이다. 다시 말해 사람이란 때에 따라서 못된 심술과 욕심을 부린다는 속뜻도 말하고 있다.

결국 이중하는 독판 김윤식과 말한 대로 자신이 감계한 간도가 조선으로 편도될 것을 알아차렸다. 더구나 원세개가 독판 김윤식에 서한을 보내고 길림 장군 측도 청국 황제에게 공동 감계 결과를 보고한 것이 입수되었다.

내용인즉, 총리 아문에서 양쪽에서 다투니 반드시 절충점이 있어야 결과를 확정 지을 수 있다는 내용이었다. 응당 구분해서 가져야 할 세 가지-고증을 제시해야 할 것이라고 말하고 있다.

1) 조선에서는 토문강과 두만강이 서로 다른 강이라고 주장하지만 다만 방음의 차이일 뿐이 아닌가?
2) 과거 조선은 번봉의 도리를 지켜 유민의 월간을 막았는데, 왜 지금은 봉금령을 위반해서 은근히 땅을 넓힐 계획을 꾸미는지?
3) 길림 장군의 자문에서 홍단수는 바로 소도문강이고 서도수가 대도문강, 포당산이 비덕리 산이라고 했지만, 모두 잘못

된 지적으로 이런 것들을 반드시 보존 증거를 확보해야 한 다는 것이다.

또 후자의 다섯 가지는,
1) 무산 서쪽에서 목극등이 석비를 세운 곳까지의 280여 리 사이에 대한 제대로 된 측량이 필요하다.
2) 계비는 겨우 몇 자 정도의 크기에 지나지 않으며 월간 백성들이 몰래 북쪽으로 옮겨 놓았을지도 모른다.
3) 대도문강은 장백산 동쪽 기슭에서 흘러나오는 두 물줄기라는데 홍단수 상류의 두 물줄기인지 아닌지, 아니면 다른 이름이 있는지 분명치 않다.
4) 목극동 비문에는 경계를 나눈다는 말이 없어 당시 비를 세운 곳이 경계를 나눈 곳이라고 할 수는 없는데 조선에서는 왜 이곳을 고집하는지!
5) 비문에 실려있는 둘러본다는 것은 뭉뚱그려 말한 것이므로 홍단수를 도문강의 발원이라고 얘기할 수는 없는지 하는 점이었다.

그러고 나서 총리아문은 비석은 정해진 위치가 없지만, 문서에는 확실한 증거가 남아 있다는 길림 장군의 지적에 동조하면서 길림 장군에게 공동감계를 실행하여 경계를 설정하고 유민을 적절하게 안치시키도록 지시를 내려 준 것이다.

고종 23(광서 12) 9월 25일(1886. 10. 22.) 독판 김윤식은 원세개의 조회를 보내 공동감계에서 재실시에 대한 조선의 입장을 전달하였다.

조선에서는 전에 도문강 문제에서 종래 분명하게 잘 알지 못하고 만약 분수령의 비석과 돌무더기, 흙 무더기가 위치한 장소를 근거로 정계를 정한다면 그 물줄기가 북쪽으로, 송화강으로 들어가므로 중국의 길림 지방이 모두 조선에 포함되어 버리기 때문에, 이러한 이치는 결코 있을 수 없다고 하여, 기존 입장[토문강과 두만강은 다르며 토문강(송화강)은 또한 분계강]이 경계 된다를 포기하면서 토문과 두만강을 같은 이름으로 인정하지 않고 있습니다.

응당 두만강 일대가 경계로 정해져야 하며, 이 경우 당연히 분수령에서 흘러나오는 물줄기(분수령을 세운 곳에서 연안의 흙무더기, 돌무더기) 70~80리를 따라가면 삼포에서 그것이 멈추는데, 여기서부터 남쪽으로 꺾어서 40여 리를 복류 하여 다시 지표로 나타나는 홍토산수를 가리킨다.

김윤식은 삼포에서 홍토산까지는 지세가 평탄하므로 나무 울타리로 표시했다는 것인데, 지금 나무는 썩어서 형제가 없다고 설명하지만, 그 경계로 되어야 한다는 주장을 제시한다. 그리고 이렇게 되면 그 동쪽 연안의 조선 백성은 월간한 것에 속하므로 응당 조선으로 거두어 들여야 하지만, 정착한 지 오래되었고 수천 가구가 넘는 수이므로 임시로 예전처럼 살게 해 주고 조선 관원이 동행하면서 관할하고 해마다 소작료를 거두어 길림 지방관에게 넘기자는 방안을 제기하고 있었다.

　　중국은 토지와 부세를, 조선은 백성의 호구를 잃지 않게 되고 번거로움과 폐단을 늘리고 일 처리에도 도움이 되지 않은 강제도 다시 할 필요가 없는 논리를 폈다. 그런 가운데 이중하는 3차 회담을 맞아, 앞서 이홍장이 도문강원을 다시 회담하여 계지를 작정하여 정계비를 설치하자고 제의한 것을, 끝내 버티며 임금에게 계원을 올렸다. 석을수는 그 발원지가 소백산이므로 전거에 맞지 않으며 홍토산수는 도문의 주류임이 분명하므로 복명을 받기가 곤란합니다. 이에 이홍장에게 공정함을 밝힐 수 있도록 황상께 상주해 달라고 자처를 요구하였다. 이로 인해 계지복감사가 자동으로 중지되었다.

　　청안 고종 25년 4월 12일.

28. 전등이 켜지는 날-경복궁

1887년 3월 6일, 조선에 첫 전등 점화가 있었다.

미국에서 토머스 에디슨이 전구를 발명한 지 불과 8년 만의 일이었다.

경복궁의 건천궁 궁궐 곳곳에 설치된 유리 기둥이 하나둘씩 빛을 내기 시작하여 순식간에 주위가 대낮같이 밝았다. 수많은 사람이 모여들어 무슨 일이 벌어질지 몰라 불안한 기색이 역력했으나 궁궐 안이라 숨소리를 죽이며 무엇인가를 기다리는 순간이었다.

1883년 9월 조선의 보빙 사절단이 미국에 도착했다. 전 해에 맺어진 조미우호통상 조약에 따라 조선에 특명 전권 공사를 파견한 미국에 대해 답례하고 선진물을 도입하기 위함이었다. 뉴욕, 보스턴 등지에서 근대적 시설과 문물을 시찰하던 보빙 사절단은 에디슨 회사를 방문하게 되었다. 에디슨은 1879년 탄소필라멘트 전구를 발명한 이후, 뉴욕에 전등 회사를 설립해 미국 전역에 전기를 공급하기 위한 기반 시설을 마련하고 있었으며 보빙 사절단이 방문했을 당시는 벌써 도심을 중심으로 백열전구가 실용화 되어 있던 상태였다.

당시 보빙 사절단으로 미국으로 간 유길준은 그 자리에서 책임자에게 "조선에도 전등을 설치하고 싶소. 전등이 석유등보다 값싸고 좋다는 것을 당신들이 입증했으니 우리는 실험할 필요가 없소" 하고 말했다. 그렇게 말한 것이 결국 에디슨 전기 회사가 조선으로 와서 아시아 첫 번째 전기를 사용하는 나라가 되었다.

조선으로 돌아온 사절단은 고종에게 이를 보고하였다. 마침 임오군란(1802) 이래 밤에 변란이 일어난 것을 두려워하였던 고종은 흔쾌히 전등 설치를 허락했다.

고종은,
-궁궐 내에 전등을 많이 켜서 새벽까지 훤하게 밝히도록 하라.

1884년 9월 4일, 에디슨 전기 회사에서 16촉광 백열등 750개를 켤 수 있는 전등 설비를 발주하는 시작으로 경복궁에 전등을 설치하려는 계획은 속속 진행되어 갔다. 미국을 다녀온 보빙 사절단 일행의 의지와 변란에 대한 고종의 불안이 만들어 낸 결과였다.

수천 년간 밀랍이나 쇠기름으로 만든 초와 호롱불에 익숙했던 사람들에게 전등의 등장은 가히 충격적이었다. 그런데 향원정

연못에서 물고기들이 죽은 채 떠 올랐다. 알 수 없는 공포가 사람들마다 더욱 커져 갔고 나라가 망할 징조라고 수군거렸다. 사실 물고기가 죽은 것은 전등을 켜기 위한 발전기 때문이었다. 증기동력이었던 발전기의 냉각용수가 열탕이 되어 뜨거운 증기수가 역류해 연못의 물고기가 떼죽음 당한 것이었다.

고종은 창덕궁에 더 큰 규모의 제2 전등을 설치하고 창덕궁으로까지 전등을 확대하였다.

1898년에는 새로운 산업 정책을 추진했다. 전기, 수도, 통신의 기반 시설을 구축할 수 있는 한성 전기를 설립하고 동대문에 대규모 발전소를 세워 산업화의 기틀을 닦았다. 마침내 1900년 4월 10일, 종로에 설치한 가로등 3개에 전기가 들어왔다. 이제 전등이 궁궐뿐만이 아닌 백성들의 거리도 밝히게 되었다.

1901년에는 진고개(충무로)에 600개의 전등이 보급되어 조선의 밤을 환하게 밝혔다. 전기와 전등이란 새로운 문물이 사람들의 속으로 들어와 혼란스러운 시대 상황에 전등과 점화는 변화를 알리는 신호탄이 되어 갔다.

중국의 자금성이나 일본보다 2년이나 앞섰다.

조선 근대화 산업화가 시작되는 원동력이 되었다. 이전 생활 방식을 바꾸는 획기적인 문명화가 조선 스스로 일으킨 근대화의 불꽃이었다. 당시 미국이 발명한 전등은 에디슨이 조선을 교두보로 삼고 동양에 진출하게 되었다.

전기 시설 비용은 2만 4천 525달러였다. 전등 사업 업무를 대행한 다운젠트 회사의 중간 이익과 수송비를 뺀 액수가 1만 5천 500달러였다. 이 비용은 사실 조정에 엄청난 부담이 되었다. 그러나 미국은 1883년에 조선에 초대 공사로 파견한 루시우스 푸트(조선 명 복덕)가 제안하여 조선에서는 민영익을 전권대사로, 홍영식을 부대사로, 서광범을 종사관으로, 수행원으로 유길준, 최경석, 변수, 고영철, 현흥택 등 보잉 사절단을 미국에 보내고 그들은 1883년 9월 8일 샌프란시스코에 상륙한다. 9월 15일 워싱턴을 거쳐 18일 뉴욕에 도착, 미국 체스터 아서 대통령에게 국서를 전달한다. 조선의 보빙 사절단은 에디슨 전기회사를 방문한다.

보스턴 벤담 호텔에서 전기가 사용되었고 1883년 9월 24일 해군함정 드래곤을 타고 발전소를 시찰하고 에쿼타블 빌딩을 방문해 전기 불도 보았다.

유길준은 깜짝 놀랐다. 유길준은 인간의 힘이 아니라 악마의 힘으로 불이 켜진다고 생각했다. 그러나 이제 우리는 그 사용법을 알게 됐을 뿐 아니라 안전하게 조작되는 것을 알 수가 있었다. 유길준은 그러면서 이 전기를 조선에 들여오고 싶다는 열망을 피력하였다. 조선에도 전기를 사용하고 싶다. 미국은 전기가 가스나 석유등보다 값싸고 편하다는 것을 보여 주었다. 우리는 더 이상 실험해 볼 필요는 없었다.

　이중하는 청나라와 국경 회담 1~2차를 마치고 조정으로 불려와 임금을 알현했다. 지금까지 외지 변방에서 일하다가 궁궐로 돌아오니 그사이에 궁궐은 한없이 변해있었다. 건물 구석마다 전등이 켜져 불이 환하게 길을 비추었다. 인간의 힘이 아니라 악마의 힘으로 불이 켜지는 것 같다는 유길준의 말이 무슨 뜻인지 실감하였다.
　보빙 사절단으로 간 수행원들이 전기와 전등을 들여와서 조선의 세상을 밝히는 것을 보아 개방과 근대화가 착실하게 이루어져 나가고 있음을 알 수 있었다.
　사람들은 고종을 무능한 임금으로 보지만 그래도 극소수의 개혁 세력을 보호하고 개혁을 추진하는 버팀목 구실을 했으며 근대 국제법에 입각한 자주국가를 세우려고 노력했던 것만은 알 수 있다. 그러나 왕권 강화에 골몰했을 뿐 국권 수호나 진정한 근대화에는 큰 관심이 없었다는 것이 사실이다. 그래도 거대한 전환기를 살았던 인물이라는 점을 고려해 고종이라는 실존적 인물을 둘러싼 복잡한 권력 그물을 아울러 이해할 뿐이다. 사실상 국왕을 둘러싼 복합적인 정치적 관계에 대한 이해 없이 거대한 전환기의 조선 정치를 논하는 것은 어렵다.

고종 임금은 이중하에게 말을 했다.

-이조 참의! 경은 들으시오! 지금까지 장벽을 가로막는 많은 장벽을 하나라도 소홀히 하지 않고 처리한 것을 경하하오! 짐은 문명사적 전환기에 조선이 막강한 물리력을 앞세운 서양 제국과 마주해야 했던 시기에 그래도 경이 나서 청과의 국경 회담을 이만큼 버티어 끌어낸 충성심에 감탄하오.
-전하! 성은이 망극하오이다.
-경이 알다시피 짐은 열두 살 어린 나이에 왕위에 올라 위기와 혼돈의 파고가 조선에 밀려드는 것을 알면서도 유교적 민본 의식을 몸에 익힌 탓으로, 세상에 눈을 뜨지 못했소. 그런 가운데 박규수를 통해 서양 제국이 강력하며 서양화된 일본이 세력을 확장하고 있다는 것을 감지하게 되었고 중국이 이를 맘대로 제어하지 못하고 있다는 사실도 인식하게 되었소이다. 또한 대원군(아버지)이 주도하는 조선의 배외정책이 현실적으로 조선을 고립시키고 있다는 위기의식을 느낀 것도 사실이오! 이러한 상황 판단을 제대로 하지 못하여 조선의 대외정책을 전환시키는 데 부족함이 많은 것이 사실이외다. 이제 경이 들어와 내 곁

에서 조선을 지켜주시니 정말 기쁘고 고마울 뿐이오!

-전하! 성은이 망극하옵니다. 신이 아뢰옵기는 받자옵건대 전하께서 중국과 일본의 개혁 모델을 비교하고 절충해 가면서 사대교린 질서를 청산하고 만국공법에 입각한 자주 국가를 세우려고 하는 것은 옳은 줄 아오나, 세계의 변화상에 주목하고 달라진 무대 환경에 새롭게 적응하려는 모습은 국내외의 다양한 비판과 견제에 부딪히게 될 것을 우려합니다. 지난 임오군란과 갑신정변은 그중 대표적인 사례였음을 아셔야 합니다. 두 사건은 각각 정반대의 방향을 지향하는 세력이 주도한 것이지만, 조선이 동아시아의 국제 정치적 핵심 이슈로 부상하던 민감한 상황에서 사건이 발생함으로써 주도 세력의 의도와는 다르게 중국과 일본의 군사적 간섭과 갈등을 초래하였다는 점에서 닮았습니다. 특히 갑신정변의 여파로 인한 강렬한 보수 회귀의 분위기 속에서 청국의 종주권 획책이 본격화되면서 청의 외압이 가중되었으며 임금에 대한 견제는 더욱 강화되었고 민생은 도탄에 빠지게 됨을 알아야 합니다.

고종 임금은 이중하가 아뢰는 말을 들으며 지금까지 자신이 국권을 혼동하고 왕권 수호에만 급급했던 것을 인정했다.

이중하가 말한 것처럼, 청의 외압이 극에 달한 상황에서 원세개는 이홍장에게, 고종이 자주 의식에 잘못 빠져들어 죽음에 이를지라도 후회하지 않을 것이라고 보고하였으며 이 어리석은 군주를 폐위시키고자 한 건의를 잘 알고 있었다. 또한 일본이 조선을 장악하고 대한제국의 황실을 특별히 보호해 주겠다고 하면서 임금을 회유하려 할 때, 고종은 차라리 죽을지언정 이를 받아들일 수는 없다고 저항하며 망명을 시도하기도 했고 목숨을 걸고 밀사 외교를 시도하기도 하였다. 그러나 고종이 직접 쓴 밀서가 세상에 알려지기 전까지는 이러한 고뇌가 알려지지 않았다. 일본의 식민 사관 때문에 조선의 국왕 고종은 역사적으로 정체된 조선을 상징하는 인물로 묘사되었고 그 후 우리 의식 속에서 고종은 시대착오적이고 우유부단하고 무능한 존재라는 이미지로 각인되었음이 사실이다. 그러나 고종은 한반도 내부의 복잡한 정치적 인간관계의 그물 한가운데 서 있는 조선의 왕이었다.

사실 따지고 보면, 고종 임금이 고심한 대로 정책을 실현하기에는 많은 장벽이 있었다. 공론에 의거한 정치 운영의 전통, 왕권에 대한 강력한 견제 구조, 대원군 세력의 광범위한 정치적 영향력, 조야에 팽팽한 화이론적 명분론 등이 그것이었다. 이러한 상황에서 대다수가 동의할 만한 대책과 정책을 현실화하는 것이 얼마나 어려웠을까 하는 생각을 한다.

고종은 외교, 국방, 통상, 재정 무기 제조, 인재 선발 등을 담당하는 기구로서의 의정부와 동급기구인 통리기무아문을 세우고 일본과 중국에 대규모 시찰단을 비밀리에 보내 개방과 개혁 추진을 위한 탐색과 함께 미국 등 서구 열강과 조약 관계를 추진해 나갔다. 천하의 대세를 두고 볼 때 옛 도리를 지키고 있을 수만은 없었다.

고종은 조선의 26대 국왕(1863. 12. 13.~1897. 10. 12.)으로서 본관은 전부, 자는 성림, 호는 성헌, 영조의 현손 흥선군 이하응의 둘째 아들이며 어머니는 여흥부다부인 민 씨이다.

1866년 9월 여성부원군 민치록의 딸을 왕비로 맞이하니 이가 명성황후이다. 고종이 익종의 대통을 계승하고 철종의 뒤를 이어 1863년 즉위하게 된 것은 아버지 흥선군과 익종비 조대비와의 묵계에 의해서였다. 12살에 왕위에 올라 흥선대원군(아버지)의 섭정을 받다가 1873년 친정을 시작했다

1875년 강화도 조약으로 개항을 하고 내진개혁 및 개화운동을 전개했으나 임오군란과 갑신정변으로 나라가 혼란스러웠다.

변법에 의한 근대 국가 건설을 추진하려는 개화당과 기존 구체제의 유지를 고집하는 수구세력간의 계속된 알력은 결국, 청국과 일본군이 조선에 진주하게 되는 빌미를 제공하게 되어 자주권에 큰 손상을 입힌 것이다.

일본은 청일 전쟁 중에 노골적인 침략적 간섭과 이권 탈취에

혈안이 되어 있었다. 이 결과 고종은 점차 일본을 혐오하게 되었고 청일 전쟁 후 삼국간섭으로 일본의 기세가 꺾이자 일본의 압력을 배제하고자 친로정책을 펴게 되었다. 그러나 일본이 다시 청일 전쟁에서 승리하자 조선에 대하여 군사적 압력과 정치적 간섭을 강화하고 있었다.

 이중하는 이런 와중에 임금을 알현하며 자신이 바라본 시국을 임금에게 간하고 있었다.

 -전하! 신이 아는 바로는 일본 공사 미우라고로는 친일 정책과 모의하고 을미사변을 일으켜 왕급을 습격, 왕후 민 씨를 살해하는 천인공노할 폭거를 자행하였습니다. 그러니 일본과 내통한 자를 모두 색출하여 국가의 추락한 권익과 위신을 회복하고 심기를 굳건하게 하옵소서!
 -짐은 일본의 군사적 압력을 반대하고 나서나 을사오적의 친일 대신에 의해 조약이 체결되었으니 큰일이외다. 일본이 통감부를 설치하고 조선 국정에 전반적으로 간여하여 외교권을 박탈하니 짐은 미국에 조약의 무효를 호소하려고 하지만 감시가 심하여 도움을 받을 수가 없으니 말이오.
 -전하! 전하께서는 마음을 굳게 하고 옛것을 근본으로 하고

새로운 것을 참고하여 조선의 전통성을 지키며 근대 국가로 변화시켜 나가야 합니다. 특히 조선 왕실의 의사겸 전하의 정치적 고문인 알렌 의료선교사를 통해 병원, 학교, 공원, 은행을 설립, 전차와 철도를 주설하고 등기부를 제작해 토지 조사를 통해 정확한 세금을 걷어 국가 재정 확보를 하시고 도시 계획을 하여 새롭게 도로를 정비하소서.

  임금은 이중하의 말을 듣고 "경이 한 말을 다 실천하겠소, 정말 고맙소이다." 했다.
  이중하는 "전하! 성은이 망극하옵나이다." 이 말을 하고 어전을 물러 나왔다.
  당시 전 교리 임원상이 왕실의 낭비가 심하다고 상소를 올리는가 하면, 매천 황현은 한술 더 떠 전등 하나를 하룻밤 밝히는 데 천만 비용이 든다고 꼬집었다. 두 사람은 고종의 전등 설비가 많은 국고를 낭비한다고 지적한 것이다. 그런데 뜻밖에도 전기의 운영과 설비 관리를 책임지는 미국인 메케이의 어이없는 죽음으로 경복궁 전등소 운영을 중단하게 되었다.
  메케이는 날마다 저녁이면 기계를 운전해서 불을 켰는데, 항상 60여 발의 권총을 휴대하고 있었다. 1887년 3월 8일, 매케이의 호위를 맡던 조선인 기수 백모가 메케이의 권총을 잘못 만져

오발 사고를 냈다. 총탄은 운 없게도 매케이를 관통했다. 중상을 입은 매케이는 끝내 사망하고 말았다. 매케이는 스코틀랜드 출신 미국인으로 당시 23살이었다. 매케이는 숨을 거두기 전 조선인 기수는 고의적으로 쏜 것이 아니니 처벌받아서는 안 된다는 유언을 남겼다. 조선인 기수 백모는 심한 태형을 맞고 사형 판결을 받았다. 하지만 매케이의 유언과 아내의 사면 노력에 미국 공사관까지 합세해 적극적으로 백모 씨를 구명하였다. 그 결과 조선인 백모 씨는 극적으로 사형을 면했다.

고종은 매케이 부부의 사연을 듣고는 깊은 감명을 받았다. 임금은 장례 비용과 함께 500달러의 위로금을 매케이 부부에게 하사했다. 그러면서 만약 매케이 가족이 조선에 남기를 원한다면 주택은 물론 자녀의 교육비까지 제공하겠다고 약속하였다.

이런 불미스러운 일로 경복궁 전등소 운영은 중단되고 매케이가 사망한 지 6개월이 지난 9월 1일, 다시 전깃불이 들어왔다.

조선 정부가 새로운 전등 교사로 영국인 퍼피가와 포사이스를 초청함으로써 전등 켜기가 재개되었다.

고종이 조선의 불을 밝히려 한 전등의 역사는 동양 최초로 처음 전깃불을 밝힌 지 불과 23년 만인 1919년 조선은 일본에 나라를 빼앗겼다. 결국 조선은 꿈이 부풀어 하늘에 닿았다가 추락하고 만다. 그러니 이중하가 이 세상에 못 할 일이 무엇이겠는가!

29. 삼정문란-암행어사

　삼정문란이란 조선 시대 국가 재정의 3대 요소인 전정, 군정, 환정(정부 보유 미곡의 대여제도)이 문란했음을 증명한다. 관직을 사서 관리가 된 사람은 농민들에게 세금을 보상받으려 했다. 특히 천세, 군포, 환곡의 삼정의 문란은 극에 달했다.
　19세기 조선 왕조에 세도 정치가 이루어지면서 매관매직으로 수령에 오른 탐관오리들이 조세 제도의 전정, 군정, 환곡을 악용해서 일어난 폐단이었다. 환곡은 조세 제도는 아니었지만, 어쨌든 국가가 운영하는 제도였던 데다가 환곡 제도의 부정부패도 전정, 군정의 부정부패와 양상이 비슷했기 때문에 삼정문란이라고 묶어 불렀다. 부패한 관리와 이에 결탁한 지주에 의한 수탈은 동서고금을 막론하고 예전부터 있었겠지만 조선 후기에서 이 수탈은 세도정치 시기부터 조선국가 전반에 걸쳐 크게 유행하였다.
　즉 조선 후기로 가면서 정치 쪽에서 기존에 아슬아슬하게 유치되어 오던 권력의 균형 원리가 붕괴되고 한쪽으로 집중되는 현상이 발생하면서 이것이 수취제도에도 심각한 민폐를 끼친 사례가 되었다.

임금은 어전으로 이중하를 불렀다.

-전하! 찾으셨습니까?
-경은 잘 왔소! 경이 알다시피 지금 조선은 매관매직이 성행하여 세도가에게 돈을 주고 관직에 오른 자가 수두룩하여 이들은 수령 직에 오른 후 애꿎은 백성들에게 본전을 뽑으려고 하고 있소이다. 경은 충청도 암행어사로 내려가 민심을 살펴 부정한 수단으로 재물을 모으고 백성을 괴롭히는 수령들을 발본색원하여 보고하시오!
-네, 전하! 성은이 망극하옵니다.

이중하는 어전을 물러 나와 충청도 암행어사가 되어 청주로 내려갔다.

당시 정약용의 경세유표에 의하면, 법정에 규정된 농토 1결에 대략 쌀 20말과 도 5전에 불과했다. 그러나 농민이 내는 것은 1년에 쌀 40말 이상, 벼 10말 이상, 돈 3~4냥 이상이었다. 여기에 아전들이 여러 가지 농간을 부려 30~40말을 거둔다. 이리하여 10년 전에는 대략 농토 1결에 100말을 내면 되었으나 지금은

100말로 어렵없다고 전정의 문란 상을 지적하였다. 여기서 농민들의 부담이 매우 큰 것은 관리들이 여기에 여러 가지 명목을 더 붙여 규정보다 훨씬 더 많은 세금을 거두어들였기 때문이다. 그리하여 실제 부담하는 세금은 본래의 규정된 양보다 더 몇 배가 되기도 하였다.

관리들은 갖가지 방법으로 온갖 비리를 저질러 농민을 괴롭혔다. 이에 따라 전정은 문란해졌다. 이미 죽은 사람이나 어린이 몫의 군포를 걷어 들이기도 하고 일가친척이나 이웃 사람에게서 거두어들이는 등, 여러 가지 불법과 비리를 저질렀다. 이러한 부정행위로 군정의 폐단이 심했다.

환곡은 봄에 농민들에게 관청의 곡식을 빌려주었다가 가을에 약간의 이자를 붙여서 받아들이는 것이었다. 원래 이자는 여러 가지 원인으로 인한 손실을 보충하기 위한 것이었는데, 실제로 고리대금의 구실을 하고 있었다. 결국 환곡은 일종의 세금과 같이 되고 말았다.

이중하는 당시 관리들이 이자 수입을 늘리고 재물을 모으기 위하여 여러 가지로 불법을 저지르고 있음을 직접 눈으로 보았다.

관리들은 필요 이상의 양을 강제로 빌려주기도 하며 겨를 섞어서 가마니를 2가마니로 늘려 빌려주는 등, 여러 가지 방법으로 농민을 괴롭혔다.

이중하는 관리들이 농민을 괴롭히는 것을 직접 눈으로 보며 그들의 횡포가 국가 재정까지 위협하고 있음을 들어 관리를 질책, 탄핵하고 백성들이 삼정의 폐해를 당하지 않도록 관리의 책임을 물어야 했다.

원래 암행어사는 왕의 특명으로 지방, 군, 현에 파견되어 변복하고 몰래 다니면서 수령의 잘못과 백성의 어려움을 살펴 왕에게 보고하는 것을 임무로 하는 특별 감찰관이었다. 암행어사가 일반 어사와 다른 점은 국왕이 친히 임명할 뿐 아니라 그 임명과 행동이 비밀에 부쳐진다는 점이다. 왕은 전국의 군, 현, 명칭을 기입한 참 댓가지가 들어 있는 대나무 통에서 암행을 시찰할 군, 현을 추첨으로 결정하였다. 그러나 수령의 불법이나 비행의 혐의가 있는 군, 현의 경우에는 추첨과 관계없이 암행어사가 파견되기도 하였다.

왕은 암행어사를 임명할 때 역마 사용권을 부여할 증패인 마패를 지급하였다. 마패는 왕의 명령을 받은 관리임을 증명하는 증패로서 창고 문을 봉하거나 문서에 날인할 때 직인 대신 사용했다.

암행어사는 수령이나 지방 토호의 가렴주구를 탐지하기 위해 허름한 옷으로 변장하고 걸식을 하면서 정찰을 하였다. 정찰을 마친 암행어사는 출두하였을 때 역졸들이 관아의 문을 두드리면서 출두를 외치면 암행어사는 관가로 행차하여 동헌 대청에 자리하였다.

  암행어사는 고을 문서를 검열하고 수령의 범죄를 적발하였다. 불법을 저지른 수령은 체포 구금하여 그 죄를 다스리고 관인을 압수하였다. 또 관가의 창고를 검열하여 불법이 있으면 창고 문을 봉하고 억울하게 옥에 갇힌 죄수들을 풀어 주었다. 조선 후기에는 지방 수령이나 토호들의 불법과 비행으로 지방 행정이 문란해 짐에 따라 암행어사가 빈번하게 파견되었다.

  날이 어두워지자 이중하는 걸인 행색으로 웬 노인과 딸이 살고 있는 초가집으로 가서 하룻밤 신세를 지게 되었다. 이중하는 노인장을 만나 지금 시장하니 밥 한술 얻어먹을 수 있을까 하고 말했다.

  -노인장 어른! 무척 배가 고프니 밥 한술 먹고 잠이라도 잘 수 있을까요?

  그 노인은 이중하가 행색은 비록 남루하나 말하는 품위를 보아 지체가 높은 양반인 것 같았다. 노인은 그 초라한 이중하가 측은하고 가여워, 딸에게 손수 밥을 지어 올리라고 말했다. 한참 만에 밥상을 차려 내왔는데 그저 밥과 물김치와 생선 한 토막이 놓여 있었다. 이중하는 밥상을 물끄러미 쳐다보다가 밥이 담긴 찬합의 뚜껑을 열어 보니 흰쌀밥에 뉘(벼 껍질) 3개가 얹혀 있었다. 노인은 자기 집에 찾아온 손님이 누군가 알고 싶어 뉘 껍질을 올려 이중하의 신분을 물었던 것이다. 파자하면, '뉘시오?' 이 저녁에 손님은 누구냐고 묻는 것이다.

이중하는 생선이 상위에 있는 것을 보고 허리에 찬 은장도를 꺼내 생선의 머리를 칼로 그어 놓았다. 파자하면, 어사요, 하고 솔직히 밝혔다. 그 사이에 노인과 이중하의 통성명이 오고 가자 노인은 이중하에게 머리를 숙여 정중하게 인사를 하며 얼굴을 마주 보고 앉았다.

-어사 어른! 소인이 무지하여 어사의 행차에 무례를 범한 것 같으니 용서하시오.

이중하는 이 어른이 다른 노인과는 다른 것을 보았다. 호롱불에 비친 노인의 얼굴은 광채가 나고 있었다.

이중하는 정중하게 물었다.

-노인장 어른은 뉘시오?

-어사 어른! 소인은 강위라 하옵니다.

이중하는 강위라는 이름을 듣고 그러면 강위! 그분이란 말인가 싶어 되물었다.

-그렇다면 노인장께서는 1862년(철종 13) 임술년에 전국적인 농민 항쟁이 일어나 조정에서 전국의 선비들에게 그 대책을 물었을 때 삼남 지방의 민란을 몸소 겪으면서 현실 문제를 지적한 강위 선생님이란 말씀입니까?

노인은 그제야 웃으며 말했다.

-어사 어른! 바로 제가 강위입니다.

이럴 수가? 이중하는 깜짝 놀랐다. 이런 곳에서 강위 선생을 만나다니…

강위(1820~1884)는 조선 말기의 한학자로 개화 사상가요 시인이자 금석학자다. 경기도 양주군 중부면 복정리 출신으로 본관은 진주, 자는 중무, 호는 추금, 고환당이다. 복정리는 현재 성남시 수정구 복정동이다. 무반 집안의 출신으로 신분상의 제약 때문에 과거를 포기하고 학문과 문학에 전념하였다.

김정희 오경석과 함께 금석문을 연구하였다. 그는 김택영, 황현과 함께 조선말 3대 시인으로 불리며 영재 이건창을 포함한 4대 시인 중 한 명이다.

또한 이건창(1823 순조 23)은 개항기 이조판서, 대사헌, 형조판서를 역임한 문신으로 본관은 동래, 자는 치중, 호는 용산, 정동우의 증손으로 정문용의 손자이고 정기일의 아들이고 김일손의 외손자다. 1873년 7월에 사은겸 동지정사에 임명되어 부사 홍원식, 서장관 이호익, 수행원 강위 등과 같이 청국에 다녀왔다. 1874년 9월 한성판윤을 거쳐 형조판서에 올랐다.

강위! 그는 친우 정건조의 요청으로 2만 9천 자에 달하는 시무책인 의삼정구폐책을 작성했으나 지나치게 혁신적인 내용 때문에 조정에 제출하기가 꺼려져 정건조는 그것을 불에 태워버렸다.

이중하는 자신이 무례함을 사과하며 말했다.
-강위 어른! 부족한 저에게 가르침을 주십시오.
-어사 어른! 부족하다니, 사람이 몰라서 서로가 한 일인데, 무슨 허물이 있겠소?
그제야 이중하는 정색을 하고 노인과 대화를 하기 시작했다.
-강위 어른! 이곳 지방 수령의 농민 수탈이 말이 아닐 것 같은데 어른께서는 어려움이 없으신가요?
-어사 어른! 지배층에 의한 농민 수탈은 오늘내일에 있는 일이 아니옵니다. 이미 절정에 든 지 오래입니다. 마땅히 이럴 때 미쳐서는 안 될 해가 백성들에게 떨어져서는 안 되지요. 해마다 나라에서는 이런 병폐를 바로 잡는다고 수령을 바꾸고 적임자를 내려보내지만 그 폐단은 여전하옵니다.
-강위 어른! 그렇다면?
-어사 어른! 혹 전의 것은 감추고 따라서 겉모양을 꾸려 나가지요.

-강위 어른! 그게 무슨 말입니까? 겉모양을 꾸려 나간다는 말이?

-어사 나리! 환곡의 각 곡식이 다른지라 빠져나간 곡식은 이를 보충시킬 방도가 없습니다. 또 서리로 곡식을 해친 것을 알면서도(조정에 보고하기 앞서) 번번히 시행하지 못하고 윤색하여 두루 상세히 갖추고 나서 백성들이 알까 봐 폐단을 은폐하고 있지요.

-강위 어른! 그렇다면 그 적임자는 폐단을 감추고 백성을 편안하게 한 것도 잘한 일이 온데, 아직 신은 그런 말을 듣지 못하였습니다. 그 관원이 누구입니까?

-어사 나리! 소인은 그 사람에 대하여 잘 모르나 아마도 임금이 파견한 어사가 아닐까요?

강위의 말은 이중하의 가슴에 정곡을 찔렀다. 바로 자신이라는 말에 이중하는 움찔하며 말했다.

-강위 어른! 어찌 그 사람을 나라고 말하고 있습니까?

-어사 나리! 이미 토지세에 대한 징수인 전정은 본래 토지 1결당 4두 내지 6두로 정해진 전세보다도 부가세가 훨씬 많지요. 부가세 종류만 해도 총 43종류에 달합니다. 본래 그것은 토지를 소유한 지주층이 납부하도록 하였으나 지금은 전라, 경상 지방은 물론, 땅을 빌려 농사짓는 농민들이 물고 있습니다. 또한 지

방 아전의 농간으로 벌어지는 허복, 방결, 도결 등이 겹쳐서 전정의 문란이 고질화되었지요.

이중하는 강위와 말을 하며 기가 찼다.
원래 군정은 균역법의 실시로 군포 부담이 줄긴 하였으나 양반층의 증가와 군역의 부담에서 벗어나는 양민이 증가하면서 가난한 농민에게만 부담이 집중되었다. 정부에서는 고을의 형세에 따라 차등을 두어 군포를 부과하기 때문에 지방관은 그 목표량을 채우기 위해 죽은 사람에게 군포를 부과하는 백골징포와 어린아이에게 부과하는 황구첨정 등을 강행한 것이다.

-강위 어른! 그렇다면 본래 관에서 양반에게 이자 없이 빌려주게 되어 있는 곡식을 여기 비싼 이자를 붙여 환곡의 양을 속여서 가을에 거두어 드릴 때 골탕을 먹이는 수법을 사용해 농민 생활을 파탄으로 몰아넣는 관리가 누구입니까?
-어사 나리! 난들 자세히 알까마는 1862년 2월 18일 진주에서 일어난 진주 농민 항쟁만 하더라도 조정에서는 당황하여 암행어사를 파견하여 관리들의 부정과 비리를 조사하게 하고 2월 29일 박규수를 진부 탄핵사로 파견한 적이 있지요. 그때 난을 수습은 하였지만, 경상 우병사였던 백낙신의 부정에 몰락한

양반 유계춘의 중심으로 농민 반란이 일어난 것을 보면 3개월에 걸친 농민항쟁이어서 박규수는 상소문에서 삼남에 발생한 농민항쟁의 원인은 삼정이 모두 문란함으로 파악하고 그중에서도 환곡의 폐단을 우선으로 꼽은 것이 사실이지요. 이러한 삼정문란은 세도정권의 공공연한 매관매직을 통한 기강문란과 더불어 세도정권을 뒷받침하는 지방 토호 세력의 횡포 아래 벌어진 일입니다. 삼정의 문란으로 인하여 백성이 부담해야 하는 결세가 높아, 결국은 농민항쟁의 가장 큰 원인이 되었다고 봐야 할 것입니다. 물론 조정에서는 박규수의 상소를 받아들여 삼정을 잡기 위한 교지가 내려졌지만, 이유인즉 삼정이정청, 삼정이정절목은 그때뿐이지 수습을 위한 방안에는 미치지 못하였지요.

 -강위 어른! 어르신의 말씀이 옳습니다. 먼저 백성이 있고 나라가 있는데, 오히려 국정이 문란하고 세금이 불균등하니 백성이 고통스러워하는 것은 당연합니다. 현재에도 그 폐단이 이에 그치지 않고 있다는 것을 통감합니다.

 이중하는 이 말을 하고 한숨을 쉬었다.
 사실 삼정문란은 이미 백성과 나라가 지탱하기 어려운 힘든 지경에 이르렀고 백성은 궁핍하고 괴로운 것을 이기지 못하여 많은 백성이 죽어 나가는 것이 안타까웠다.

이중하는 더 늦어서는 안 된다고 생각했다. 이러한 기회를 놓치지 말고 삼정을 개혁하는 호기로 삼아야 했다. 근본적으로 문제를 부분적으로 개선하는 것은 국가재정이나 농민 경제 안정에 별 효과가 없다는 것을 알았다.

강위는 이중하의 마음을 다 읽고 있다는 듯이 말했다.

-어사 어른! 지금 어사 어른께서 무엇을 생각하는지는 몰라도, 구체적인 방법은 군정을 주축으로 하면서 병농 일치의 원칙 하에서 귀천을 불문하고 누구나 균일하게 그 세를 부담하는 새로운 호, 구, 전의 세제를 마련하고 지주제를 개혁하는 것입니다. 실은 단지 병정만이 있을 따름입니다.

이중하는 강위의 말이 옳다고 생각하였다.

당시 1862년 2월 경상도 달성에서 시작된 민중 봉기는 이웃 진주로, 경상도 20개 군현, 전라도 37개 군현, 충청도 12개 군현 그리고 경기도, 함경도, 황해도 등지에서 일어났다. 조정에서는 긴급 대책으로 안핵사와 선무사를 파견하여 난을 수습하고 민심을 가라앉히도록 하는 한편, 봉기 지역 수령에게는 그 책임을 물어 파직하였다.

(필자는 이중하와 강위 선생을 접목하였다. 강위 선생은 1884년 작

고하였다. 두 사람의 만난 년대가 맞지는 않지만, 강위의 시무책-의삼 정구폐책을 논하고 싶었을 뿐이다.)

이중하는 강위와 시간 가는 줄 모르도록 강위 선생이 지적한 시무책인 의삼정구폐책을 서로 주고받았다. 더구나 그가 1873년 형조판서 정건조와 같이 수행원으로 청나라에 다녀온 것은 물론, 삼정으로 무너질 위험성까지 우려되는 조선을 안전하게 구하는 것이 무엇인가를 알아냈다.

강위는 경학을 배웠고 스승이 죽자 제주도의 유배 중인 김정희를 찾아가 3년간 지도를 받았다. 김정희의 유배가 풀리자 전국을 방랑하며 개성이 뚜렷하고 관습적으로 표현을 배제한 참신한 시를 지었다.

경학과 금석문의 학문적인 한계성을 탈피하여 불교와 음양법 등에 지대한 관심을 기울였고 특히 서양 학문의 실용적 태도에 자극을 받아 현실을 객관적으로 인식한 태도는 개화사상으로 자리하였다.

강위는 국내 명승고적과 군현의 풍속, 실정 등을 돌아보면서 지은 것과 청나라 일본 등을 여행하면서 지은 17권의 시집과 4권의 문집으로 된 강위 전집이 남아 있다.

1880년 수신사 김홍집을 수행하는 서기로서 1882년 김옥균

등의 개화파 일행과 동행하여 일본에 다녀온 바 있다. 권두에 1899년 정건조가 쓴 서문, 1883년 이건창이 쓴 서문 그리고 자서가 있다.

강위는 1876년(고종 13)강화도 조약에 참석한다. 당시 강위는 청나라와 왕래하면서 해외실태를 파악하여 국권 회복에 힘썼다. 한성순보를 발행했다. 황성신문의 발기인 중의 한 사람이며 국문 연구에 전력했다.

30. 상소-강위를 추천하다

이중하는 충청도 청주에서 임금에게 상소를 올렸다.

-전하! 신이 삼가 충청도를 시찰한 것을 올립니다.

삼정의 문란 중 가장 심한 피해를 가져온 것이 환곡입니다. 전세는 각 리, 면 단위로 세금의 총액을 미리 정해 놓았기 때문에 수령과 향리 그리고 향민들은 무슨 방법을 써서라도 그 액수를 채우지 않으면 안 되었습니다. 특히 전세는 1결당 100 정도를 거두어 갔고 군포는 황구첨정, 백골징포, 인징 등으로 농민들에게 가중 부과되었습니다. 더구나 환곡은 농민의 구휼이라는 본래의 목적을 상실하고 이자 수입을 통해 정부의 재정을 보충하는 부세의 수단이 되었는데 날이 갈수록 이자로 납부하는 그 결과가 높아져 농민의 삶을 고통스럽게 하였습니다. 신이 알기로는 이러한 폐단으로 부세 제도의 모순에 불만을 품은 민중의 항거가 발생하여 전차 전국으로 확산되고 있음을 굽어살피어야 할 것입니다. 경상도 달성에서 시작된 봉기는 이웃 진주로 그리고 충청, 경기, 함경도, 황해도로 번져가고 있으니 조정에서는 긴급히 대책을 세워 이 난을 수습하소서! 봉기 지역 수령은 그 책임을 물어 파직하는 것이 마땅하나 그 속에는 어진 관원이 있고 백성들의 신망을 받는 사람이 많기에 이것 또한 시정책에 유념하소서!

전하! 신이 삼가 3개월 동안 보아온 전정, 군정, 환곡에 대한 현황은 가뭄과 심한 물난리로 민심은 계속 흉흉합니다. 신이 이곳 충청도에 은거하는 강위 선생님을 만났습니다. 그 사람됨이 그릇이 크고 학문과 경륜이 대단하며 지혜가 남달라 누구나 감히 범접할 수 없는 위인이었습니다. 지난날 청나라로 가는 사은사 동지정사로 간 정건조와 같이 수행원으로 청나라를 다녀온 이입니다. 이 사람이야말로 조선 사회의 구조적 모순을 잘 알고 있으며 전하께서 국사를 도모할 적임자로 생각되어 전하께 천거합니다. 바라옵건대 전하께서 이 사람을 만나시어 후일을 도모하소서!

신의 소청을 가납(嘉納)하소서!

고종 임금은 이중하의 상소를 받아 보고 너무 기뻤다.

세상에 이런 인재가 시골에 은거하고 있다니… 그제야 고종 임금은 무릎을 '탁' 쳤다. 지난날 정건조와 같이 사은사로 동지사를 따라 수행으로 간 강위! 듣기로는 과거 시험에 여러 번 응시했으나 과거 부정과 문벌 상의 제약으로 과거를 단념하고 민

노행에서 경사와 학문을, 김정희에서 시문과 서문을 배운 것을 익히 들어 알고 있었다.

-지금까지 살아 있다니… 내가 그 재주를 알고 관직에 나오지 못한 것이 한이로다.

임금은 금세 얼굴에 환한 미소를 지으며 도승지를 불렀다.

-전하! 찾으셨습니까?

-도승지! 지금 당장 강위를 찾아 불러오라.

-네, 전하!

도승지는 어전을 물러 나와 강위를 수소문하였다. 그날로 수소문하여 강위를 찾은 도승지는 고종 임금이 부른다는 어명을 전하고 궁궐로 데리고 갔다. 강위는 고종 임금 앞에 머리를 조아리며 인사를 했다.

-전하! 소인은 강위입니다. 미천한 저를 불러 주어 이렇게 성상을 우러러 뵈니 몸 둘 바를 모르겠습니다.

-강위는 들으시오! 지난날 짐을 위하여 국가를 대신한 위국충절에 고맙소이다. 이번에 이중하를 통해 추천받아 경을 궁내부 주사로 임명하니 국정을 수행하여 폐단이 많은 환곡제도를 개혁하고 사창제를 실시하여 국가재정의 확보와 민심 안정에 심혈을 기울어 주시오.

-전하! 성은이 망극하옵나이다.

강위는 이 말을 하고 어전을 물러 나왔다.

원래 궁내부 주사는 제1차 갑오개혁 때 신설되어 왕실 업무를 총괄한 관청이다. 궁내부는 칙임관으로 특진관, 주임관으로 비서관, 내사과장, 와과장, 통역관 조사과장, 시종원으로 시종과 시강 사무를 관장하기 위하여 설치한 기구이다. 주임관은 시종, 봉시, 승봉으로 판임관은 주사, 좌시어, 우시어, 비서원은 황명의 출납과 기록을 맡아온 관청이다.

고종은 3차에 걸친 관제 개혁을 통해 왕실 관계의 관부체계와 일반 행정기관의 체계를 완전히 분리하였다. 이것은 단순한 행정상의 의미뿐만 아니라 종래 명확한 구별이 없었던 재정상의 분리를 꾀한 데 더 큰 의의가 있었다. 궁내부에 소속된 관원은 궁내부대신 1명, 협판 1명, 참서관 3명, 통역관 2명, 주사 10명, 특진관 15명이었다. 이 관청은 1910년까지 존속하였다.

강위는 고종 임금으로부터 파격적인 관직을 하사 받았다. 왕명을 출납을 맡아보는 관청의 관직이라니 생각하니 금시 정신이 번쩍 들었다. 그는 조선의 관리가 된 이상, 근대화와 관련된 사무를 통해 개혁을 시행해 나갈 것을 굳게 마음을 먹었다. 강위는 그날로부터 입지를 다져 나갔다. 안으로는 유교의 위민 정치를 내세워 전제 왕권의 제 확립을 위한 정책을 과단성 있게 추진하였다. 밖으로는 개항을 요구하는 서구 열강의 침략적 자세에 대하여 강경책으로 대응하였다.

이중하로 인하여 고종에게 천거되어 관직을 얻어 궁내부 주사로 일한다는 것만으로 만족했다. 사실 이중하는 정치적 소용돌이 속에서 고종의 중차대한 어명을 받고 충청도 암행어사로 와서 자신이 만나게 되었지만, 삼정의 문란은 국가적으로 중대한 문제인 만큼, 적어도 고종이 이중하에게 내려진 암행어사 직책은 마침 이중하가 토문감계 회담을 잘하였기에 임금은 이중하를 이조참의로 궁궐로 불러들였던 것이다.

이중하는 1917년 72세로 죽기까지, 계속 벌어지는 임오군란, 갑신정변, 동학농민운동, 청일전쟁, 갑오개혁, 을미사변, 아관파천, 러일전쟁, 을사조약, 경술국치에 이르기까지 한 세기의 끔찍한 소용돌이 속에서 살아야 했던 것이다.

사실상 조선왕조는 임오군란을 기점으로 회생 불가 상태임이 입증되었다. 유능한 군 지휘부나 왕족에 의해 일어난 정변이 아니고 정부가 봉급을 제대로 안 줘서 중앙의 하급 군인들이 백성들과 함께 일어난 민란에 정권이 뒤바뀔 정도로 중앙정부가 막장이 되었음이 만천하에 알려져 있었다. 이중하는 이런 것을 하나하나 살펴서 그 폐해와 심각성을 인식하며 임금 앞으로 나아갔다.

31. 동학농민군-청주 병영에서

1887년에 진남영이 설치된 청주 병영은 충청도에서 동학농민군을 진압하는 거점 역할을 했다. 청주 병영은 동학 농민 혁명이 발발하자 충정도 지역 동학농민군 진압 책임을 맡았을 뿐 아니라 전주성 수복을 위해 2개 부대를 전주성에 파견했다. 청주는 삼남에서 서울로 올라가는 길목에 있고 충청도 군 사령부인 청주 병영이 청주에 있었기에 지정학적 위치상 매우 중요한 지역이다. 청주 병영은 정부군과 일본군을 도와 청주지역 동학 농민군 진압을 주도적 역할을 했다. 청주 병영군은 동학 농민을 진압하는 과정에서 73명이 대전에서 몰살당하였다. 이 사건은 동학 농민 혁명기에 정부군이 입은 가장 큰 피해였다.

이중하는 어명을 받고 이곳에 내려와 참상을 마주쳐야 했다. 모두가 평등, 다 행복이란 슬로건에 마주쳤다. 1876년 조선은 오랫동안 나라의 문을 닫고 외국과 교류를 금했다. 일본의 공격을 받고 강화도 조약을 맺은 듯이, 미국, 영국 등과 잇달아 조약을 맺으며 통상을 시작했다. 조선이 맺은 조약은 강대국이 유리한 불평등의 조약이었다. 외국에서 만든 값싼 물건이 들어오고 쌀 같은 곡물이 빠져나가면서 수공업자와 농민의 생활이 어려워졌다.

최제우는 나라의 백성을 구하기 위해 신분에 따라 높고 낮음이 없고 사람은 누구나 하늘처럼 소중하다고 가르쳤다. 사람이 곧 하늘이다. 인내 천 사상은 힘없고 가난한 백성들에게 위로가 되었고 많은 사람이 동학을 따랐다. 조선 정부는 동학을 힘으로 눌렀다. 견디다 못한 동학 교인들과 백성은 1894년 1월 전라도 고부군에서 무기를 들고 싸우기 시작했다. 고부 군수 조병갑이 온갖 방법으로 백성을 못살게 굴자 동학 지도자 전봉준이 동학을 일으킨 것이다.

전라도 고부에서 시작된 농민의 궐기는 전라도 전체를 점령했다. 처음은 나비의 날갯짓과 같았다. 그랬던 것이 동학혁명으로 이어지고 청, 일군의 참전으로 연결되더니 급기야 일본의 국제적 지위 상승을 초래하기까지 하였다. 놀란 조선 정부가 동학군의 요구를 들어주면서 그사이에 조선 정부는 동학군 몰래, 청나라와 일본 군대를 불러들여 동학군을 진압하였다.

정부의 속셈을 눈치챈 동학군은 다시 전쟁을 일으켰다. 전라도, 충청도, 경상도, 강원도, 함경도, 등 전국 각지의 동학 농민군이 동시에 일어났다. 전라도에서 올라온 동학군과 충청도 동학군은 중간 지점인 공주에 모여 한양으로 진격하고자 하였다. 기관총을 비롯한 신식 무기로 무장한 일본군과 연합한 조선 정부의 군대는 공주 우금치에 모여 동학군의 공격에 대비하였다. 동학군은 우금치를 여러 번 공격하여 치열하게 싸웠으나 결국 패하고 말았다. 우금치에서 전투를 벌이는 사이 전국 곳곳에서 동학군과 관군은 일본군 사이에 치열한 전투가 벌어졌다. 태안, 서산, 예산, 아산 등 충청남도 내포 지방에서도 동학군 수만 명이 10개 지역을 점령하고 승전곡(당진시 면천면 사기소리)과 관작리(예산군 예산읍 관작리) 전투에서는 일본군과 관군을 크게 이겼다. 동학농민은 뒤이어 내포 중심인 홍주성을 공격했으나 우금치의 동학군과 마찬가지로 실패했다. 결국 남은 동학군은 일본과 관군에게 쫓기다가 붙잡히거나 처형되었다. 태안 백화산에 있는 교장 바위는 그때 내포 동학군을 잔인하게 죽인 처형지로 알려졌다.

집강소! 농민 사회 신질서를 수립을 위한 개혁운동 집합소였다.

새야 새야 파랑새야
녹두밭을 헤치지 마라
녹두꽃이 떨어지면
청포 장수 울고 간다.

전봉준(1855. 1. 10~1895. 4. 24.)은 본관은 천안, 초명이 명숙, 이름은 영준, 호는 해몽이다. 전라도 고창군 죽림리 당촌 태인리(지금의 정읍시 이평면 장내리)에서 출생하였다. 1890년대 초 한때 흥선대원군 문하의 식객으로 있었다. 그는 151cm의 작은 키로 녹두장군으로 농민군의 남접을 지휘한 조선 농민운동가이자 동학의 종교 지도자였다. 1894년 2월 15일 조병갑을 몰아내고 1차 봉기를 주도한 후 조정의 회유책으로 해산했으나 3월에 안핵사로 파견된 이용태가 동학 농민군을 도적으로 규정하여 동비라 칭한 뒤 동학군과 협력자를 처벌, 처형하고 관련 없는 농민들까지 동비로 몰아 처단하자 다시 봉기를 일으킨다. 그는 40세에 잡혀 서울로 압송되어 교수형에 처해졌다.

동학농민 운동은 1894년 음력 1월 전주 고부에서 시작하여 음력 4월에 전주성 봉기와 음력 9월에 전주, 광주 궐기로 나뉜다.

이중하는 전봉준이 전제정권과 탐관오리의 부패를 여러 번 상소하여 개정하여 노력하려는 등 민권을 제창한 것을 긍정적으로 바라보았다. 그러나 농민군은 제국주의 침략의 위기에서 나라를 구하기 위해서 일어선 세력이었음에도 낡은 왕조를 뒤엎고 새로운 출발을 꾀하기보다는 보국안민과 충군을 내세우며 군왕주의적 태도를 보였다는 것을 알았다. 또한 동학농민전쟁은 몇 가지 한계를 가지고 있었는데, 첫째로 외세에 맞서 싸울

만한 효과적인 무기와 병력이 부족하였다. 둘째, 지주, 부호, 양반들의 민보단 등 동학군에 대항한 기득권의 저항을 과소평가하였다. 셋째로 사회개혁을 위한 혁명을 수행하면서도 대원군에게 의지하려고 한 것이 잘못이었다.

이중하는 일단 감계사 일을 마치고 궁궐로 돌아와 고종의 신임하에 이조참의를 거쳐 외무협판으로 승진해 김홍집 내각 아래 관직을 수행하였다. 당시 고부 군수 조병갑의 탐학으로 농민들이 일어나고 그들의 분노가 중앙정부의 탐관오리들에게까지 향하자, 청주에 내려가 있던 이중하는 전주성으로 달려갔다.

보국안민과 폐정개혁을 기치로 내건 농민들의 기세가 걷잡을 수 없이 전국으로 확산되자 대원군은 이 기회를 이용해 동학농민과 접선하여 손자인 이준용을 왕으로 추대할 계획을 세웠다.

이중하는 이번 일이 농민을 진압하기에 앞서 민 씨 정권에서는 청군과 일본군을 끌어들여 결국은 두 나라 간의 전쟁, 즉 청일전쟁을 가져오게 한 직접적인 원인을 제공한 것을 알아차렸다.

이중하는 정말 난처하였다. 정부 측의 관군과 함께 이곳에 내려왔지만, 동학 농민 측의 척왜양창의(일본 세력과 서양 세력을 배척하고 의병을 일으킴)를 내세운 깃발과 최시형의 언장을 보고 이 문제에 조선 정부로서 어떻게 대처할지가 난감했다.

1882년 이후, 각종 사회 혼란과 정부의 부패로 민심이 동요하는 가운데 고부 군수 조병갑의 횡포로 농민 운동까지 일어났으니 섣불리 대응했다간 불난 집에 부채질하는 꼴이 될 수도 있었다.

임오군란과 갑신정변 이후, 민 씨 정권과 고종은 친청 정책을 펼치면서 새로운 국면을 모색했지만, 급격하게 변하는 동아시아 정세에 효과적으로 대처하지 못해 혼란은 더욱 가중되었다. 이에 전국 곳곳에서 반봉건, 반외세의 기치를 내건 민란이 끊임없이 이어졌다.

전봉준은 반신반의하며 명성황후와 민 씨 세력의 축출을 위해 대원군과 손을 잡았다. 대원군 역시 명성황후의 제거를 위한 무력 집단이 필요해 동학농민군과 제휴하게 되었다. 그러다 보니 동학 농민 중 일부는 탐관오리 처벌과 개혁 외에 대원군의 섭정까지도 거병의 명분으로 삼게 되었다. 결국 농민군의 김개남은 전봉준이 대원군과의 연대한 것을 못마땅하게 여기고 전봉준과 충돌하며 독자적인 행동을 하기로 하였다.

농민 운동 진압 후 잡힌 이방언은 흥선대원군이 특별히 사면을 청하여 석방되었으나 민 씨 계열의 관군에 의해 살해된다. 그 밖에 최시형, 손병희 등 북접의 지도자들은 남접의 거병에 쉽게 호응하지 않았다가 그해 9월 3차 봉기 때부터 움직이기 시작하였다. 이중하는 그제야 결단을 하고 안핵사 이용태를 만나 아뢰었다.

-안핵사 영감! 이번 일은 우리가 한 발짝 물러납시다. 자칫 잘못하면 우리가 분노한 농민들에게 잡혀 죽을지 모릅니다.

　-협판 어른! 구데기 무서워 장 못 담는 법이 있소? 말하자면, 장은 없어서는 안 될 기초 양념이므로 이런 반갑지 않은 일이 생길지라도 장을 담는 것이 마땅하다고, 이런 일을 빗대어서라도 반드시 해야 할 것은 어떤 어려움과 방해가 있어도 해야 하는 것이 우리 관리들의 책임이 아니오?

　-안핵사 영감! 영감의 말이 다 옳습니다. 그러나 굼뱅이도 밟으면 꿈틀한다고 말하듯이, 아무리 약하고 보잘것없는 사람도 지나치게 업신여기면 반항하지요. 스스로 공격하거나 방어할 수 없는 미물 지렁이도 밟혀서 죽을 지경이 되면 몸부림을 치듯이 마음이 아무리 온순한 사람도 남에게 불이익을 당하면 가만히 있지 않습니다.

　-협판 어른! 그건 나도 동감이오! 그러나 이번 일은 조병갑 하나만 그렇게 되는 것은 아니외다.

　-안핵사 영감! 그럼 어떻게 하려고 하는가요?

　-협판 어른! 역적죄로 반란의 괴수를 잡아드려 처형해야 나라의 기강이 서고 본보기가 되지요.

　-안핵사 영감! 그래도 한번 물러섭시다. 아무래도 농민군을 진압하기에 앞서 청과 일본이 하는 짓이 심상치 않소이다. 저들

은 이 빌미로 조선의 국권을 농락할 줄 모르니 제발 한 발자국 물러나 임금에게는 이 문제를 그냥 덮어 버리자고 주청합시다.

-협판 어른! 그러면 얼마나 좋겠소! 그러나 이번 일을 처리하지 않으면 해도 안 해도 우린 그대로 윗사람들로 지탄을 받을 것입니다.

-안핵사 어른! 영감의 하는 일을 내가 무엇이라고 간섭하고 말리는 것이 아닙니다. 다만 어느 누가 잘하고 잘못했다고 따지기 전에 우리가 한 발짝 물러서 저들을 용서한다면 나라의 위신과 체면도 서지 않겠소이까? 물론 농민들이 반란을 일으켰다는 것은 그 자체가 옳지 않지만 그렇다고 그들에게 잣대를 대는 것은 너무 하지 않나 하고 우려하여하는 말입니다.

-협판 어른! 어른의 말이 맞소이다. 쇠뿔도 단김에 빼라고, 무슨 일이든 기회가 왔을 때 한창 열의가 뜨거울 때 망설이지 말고 곧바로 낚아채서 행해야지요,

그는 이 말을 하고 조용히 밖으로 나가 관군을 지휘하며 진압에 나갔다. 아니나 다를까! 안핵사 이용태의 강경 진압에 분개한 전봉준과 농민들은 이에 굴복하지 않고 총기류와 농기구 등으로 무장한 뒤, 태인, 전주 김개남, 무장 대접주 손화중 등과 함께 봉기를 하였다. 이것이 1차 봉기 백산 봉기 삼월봉기 등으로 불 지른 동학 농민 혁명의 시작이었다.

전봉준을 총대장, 김개남, 손하중을 장령으로 삼은 농민군은 1894년 음력 3월 하순에 백산에 모여 궐기한 뒤, 전주성을 함락하였다. 한편 동학 농민군은 고부의 황토현(현재의 저읍시 덕천면)에서 4월 7일(양력 5월 11일) 전주 감영을 격파하였다. 이에 크게 놀란 조정에서는 전라도 병마절도사 홍계훈을 초토사로 임명하여 봉기를 진압하도록 하였다.

정읍, 홍덕, 고창, 무장 등을 점령한 동학 농민군은 4월 13일(양력 5월 27일) 장성 황룡촌 전투에서 홍계훈이 이끄는 정부군을 상대로 승리하였다.

4월 27일(양력 5월 31일) 농민군은 전주성으로 들어갔다.

1894년 3월 21일, 고부에서 봉기한 뒤 석 달간 전주성을 점령한 농민군은 청, 일에게 군사주둔 빌미를 주지 않기 위해 갑오개혁의 시작되는 전주화약을 맺고 해산했다. 사태가 확산되자 고종과 왕비는 당황하였다. 고종과 민 씨 세력은 청나라에 원병을 청하였고 청이 이에 응하자 일본 역시 천진조약의 빌미로 군대를 동원하였다. 이처럼 외세가 개입하자 농민과 관군은 회담을 통해 화의를 약속하고 싸움을 중단했다. 이중하는 이 사실을 정확히 파악하고 서울로 올라가 임금에게 아뢰었다.

―전하! 이번 일은 농민의 봉기를, 동비들의 뿌리를 뽑겠다고

동학도의 반란으로 규정한 정부의 책임이 큽니다. 더구나 지방 관리의 비리와 횡포를 고발한 농민들이야말로 역적죄로 죽을만한 짓을 하지 않았습니다. 정부의 강경책에 분개한 사람들의 마음을 헤아려 주시옵소서!

임금은 이중하가 아뢰는 말을 들으며 과연 그들이 반란을 일으켰다고 하나, 역적죄로 죽을만한 짓을 하지 않았다는 말에 다소 안심을 하였다.

-이 협판! 그럼 어떻게 처리하면 좋겠소?

-전하! 아뢰옵기 황송하오나 청과 일본군을 끌어 드린 정부의 잘못이 큽니다. 이들 두 나라로 말미암아 조선의 운명이 한 치 앞을 내다볼 수 없는 바람 앞의 등불이 되고 말았습니다.

-이 협판! 그럼 경의 생각을 말해 주오!

-전하! 신의 생각으로는 두 나라가 즉시 물러나게 하고 서둘러 새로운 내각을 구성하여 참신하고 양심 있는 인물로 국정을 안정시키소서!

임금은 그제야 정신이 드는지, 이중하의 말을 듣고 외판 김홍집을 불러 새 내각을 구성하여 발표할 것을 지시하였다. 그사이에 조선에 진주한 청, 일군은 돌아가지 않았다. 오히려 일본은 청에게 조선의 개혁을 함께 실시하자고 제의했지만, 청은 이 제의를 거절하였다. 서로 두 나라의 속셈이 따로 있었던 것이다. 그러자 일본은 불법적으로 조선 궁궐 경복궁을 침범하여 명성황후 민 씨 정권을 몰아내고 흥선대원군을 앉혀 꼭두각시 정권을 탄생시켰다.

초대 내각으로 김홍집, 어윤중, 박영효, 서광범 등을 중심으로 제1차 김홍집 내각이 들어섰다. 즉 친일내각은 일본 공사 오토리의 입김 아래 일 년의 개혁 조치를 취하였다.

이것이 조선 정부와 동학 농민군과 맺은 자주적인 전주화약을 간섭한 친일 내각의 갑오개혁이었다. 당시 동학 농민군을 진압한 일본군은 결국 조선을 장악하고 청군과 일전을 벌여 동학군을 진압하는 데 성공하였다. 결국 동학군의 궐기가 엉뚱하게도 일본의 내정 간섭과 일본의 전쟁 승리로 연결되었다. 청나라를 꺾은 일본은 동아 이상 국가에서 최강의 지위를 확보하게 되었다. 바로 이중하가 우려한 그 일이 조선 안에서 터지고 만 것이다. 임금은 그제야 우왕좌왕하며 갈피를 잡지 못하고 허둥거렸다. 거기다가 일본은 러시아군과 전쟁에서 승리하였다.

오! 하늘도 무심하지 않은가? 고종 임금은 그제야 통탄하였다. 그러나 이미 때는 늦었다. 후회한 들 무슨 소용이 있으랴!

32. 대구부 관찰사-이중하

  1895년 김홍집 내각이 무너지고 지방제도가 개혁되자 이중하는 대구부 관찰사로 임명되어 지방으로 나갔다.

  관찰사 재직 시에 을미 의병 봉기로 많은 관리가 희생되었으나 이중하는 민심을 얻어 무사했다. 그 뒤 개혁 추진 기구로서 전주 화약 당시에 설치된 고정청을 폐지 후, 군국기무처가 설치되었고 고정청 출신인 김홍집이 중심이 되어 내정 개혁이 단행되었다.

  이듬해 일본은 단독으로 조선의 내정 개혁을 단행함과 동시에 조선에 주둔하고 있던 청나라군을 공격하여 승리한 뒤 정식으로 청에 선전포고를 하였다. 7월에 시작된 청일 전쟁은 2개월만에 구미 열강의 지지를 등에 업은 일본의 승리로 끝났다. 더구나 청일 전쟁에서 승리한 일본은 그때부터 본격적으로 조선 정복을 위해 내정 간섭을 실시하였다. 이 때문에 동학 농민군이 외세 배경을 기치로 내걸고 다시 시작, 대일 농민전쟁을 감행하였다.

  봉기한 농민군 제1대대는 전봉준 지휘하에 공주성으로 다가 갔고, 제2대대는 김개남의 지휘하에 청주 병영으로 진격했다. 농민군의 최종 목표는 서울로 쳐들어가 나라를 바로 잡는 데 있었다. 전봉준과 농민군은 일본을 물리치기 위하여 싸웠으나 관군과 일본군의 화력에 밀려 농민군은 그해 12월 패배하여 동학 농민군의 봉기는 실패로 끝났다. 그 사이 이중하는 경상도 선무사, 영월, 영천 안핵사로 진압에 나섰지만, 오히려 정부의 강압적인 진압에 온건으로 동학 농민을 위로하고 탐관오리 처벌을 약속하고 중립에 섰다.

민 씨 정권에서 청나라 군을 끌어들여 개화파를 진압하자, 일본은 청나라의 영향력이 강해지는 것을 견제하여 청나라가 조선을 무력으로 점령한다는 명분으로 조선에 병력을 대대적으로 파견하였다. 결국 동학혁명은 일본군 상륙을 초래하는 원인이 되었다. 그것은 조선 정부의 안이한 대책과 무능으로 볼 수밖에 없다. 그렇게 이중하가 조선을 바로 세우려고 임금 앞에 나와 아뢰고 고하였지만, 정권을 쥔 민 씨 척족 위정자들의 아첨배들에게 놀아나 나라가 무너져 내려갔다. 그렇게 조선 정부는 많은 민란을 겪으면서 그때마다 회유가 아닌 강압을 앞세워 왕권을 지키려고 한 탓에 1800년에 조선 정부는 홍경래 난을 비롯한 숱한 민란을 겪으며 전국 각지에서 일어나는 민란을 진압하고 수습해 나가야 했다.

한양의 시민들과 하급 직업 군인들이 주도한 이 민란으로 인해 고종의 왕권은 1개월간 정지되었다. 그동안 고종은 허수아비였다. 고종의 은밀한 요청을 받은 청나라 군대가 상륙해 지금의 서울의 왕십리에 주둔하고 시민군 지도부를 진압하였다. 임오군란 때는 조선 정부군이 대규모 민란을 진압할 역량이 없었다. 조선 정부의 무능력은 12년 뒤인 동학혁명 때까지도 계속되었다.

이중하는 대구부 관찰사로 내려와 지금까지 조선 정부가 스스로 해결하지 못하고 있는 것을 한탄하였다. 김옥균이 일으킨 1884년 갑신정변을 진압한 청군의 내정간섭은 계속 심해졌고 당시 경제적 영향력을 행사하던 일본과 조약을 맺게 되는데 이것이 1885년 체결된 청과 일본의 천진조약(텐진조약)이다.

정식 명칭은 중일 천진회의 전조다. 청과 일본은 양국의 대립 상태를 정리할 목적으로 조약을 체결했다. 조약 내용은 이렇다.

향후 조선국에서 변란이나 중대 사건이 발생하여 중 일 양국 혹은 일국이 군대를 파견할 경우에는 사전에 문서를 보내 통지하고 사안이 종료되면 즉시 철수하고 계속 잔류하지 않는다. 당시 청은 조선의 종주국임을 자행하고 있었다. 전통적인 이해 관계를 근거로 한 주장이었다.

이중하는 이것이 문제라고 생각했다. 결국 청과 일본의 천진조약 체결은 일본의 조선 파병을 암묵적으로 승인하는 계기가 되었다. 그렇다면 일본은 어떻게 알고 조선에 침입했는가? 그것은 조선이 동학 혁명 진압을 청에 요청하자 청은 일본과의 천진조약 약속으로 일본에 통지했고 이로 인해 조선에 일본이 상륙할 수 있었다.

이중하는 이런 현실 앞에서 통탄을 하였다. 조선 땅에 외세를 끌어들여 전쟁을 하게끔 자리를 깔아 주고, 일본은 청의 통지를 받자 수척의 군함과 300명의 선발대를 파견하고 육군 5사단을 중심으로 혼성 1개 여단을 일본 공사 및 자국민 보호하는 명분으로 조선에 침입하였다.

임진왜란을 당하고도 이번에는 아주 조선을 먹잇감으로 던져 주어 결판내게 했다. 그뿐인가? 1864년 동학 교주 최제우를 잡아 처형하여 군무 효수하였다. 이에 동학들은 매면 교주의 무죄를 주장하는 상소를 올리는 등, 교주의 신원 운동을 벌였다.

1893년에는 흥선대원군은 동학들이 상경하여 경복궁 앞에서 복합상소 운동을 벌이는 기회를 이용하여 이준용을 왕으로 추대하려 하였으니 권력 앞에는 양심도 없는 것 같았다. 오죽하면 권불십년 화무십일홍이라 하였던가? 권력은 십 년을 못 가고 활짝 핀 꽃도 열흘을 가지 못한다는 뜻으로 정치권에서 늘 회자되는 말이다. 영원할 것만 같은 권력이나 아름다움도 흥함이 있으면 언젠가는 쇠하기 마련이다. 그만큼 정치권력의 무상함과 덧

없음을 알 수 있었다. 이중하는 어느새 48살, 이제 50을 바라보는 늙은이가 되어 가고 있었다.

'화무십일홍'은 송나라 양만리의 시에서 유래했다. 대부분의 꽃은 10일을 넘기기도 어려운 반면, 월계라는 장미과의 꽃은 일년 내내 꽃이 피기로 유명하다고 한다. 화무십일홍은 아름다움을 표현하기도 하는데 젊을 때의 얼굴도 늙는 것이 자연의 섭리인데 늙음을 한탄만 하고 젊을 때의 아름다움만 얻고자 하는 것은 부질없는 마음의 늙음이 아닐 수 없다.

이중하는 그제야 아내를 생각하였다. 오직 자기 얼굴 하나만 보고 살아온 아내는 늙기는 마찬가지이다. 서울과 안변 그리고 서울에서 대구로, 그 모진 세월을 남편의 뒷바라지만 하고 다녔으니 어느 세월에 그 얼굴을 단장하며 살았을까마는 남들처럼 비단옷 한번 못 입고 관리의 아내로 늘 가난한 자를, 이웃을 사랑하며 구제하고 살아왔으니 이젠 얼굴만 봐도 목소리만 들어도 아내의 마음을 다 알 것 같았다. 그뿐이랴 아들 범세를 키워가며 늙으신 부모님을 봉양하느라 이골이 날 정도로 가장 시급한 것이 무엇이고 그것을 어떻게 해결할 것인지 다 알고 처리하였다. 사람이 사는 동안에 기뻐하며 선을 행하는 것보다 나은 것이 없는 줄을 알았고 하늘이 내게 영원을 사모하는 마음을 주신 것을 보면 아내는 여러 여자보다 뛰어나다고 할까! 아내는 현숙한 여인으로 평생을 살아온 것을 보면 그 값은 진주보다 더하였다. 그뿐이 아니다, 아들 범세를 가르치며 혹시 배불러서 가난한 사람을 학대할까 아니면 어디 나가서 도적질이라도 할까 봐 늘 아버지의 이름과 가문을 욕되게 하지 말아야 한다고 타이르며 두려워하였다.

 십 년이면 강산이 변한다고 할까? 아들 범세도 16살이 되어 훤칠한 장부로 성장하였다. 아내는 자라는 아들 범세를 향하여 경우에 합당한 말은 아로새긴 은쟁반에 금 사과니라 하고 왕 앞에 신하로서 취해야 할 자세와 이웃과의 대인 관계에 관한 내용을 말해 주며 겸손한 태도를 취해야 한다고 타일렀다. 그럴 때마다 아들 범세는 네, 어머니! 하고 대답하며 신중하고 조리 있게 어머니를 대하였다. 아내는 시간이 날 때마다 아들 범세를 앉혀 놓고 사랑하는 마음으로 교훈하면서 어머니로서의 이상적인 모습을 언급하였다. 현숙한 여인의 가치는 진주보다 더하다고 할 만큼 아내는 정말 현숙한 여자였다. 세상의 가장 귀한 어떤 보석과도 바꿀 수 없는 비교할 수 없는 존재의 소중한 여자였다. 진주보다 귀한 여인이자 신뢰감 있는 아내였다.

 남편 이중하는 이런 여자를 아내로 맞이하였다. 한평생 아내는 남편 이중하와 사는 동안 선을 행하고 악을 행하지 않았다.

무엇보다 부부간에 서로의 믿음과 신뢰가 바탕(근본)이 되어 있었다. 아내는 늘 부지런히 의복을 만들 수 있는 원료인 목화(솜)와 삼(모시)을 구해다가 옷을 만들고 양식을 채우고 식구들의 밥을 골고루 준비하여 먹이고 하인들이 해야 할 일들을 꼼꼼하게 챙겼다. 낮에는 하인들과 집터 밭을 손수 일궈 상추, 깻잎, 오이, 고추 등 채소를 심어 반찬을 만들어 냈다. 밤에는 버선이나 양말을 만든다고 한시도 쉬지 않았다. 그리고 이런 것을 만들어 가난한 이웃과 소외된 사람들에게 주기도 하였다. 광에서 인심이 난다고 할까? 사람들은 만나면 늘 아내를 칭찬했다. 많은 사람은 각기 자기의 인자함을 자랑하는데도 아내는 그런 내색을 안 하니 사람들은 관찰사 어른은 정말로 충성된 자라고 남편을 칭찬했다. 그뿐이 아니다. 아내는 자기와 자기 가족만을 챙기지 않았다. 가난하고 궁핍한 자에게 도움을 손길을 내밀었다. 억지로 아니라 기쁨으로 가족과 이웃을 위한 삶을 살아갔다.

  사람이 살다 보면 멸망의 길로 인도하는 것이 여럿이 있는데, 그중에 술과 음란한 여인이 대표적이다. 사람의 이성을 흘려 놓고 한번 발을 들여놓으면 돌이킬 수 없도록 얽매는 것이 그들의 특징이다. 그러므로 이들에게 현혹되면 그 길에서 벗어나지 못하고 멸망에 이르게 되는 것이다. 반면에 현숙한 여인은 집안을 지혜롭게 보살피므로 평안과 풍족함으로 가정을 이끌어 간다.

이중하는 저녁이 되자 동헌을 나와 집으로 가려고 뜰에 나서니 이방이 얼른 와서 인사를 하며 말했다.

-관찰사 어른! 그럼 내일 뵙겠습니다.

-이방! 그럼, 내일 뵙시다.

이중하는 동헌을 나와 혼자 집으로 왔다. 마침 집이 동헌과 가까이 있어 늘 출퇴근하는 것이 쉬웠다. 이중하는 신발을 벗고 마루에 올라서며 음, 하고 기침을 하며 자신이 왔다고 신호를 보내자 방에 있던 범세가 쫓아 나오며, 아버지, 이제 들어오세요? 하고 인사를 했다.

-음, 잘 있었니?

-네, 아버지!

-오늘은 무엇을 하였니? 동헌에 나오지 않은 것을 보니 과거라도 보려고 그러니?

-네, 아버지!

-범세야! 네 원수가 주리거든 먹이고 목마르거든 마시게 하는 것을 잊지 말아라. 먹는 것은 창자를 채우는 것으로 족하고 옷을 몸을 가리는 것으로 족하다는 것을 알아야 한다.

-네, 아버지!

-그리고 또 있다. 맹자에 의한 천의 시련에는, 하늘이 장차 큰 일을 맡기는 자에게는 먼저 그 마음을 괴롭히고 살과 뼈를 지치

게 만들고 육체를 주려 마르게 하고 생활을 궁핍하게 하고 하는 일마다 꼭 해야 할 일과 어긋나게 하느니라.

-네 아버지!

-또 있다. 도연명의 시에는 이런 구절이 있구나.

　소년은 늙기 쉽고 학문은 이루기 어렵나니

　조그마한 시간을 경홀히 할 바 아니라

　연못가 푸른 잔디 봄 꿈 깨이지 않은 새

　뜰 앞 오동잎에 가을 소리 들리는구나.

-네, 아버지!

-그래, 오늘은 이만하면 됐다. 이젠 과거에 나가도 너의 학문은 바로 쓰일 것이니 서경(신원 조회)은 그래도 아버지 하나만으로 족할 것이다. 열심히 하고 게으르지 말아라.

-네, 아버지!

그때 아내가 밥상을 들고 방으로 들어오며 말했다.

-나리! 시장하지 않은가요? 차린 것은 없지만 식기 전에 많이 드세요,

-음, 당신이 수고가 많구려! 살림하랴, 범세 훈계하랴 부모님 챙기랴, 아랫것을 챙기랴 당신의 얼굴이 말이 아니구려!

-나리! 고생이 뭐가 된다고요? 어떤 어려움을 만나도 나리가

있고 범세가 있고 부모님이 계시니 정말 행복합니다.

-당신 고맙소! 범세야, 그리고 당신도 함께합시다.

-네.

모두 밥상에 둘러앉았다.

이중하는 아침과 저녁에 수고하여 다 같이 일하는 온 식구가 한 상에 둘러앉아 먹고 마셔 여기가 우리의 낙원이라고 감사하였다.

그 후손이 땅에서 강성함이여 정직자의 후대가 복이 있으리로다.

부요와 재물이 그 집에 있음이여 그 의가 영원히 있으리로다(시편 112:2-3)

33. 임오 유월 일기-신사유람단

 (2006. 6. 7. 임오 유월 일기가 발견되었다. 위의 고종이 청에게 파병 요청을 한 것으로 되어 있는 것은 아니었다. 이 일기는 음력 6월 10일 궁에서 탈출한 이후, 6월 13일부터 환국하기 직전인 8월 1일까지의 날씨와 동정, 주변 인물의 행보를 기록하고 있다.)

 이에 중전은 2달간 한성, 경기, 충청도를 거치며 정신없이 이동했다. 심지어 이 기간에 인후염, 말라리아에 걸려 사경을 헤맸다. 윤태준을 통해 고종에게 밀서를 넣기는커녕, 도저히 제 몸 하나 거두기 어려운 사항이었다. 중전 민 씨가 이동한 경로는 다음과 같았다.
 창덕궁, 한성관 훈동, 경기도 광주 저취리, 광주부 조현리(새오개), 경기도 이천군 읍내, 경기도 여주군 달현리, 충청도 충정목 감곡면(장호원) 경기도 지평현 상동면, 충청도 충주목 감곡면, 경기도 안성군 읍내, 경기도 양지면 읍내, 경기도 용인현 읍내, 경기도 용인현 포곡면 신원리, 창덕궁으로 환궁하였다.

이에 따르면 중전 민 씨가 대원군 나포를 알게 된 것은 청의 포고문을 본 다음이다. 더구나 경기 감영에 자신의 생존을 알린 것은 음력 7월 4일, 서울에 사람을 보내어 상황을 알아보게 한 것이 음력 7월 15일이다. 홍계훈은 충주까지 동행하여 양주 목사에 임명되었으며 여비 500궤미를 내놓는 조충희는 전라도 영광 군수에, 서울과 충주를 계속 왕래하며 정보를 수집하던 북경 물장수(보부상) 이용익이 바로 이때의 공로로 천거된 인물이다.

박시백은 조선왕조실록에서 어떠한 통보도 없이 영선사 김윤식만이 중차대한 파병을 요청할 수 있는가, 아니다, 그래도 군통수권자 고유 권한이 국가적으로 중대한 문제인 만큼, 적어도 고종이 직간접으로 관계되었음을 가늠케 한다.

김윤식과 어윤중은 사건이 일어날 당시엔 벌써 고종에 의해 영선사로 발탁되어 청에 체류 중이었다. 이중하는 고종 임금으로부터 밀지를 받고 어전을 물러 나와 평상시의 의복을 갈아입고 하인 하나를 데리고 한성을 떠나 경기도 광주를 거쳐 충청도로 내려갔다. 이중하는 쉴 새 없이 걸으며 부산을 향해 걸어갔다. 몇 날을 걷고 쉬며 인가에서 자며 밥 한술을 국밥으로 사 먹으며 허기를 채우다 보니 수고와 고생이 말이 아니었다. 그를 따라나선 하인도 힘든 것은 마찬가지였다. 이중하는 위신과 체면을 가리지 않고 하인에게 말했다.

-이새야! 힘들지 않니? 나를 따라다니느라 고생이 많구나!

-협판 어른! 그런 말 마세요, 소인은 협판 어른의 하는 일이 하도 옳기에 신이 납니다.

-이새야! 조금만 참아라, 곧 너도 내 집에서 해방이 될 날이 있으리라.

-협판 어른! 그게 무슨 말이에요? 해방될 날 일이 있다니요?

-이새야! 세상은 자꾸 변한다. 이 천지간에 양반이 어디 있고 상놈이 어디 있니? 그놈의 상전이, 양반이라 하는 것 때문에 조선이 이 모양으로 되어 가고 있지 않니?

-협판 어른! 나리께서 아무리 말해도 전혀 알지 못하겠어요. 해방이라니요?

-이새야! 너는 평생을 우리 집에서 종살이해 왔다만 너 같은 착한 사람을 하늘이 보상한다는 것이지!

-협판 어른! 보상이라니요? 당치도 않습니다.

이 말을 하고 이중하를 향하여 허리를 굽신거렸다.

-이새야! 때가 가까웠다. 회개하라 천국이 가까웠으니, 이제는 하늘로 내려오는 복 받을 일이 남았구나.

이중하는 하인 이새에게 세상에 태어날 때부터 엄격한 신분을 타고나게 되는 노비제도는 봉건주의 사회하에서 존속하다가 동서양을 막론하고 18~9세기에 들어서면서 자유와 평등에 대한 인식의 계몽에 따라 역사 속에서 완전히 사라지게 되었다는 것을 알려 주려고 애썼다.

당시 황현이 쓴 매천야록에는, 천한 자가 주인을 위협하여 노비문서를 불살르고 양인이 됨을 강제로 승인케 하거나 혹은 그 주인을 결박하여 주리를 틀고 곤장과 매를 치기도 했다. 노비를 가진 자들은 불살라지는 노비 문건을 보면서 가슴이 아팠을지는 모르지만, 또한 도망간 노비를 잡아들이는 것을 추노라 하였으니 실제로 조선에 노비가 도망치고 이를 잡아들이는 일이 빈번한 것을 보면 조선 왕조가 망할 일만 남은 것 같았다.

그 예가 임진왜란 때 선조가 백성을 버리고 의주로 달아나자 성난 백성은 노비문서가 있는 장예원을 습격하여 그곳에 있는 노비문서를 불사르고 경복궁도 불태웠던 것이다.

조선을 개국하기 직전인 1391년 이성계가 위화도 회군으로 받은 식읍에서도 162명 중 노비는 7명으로 4.3%에 불과한 것이 100년 후에는 인구의 약 40% 정도가 노비로 바뀐 것이었다. 즉 노비 인구가 크게 팽창한 것은 조선왕조부터이다. 이중하는 그래도 예지가 있어 이 문제를 잘 내다보았기에 자신의 집에 데리고 있는 하인에게 들으라고 말하고 있었다. 1886년 2월 6일, 고종 황제는 노비 세습 폐지를 공포하여 이 땅에서의 봉건사회와 폐막을 알렸다. 결국 1894년 갑오경장으로 노비 제도가 완전히 사라졌다.

　국가의 권력을 국민으로부터 위임받는 것을 전제로 하는 민주 국가와는 달리, 조선 왕조의 권력은 왕으로부터 나오고 있다. 더구나 이번 임오군란에서 보듯이 왕조 국가에서 민란으로 정권이 위협받는 것은 국가 멸망의 징조로 여겨졌고 실지로 말기에 들어 민란으로 붕괴한 역사 속의 왕조 국가는 많다고 생각했다. 만일 지금의 조선에 외세의 개입인 청과 일본이, 아니 세계열강이라는 미, 소, 영, 불 할 것 없이 조선에 들어오지만 않았어도 조선 왕조는 왕조 그대로 혼자 유지했을 것이다.

　고종과 명성황후의 경우, 외세에 의해 퇴위되거나 피살되지 않고, 민란 및 혁명으로 축출되어 피살되었다면 현실에서의 평가보다 내정 및 외교 방편으로 평가가 더 박해질 가능성이 높다. 실제로 뒤이은 농민 혁명에서는 관군이 농민에게 연전연패하자 바로 청나라에게 구원 요청한 것이 잘못이었다. 이중하는 이런 것 하나하나를 생각하며 하늘을 보았다. 청의 입장에서는 임오군란이 일종의 조선을 노려도 좋다는 뜻의 청신호였을 알아야 했다. 물론 어떠한 나라도 그 나라의 내부 사정을 잘 알고 식민지화할 수 있는 것은 아니나 청과 일본은 달랐다. 대부분 오랜 시간 동안 청, 일, 조선은 공개된 자료보다 공개되기 전까지의 자료를 이용해 서로 각축을 벌여 왔다. 그중 일본이 열강의 틈바구니에서 청일전쟁에서 이기며 조선을 삼켜버렸고 조선은 침투에 대항할만한 힘이 없었다.

세계열강 입장에서 보면 조선이 무너진 것에는 조선의 잘못이 크다. 청과 일본은 조선의 내정에 간섭하여 주도권을 쥐려고 했다. 거기다 조선의 중신들이 임금을 허수아비로 놓고 조선의 자주권을 일본에 팔아넘기기까지 했다.

이중하는 어전에서 임금이 말한 것을 곰곰이 생각하였다. 이번에 일본으로 가는 유람단에 인원에 특별히 끼여 가는 것이 그만큼 중요하였다. 기밀을 감출 만큼 그런 중요한 것들이 실제 임오군란 이후 열강들의 이권 침투가 가속화되어 갔다. 현지 조선 안에 청국의 거류민들이 2,000명, 일본 거류민은 8,600명이었다. 조선 영토에 들어온 이 사람들을 어떻게 처리할 것인가 하는 것이 큰 문제였다. 청과 일본의 조선을 먹으려는 야심이 불 화산처럼 타올랐다.

당시 조선에서는 매관매직이 성행하여 세도가에 돈을 주고 관직에 오른 자가 수두룩했다. 이들은 돈을 내고 수령직에 오른 후 애꿎은 백성들에게 그 본전을 뽑으려고 하였다. 조선의 삼정문란은 조선이 망할 때까지 해결되지 않았다. 즉 가진 자와 못 가진 자의 격차가 벌어지고 가진 자들이 부를 증식시키기 위해 가지지 못한 자들을 더욱 착취함과 동시에 사회적 불만이 가중되어 폭동과 반란으로 폭발한 것이다.

16세기 과전법의 폐지로 대표되는 주전호제의 일반화와 더불어 시작된 농민의 몰락은 결국 자영농의 감소, 즉 소작농의 증가로 이어져 왔고, 조선 후기에 이르러서는 농촌 대부분이 대농장 지주와 소작농으로 분화된 상태였다. 이 상태에서 농정법이 발표되었지만 그 혜택은 소수의 대농장 지주들에게 돌아가고 소작농에게는 아무것도 돌아가는 것이 없는 상황이 벌어진 것이다. 그사이에 흥선대원군은 밖으로는 개항을 요구하는 서구 열강의 침략적 자세에 대하여 척왜 강경책으로 대응하였다. 서원을 철폐하고 양반 기득권 토호들의 민폐와 노론 일당 독재를 타도하고 남인과 북인을 채용하였으며 동학과 천주교를 탄압하고 박해를 한 것이다. 그는 1864년 1월부터 1873년 11월까지 조선의 국정을 이끌었다. 며느리 명성황후를 간택했으나 도리어 명성황후에게 권좌에서 축출되었다. 1873년 11월 명성황후와 유학자 및 안동 김 씨, 풍양 조 씨, 여흥 민 씨 등에 의해 축출된 이후, 명성황후와 권력 투쟁을 벌였다.

유길준에 의하면 사실인지 아닌지는 몰라도 대원군은 일본 공사관을 통해 명성황후를 제거해 달라고 부탁을 하였다고 하였다고 하는데, 어찌했든 일본인에 의해 한 나라의 국모가 살해되는 것은 조선인로서는 좌시할 수 없는 불행한 사건이었다. 물론 대원군이 집권하여 쇄국정책, 천주교 학살, 경복궁 중건, 명성황후 제거 등 비판의 소리가 높다. 그러나 대원군이 1867년(고종 4년) 폐단이 많았던 환곡 제도를 개혁하고 사창제를 실시하여 국가 재정의 확보와 민심 안정을 꾀한 것은 잘한 일이었다. 암행어사를 파견하여 지방관들의 비리 행위를 조사하였고 지방관의 근무성적을 평가하여 행정의 중앙 집권화를 추진하였다. 이중하는 지난날 청의 침입에 인조가 삼전도에 나가 청태조 앞에 머리를 조아리고 굴복한 것을 생각했다. 또 한 번 인조처럼 일본에게 조선왕이 굴복하는 것이 아닌가 하고 노심초사하였지만, 끝내 그렇게 되어가는 조선이 안타까웠다.

1881. 4. 10. 고종 임금은 일본 방문 유람단을 만들어 일본을 시찰하게 하였다. 30~40대 청년들, 중견 인물로 구성하여 한 반을 5명으로 12반을 짜서 모두 60명에게 동래부 암행어사란 직함을 주었다. 박정양 내무성 및 농무성, 민종묵 외무성, 어윤중 대장성, 조준영 문무성, 엄세영 사법성, 강문형 공부성, 홍영식 육군, 이헌영 세관, 이들은 일본 상선 안네이마루를 타고 부산을 출발, 대마도 도착, 다시 나가사키, 아카마세키, 오사카, 고베를 거쳐 4월 28일 동경에 도착했다. 74일간을 민가에서 머무르며 요코하마 등지를 돌아보았다.

1906년 7월 한성의 남대문 밖에 일본인이 전신주를 마음대로 세운 것에 대해 이중하는 일본 공사에게 힐책하고 철거하도록 하였다.

이중하-일본 공사는 들으시오! 어찌하여 공사는 남대문 밖 도동 사거리에 전신주를 세우면서 양국 간의 협정한 법을 무시하시오?

일본 공사-그런 일이 있었습니까? 제가 확인하겠습니다.

이중하-대한제국의 통신원과 상의하여야 함에도 통신원의 인준을 받지 않고 이를 어기고 행한 것은 불법이 아니오?

일본 공사-협판 어른! 일단 노여움을 푸시오, 확인하고 결과를 알려 드리겠습니다.

이중하- 당장 전신주를 철거하시오.

이러한 이중하의 반일적인 모습은 고위직에 재직하던 인물로서는 드문 경우였다.

더욱 러일 전쟁을 전후한 시기는 일제가 대한제국의 내정에 간섭하여 고위 관리들을 회유 내지 협박하던 중이어서 대부분 관원들이 방관적이거나 협조적인 양상을 보이던 시기였다. 그러나 이중하는 달랐다. 단 한 번의 일제의 정책에 협조하지 않았다. 일본으로서는 이중하가 눈엣가시였다. 그러나 함부로 못 하는 것은 그가 일찍이 토문감계사로 청국과 간도회담을 승리로 이끈 것을 알고 있기 때문이었다. 비록 조선이 3차 회담을 재개해야 할 그런 상황 가운데 있지만, 일본 측이 본 감계회담에서 이중하가 한 일은 혀를 찰 만큼 외교의 수완이 비범하다는 것을 알고 있었다. 토문강을 두만강으로 볼 것인가? 아니면 만주 대륙의 송화강으로 볼 것인가? 하는 데 있어, 목극등이 합의한 토문강은 두만강의 상류가 아닌 만주의 송화강 상류인 것이다. 따라서 간도 지방은 조선에 귀속되었음을 어찌 말로 다 할 것인가?

조성는 백두산정계비가 건립된 뒤, 160년간은 별 문제 없이 지내오다가 지금에 이르러 청나라가 봉금이 소홀해지고 조선인들이 두만강을 넘어가 농사를 짓는 일이 빈번해지자 문제가 야기된 것이다. 그 결과 청과 조선은 한 치의 양보도 하지 않고 여기까지 달려온 것이다. 영조 30년(1754)에 만들어진 관북총람원도라는 책에도 한국과 중국의 국경은 오늘날과 같은 두만강이 아니라 훨씬 더 북쪽으로 들어간 토문강임이 명백하다. 따라서 간도는 조선의 영토라고 할 수 있다. 일본은 바로 이것을 노렸다.

청일 전쟁에서 이긴 일본은 1907년 조선의 외교권이 일본에 넘어가자 일본은 안봉선 철도부설 문제로 청나라와 흥정을 시작, 1909년 간도를 청에 넘겨주고 그 대가로 철도부설권을 얻어냈다. 이것이 간도 조약이다. 이로써 간도는 오랜 기간의 귀속

논쟁에 종지부를 찍고 중국의 영토로 편입되었다. 그러나 그것은 어디까지나 일제에 대한 불법적 할양에 불과하다. 언젠가 국제재판소를 통해 귀속 문제가 해결되어 조선에 반환될 것을 기대하고 있는 것이다. 이중하는 단 한 번도 일제의 정책에 협조적인 모습을 보이지 않았다. 특히 1909년에는 이중하의 항일 의식이 대외에 판명되는 사건이 있었다. 바로 이중하가 고종의 밀지를 받고 암행어사의 신분으로 하인과 같이 부산에 도착하여 일본으로 가는 유람단 속에 잠입한 것이다.

통감부 시기인 1909년~1910년 사이에 경성일보사에서는 두 차례에 걸쳐 한국인 대상으로 일본 관광단 행사를 실시하였다. 당시 경성일보는 통감부 기관지로 창간된 신문으로서 사장을 비롯해 인사와 경영 전반에 걸쳐 통감부의 직접적인 관할 하에 있었다. 따라서 경성일보사의 일본 관광 행사는 통감부의 협의 하에 추진되었음을 충분히 추정할 수 있었다.

1차 일본 관광단은 정만조를 포함해 한국인 94명, 경성일보사 직원과 통역 등 임원 16명을 합해 110명으로 구성되었다. 그 대부분은 대한제국의 전 현직 관료, 실업가, 유생, 신문기자 등이었다. 이 관광단의 전 현직 관료에 이중하가 포함되어 있었다. 당시 이중하가 관광단에 참가하게 된 것은 덕수궁(경운궁)에 거처하던 고종의 간곡한 부탁에 따라 이루어진 것이었다. 관광단에 참여한 인물들이 대부분 자발적이거나 일본 측의 권유에 의해 참가한 것과는 달리 이중하는 고종 임금의 유지에 따라간 것이며 고종은 여비 200원을 내려 주면서 이중하가 관광단에 참여할 것을 지시한 것이다.

이중하가 어전을 나와 국왕으로부터 받은 봉해진 서신을 열어 보니 다음과 같이 적혀 있었다.

경은 이번에 일본 조정의 의논과 국세 형편, 풍속 인물, 교빙 통상 등의 대략을 염탐하는 것이 좋겠으니 일본의 선박을 타고 일본으로 건너가 대장성이 관장하는 사무를 비롯하여 크고 작은 일을 보고 듣되, 시간에 구애받지 말며 낱낱이 탐지해서 별단으로 조용히 보고하라는 것이었다.

당시 동래부 암행어사에 임명된 사람은 이중하뿐만 아니라 개별적으로 암행어사의 행색으로 민정을 시찰하면서 3월 하순에 동래에 집결하여 그리고 서신에서 지적한 대로 4월 10일 일본 기선을 타고 일본으로 향했던 것이다. 사실 신사유람단에 뽑힌 사람들이 부여받은 관직은 동래부 암행어사뿐이었다. 동래까지 갈 때는 암행어사였지만, 바다 건너 일본에 가면서부터는 아무런 공식적인 직위가 없는 개인 신분이었다. 이러한 이유로 일행은 일본에 도착해서도 일본 정부가 제공하는 숙소에 묵지 않고 자기 돈을 내고 여관에 묵었다. 이들은 사적으로 일본을 둘러보고 오는 형식을 취한 것이다. 이러한 이유로 당시 조선의 공문서에는 이들의 활동이 전혀 기록되지 않았다.

황현이 쓴 매천야록에는 조정의 선비들 가운데 재주와 명망이 있는 사람을 뽑아 일본 유람단을 보냈으며 이를 유람조사라고 불렀다고 기록되어 있다. 유람이란 말은 나오지만 신사라는 말은 나오지 않으며 대신 조사라는 표현이 나온다. 여기서 조사란 조정에서 벼슬살이하는 신하라는 뜻이다. 또 최남선이 지은 조선 역사란 책에서도 확인된다. 그가 이 말을 쓴 것은 1930년 동아일보에 게재된 윤치호의 회고담에서 따온 것으로 보인다. 윤치호는 유길준과 함께 어윤중의 수행원으로 신사 유람단에 참가하였으며 일본에 남아 유학을 한 인물이다. 따라서 신사 유람단이란 말은 윤치호의 기억에서 비롯된 것이 아닐까?

이중하는 1909년 4월 11일, 부산에서 일본 상선을 타고 시모노세키, 히로시마, 오사카, 나라, 교토, 도쿄 등을 거쳐 5월 10일 귀국하였다. 이 관광단 행사에서 주최 측이 보여 준 곳은 제철소, 군수공장, 방적공장 등으로 대표되는 일본의 근대 문명과 고도, 교토와 나라의 사적들로 대표되는 일본의 역사 문화였다. 그 가운데 일본 군복을 입고 군사 체조를 하고 일본 군가를 부르는 영친왕을 만난 것이다.

34. 비운의 영친왕

　영친왕(1897. 1. 20~1910. 5. 1.) 이은은 의민황태자로 한국사의 마지막 황태자이자 일본 제국의 군인이다. 휘는 은, 아명은 유길, 자는 광천, 아호는 명휘, 명신재이며 본관은 전주이다. 그가 사후 전주 이 씨 대종약원에서 문인무장지효명휘의민황태자라는 시호를 올렸으니 정식 시호가 아닌 사시이다. 그는 대한제국의 초대 황제 고종의 일곱째 아들이며 어머니는 순헌황귀비 엄씨이다. 순종과 의친왕, 덕혜옹주와는 이복형제이다. 1897년 경운궁 숙옹재에서 태어나 의친왕을 제치고 병약하여 아들이 없었던 순종의 황태자로 책봉되었다.
　1907년에 이토 히로부미에 의하여 강제로 일본 유학을 떠났다. 1910년에 한일 병합으로 대한제국 황제가 이왕으로 격하되면서 이왕세자로 격하되었으며 1920년에 일본 황족 나시모토노미야 마사코 내친왕과 정략결혼하였다. 1926년에 순종이 승하하자 왕위를 계승하여 제2대 창덕궁 이왕이 되었다. 그는 일본 육사를 나와 계급이 중장에 이르렀고, 1936년에서야 혼수상

태인 채 대한민국에 영구 귀국하여 병상에서 생활하다가 1970년 창덕궁 낙선재에서 사망하였다. 유해는 경기도 남양주시 금곡동의 홍유릉에 안장되었으며 원호는 영원이다.

이중하가 영친왕 이은을 만난 것은 그의 나이 12살 어린 나이인 것 같았다. 그는 아무것도 모른 채 일본으로 끌려와 사실상 불모의 처지였다는 사실을 감안하면, 이중하는 가슴이 아프고 눈에서는 눈물이 비 오듯이 흘렀다. 그가 불모라는 사실은 황현의 매천 야록에 따르면 이토 히로부미가 이은이 영민하니 일찍 신학문을 배워야 하며 일본 황태자의 방한에 답례로 일본으로 가야 한다고 고종에게 강력히 요구되었다고 적어 놓았다. 그런데 놀라운 것은 영친왕의 생애를 다루는 과정에서, 당시 중국 상하이에서 발행되던 독립신문은 이은을 원수의 여자와 결혼한 금수이며 적자라고 비난하였다. 결국 한국의 약혼녀인 민갑완은 나중에 파혼을 당하고 상하이로 망명해 평생 수절하였다. 아마도 그녀는 백 년 한의 비운의 주인공이 되었지도 모른다.

이중하는 이 역사적 현실을 직감하였다. 일본의 정치적 의도 속에 진행된 이 행사에서 관광단원들은 일본의 근대 문화에 압도당하고 한국의 초라한 현실을 한탄하였다.

이중하는 한국에 돌아온 후 자신이 일본에서 견문한 상황을 고종 임금에게 알렸다. 다른 사람들은 일본은 문명국이며 따라서 한국은 일본의 문명을 배워 국력을 키우기 위해 일본의 지도를 받아야 한다고 말했지만, 이중하는 달랐다.

저들은 영친왕을 볼모로 잡고 조선 국왕을 농락하고 있으며 장차 조선을 먹으려고 야욕을 뻗치고 있다고 상소를 올렸다.

상소의 내용은 이랬다.

전하! 신이 아뢰옵기는 민망하오나 어린 영친왕을 보고 눈물을 흘리지 않을 수 없었습니다. 영친왕은 무슨 생각을 하는지는 몰라도, 분명 이것은 인질(볼모)이 아닐 수 없습니다.

원래 인질은 대립이 평화적 협상을 이루며 상황 종료되게 하는 타협에 실패하여 패배로 치닫게 된다는 판단에 의해 쌍방 혹은 일방이 그 패배가 야기할 비극의 현실을 저지하고 상황 반전을 꾀하고자 대립의 상대가 소중히 여기는 인간(또는 죽은이 있는 그 어떤 모든 것)을 소유하여 권리를 주장하며 재협상하기 위한 폭력적 보증이라고 인지하는 것이 일반적 견해입니다.

바라옵건대 영친왕은 일본이 인질이라는 것을 교묘히 감추고 조선을 무력으로 강탈하려는 야욕이 가장 큽니다. 그러기에 인질은 생명성을 위협하는 범죄로 정의되며, 볼모는 정치적으로 사용되어 범죄로 정의되지 않는 경우가 많은 단어입니다. 그러나 지구 어딘가에는 지방 정부가 중앙정부에 볼모로 보내거나 약소국이 강대국에 볼모를 보내는 것이 많습니다.

대부분 볼모는 의혹과 연관되어 증명되지는 않은 물증이나 물증 대신에 절대적인 사회적 신뢰를 부여받은 권리자 이거나 희생의 흔적을 간직한 피해자일 수도 있습니다. 그러나 영친왕의 경우는 다릅니다. 중앙 정부가 지방정부의 반란을 막기 위해 주로 지방정부의 자제를 일정 기간 수도에 억류하던 일은 있었습니다. 그러나 병자호란 당시 조선이 청나라에 항복한 후 소현세자와 봉림대군을 청나라에 볼모로 보낸 일을 생각하면 어찌 통탄할 일이 아니겠습니까?

전하! 신이 아뢰옵기는 영친왕을 대한제국으로 불러들여 조선인으로 살아가게 하소서! 장차 이 일은 임진왜란 때 일본으로 간 정사 김성일과 부사 황윤길이, 결국 일본이 침범해 온다 안 온다 하는 말이 오가다 결국 임진왜란을 맞았습니다.

전하! 신이 말하기는 외람되고 국법에 저촉되는 말인지는 몰라도 만일 하늘이 도운다면 한국에 나온 초대 통감 이등박문은 누군가에 의해 위해 될 것이라 생각되어집니다. 신의 좁은 생각으로는 이등박문을 만나면 사로잡는 것도 좋을 듯 합니다. 이것이 곧 남을 이용하여 이용당하지 않은 계략으로, 대책 가운데 으뜸일 것입니다. 형식상 영친왕을 인질로 잡아가 조선이 원하는 것처럼 일본이 꾸민 계획을 조선도 이등박문을 잡아 그렇게 해야 합니다. 그리고 외세에 의한 청국인과 일본인을 조선에서 몰아내야 합니다.

전하! 신이 죽음을 무릅쓰고 간언하오니 앞으로 있을 대책을 강구하여 대외 방위 전력을 강화시키소서!

(이 상소 내용은 필자의 개인적 견해로 쓴 내용으로 국사편찬위원회의 공식적인 견해와는 다를 수 있음을 밝혀둔다.)

일본 관광단에 참여한 인사들의 친일적 언사에 이중하는 전혀 동조하지 않았다. 1910년 일제의 강압에 의한 합방이 이루어질 때 내려진 은사금과 훈장을 거부하고 끝내 수령하지 않았다. 당시 대부분의 관료가 은사금이나 훈장을 수령한 것과는 대조적이었다. 그의 항일 의식은 묘소에서 분명히 확인된다.

35. 김홍집 내각의 단발령

 1895년(고종 32)에 종래의 상투 풍속을 폐하고 머리를 짧게 깎도록 한 명령이 단발령이다. 이로 말미암아 을미사변의 왕비 시해 사건에 분노했던 민심이 더욱 자극을 받아 거족적 의병 운동이 일어났다. 단발령은 김홍집 내각이 1895년 12월 30일(음력 11월 15일)에 공표한 성년 남자의 상투를 자르고 서양식 머리를 하라는 고종의 칙령이다. 단발령이 내려지자 백성들은 이것은 살아있는 신체에 가해지는 심각한 박해로 받아들였다. 사람의 신체와 터럭과 살갗은 부모에게서 물려받은 것이니 감히 손상시키지 않는 것이 효의 시작이다. 그대로 머리를 길러 상투를 틀어 인륜의 기본인 효의 상징이라 여겼다.
 조선에서는 김홍집을 위시한 온건파 개화파들의 주도로 조선조 전대 문물제도를 개혁하려는 일련의 근대화 운동이 추진되었다.
 이때 고종 임금도 태자와 함께 단발을 하여 국왕으로부터 먼저 모법을 보인 것이다. 당시 정부가 단발령을 내린 것은 위생이 이롭고 작업에 편리하기 때문이라는 것이다. 그러나 유교 윤리가 일반 백성들의 생활 뿌리에 깊이 자리 잡혀 있어 정부가 내린 단발령을 반대하는 사람이 많았다. 사람들은 살아있는 신체에 가해지는 심각한 박해로 받아들였다. 당시 일본군은 궁성을 포위하고 대포를 설치하여 단발로 인해 생길 수 있는 분노의 폭발에 대비하여 만반의 준비를 하였다. 유길준의 강요를 못 이긴 고종은 농상공부 대신 정병하에게 내 머리를 깎으라고 탄식하며 단발하였고 이어 유길준이 태자의 머리를 깎았다. 그와 함께 정부 각부의 관료와 이속, 군인 순검 등, 관인들에게 우선적으로 단발을 시작했다. 이중하도 예외는 아니었다. 그도 머리를 깎아야 했다. 이것은 곧 일본화라는 식으로 받아들여져 반발 의식으로 이어졌다. 그때 학부대신 이도재가 읍소하였다.

-전하! 단발령은 인륜을 파괴하여 문명인을 야만인으로 전락하게 하는 것이 옳지 않습니다.

단발로 인한 이로움은 보이지 않고 해로움만 당장 보시고 있기 때문에 명령을 따를 수 없어 신은 사퇴합니다 하고 사임을 했다.

전 특진관 김병시도 단발령을 철회하는 상소를 올렸다. 당시 유길준이 당대 유림의 거두인 최익현을 포천에서 잡아 투옥한 뒤 고시문을 보이며 단발을 강행하려 하자, 그는 내 머리를 자를 수는 있어도 머리털은 자를 수 없다고 질타하며 단발을 거부하였다. 결국 서울을 비롯하여 지방까지 체두관이 파견되면서 통행인은 물론 민가까지 들어가 감행했다. 그러나 전국 각지에서 의병이 일자 정부는 친위대를 파견하여 각지의 의병을 진압하는 사이 고종의 아관파천이 일어났다. 그 결과 김홍집, 어윤중, 정병하가 살해되고 유길준, 장박, 조희연은 일본으로 망명하였다. 그 후 이범진, 이완용, 윤치호 등 친로 내각이 등장했다. 김홍집 내각에서는 일본의 압력에 의한 단발령 강해 등 급격한 개혁을 시행하다가 성리학자들의 반발로 전국적인 의병 봉기를 야기했다.

김홍집(1842~1896. 2. 11.)은 조선 후기의 문신이자 사상가요 정치가이다. 자는 경능, 호는 도원, 이정학재, 시호는 충헌, 본관은 경주이다. 1880년 수신사 일행으로 일본을 방문한 뒤 신문물을 견학하고 돌아와 개화, 개혁의 중요성을 역설하였다.

한편으로 위정척사파 계열 인사들도 중용하는 등 정책을 펼쳤으나 급진 개혁파로 몰렸고 1884년 갑신정변 진압 후, 우의정, 좌의정 등으로 전권 대사가 되어 한성조약을 체결하였다.

1896년 관제 개정 이후 동학 농민을 진압하기 위해 끌어드린 일본 측의 지원으로 총리대신이 되었으며 총리대신 재직 중, 신분제 폐지, 단발령을 강행하는 한편, 일본의 도움으로 개방, 개혁을 단행하여 친일파로 몰려 아관파천 때 을미사변과 단발령에 분노한 백성들에게 뭇매를 맞아 죽었다. 원래 이름은 김굉집으로 대한민국 부통령을 지낸 이시영은 그의 사위이다. 박규수, 오경석, 강위가 그의 문인이다. 1880년 예조참의로 제2차 수신사로 임명되어 58명의 사절단을 이끌고 일본을 다녀왔다. 그는 일본에 가서 일본의 근대사, 일본의 철도와 자동차, 위생 상태를 살피고 일본의 발전상에 크게 놀랐다. 일본이 제안하는 근대화 계획에 동참하게 된다. 김홍집은 일본에서 조선에 대한 정한론 흐름을 관찰하고 고종에게 보고하였다.

이중하는 일본에 수신사로 다녀온 김홍집과의 공식적인 만남은 몇 번 있었다. 김홍집이 주일 청국 공사관 참사관이었던 황춘셴으로부터 조선책략을 받아와 조정에 소개한 것을 알았다. 원래 이 책은 원제목이 사의조선책략(조선책략에 대한 개인적인 견해)인데, 황춘셍의 조선책략은 전통적인 사대교린의 외교정책을 버리고 중국, 일본, 미국과 외교관계를 맺어 러시아의 남하정책에 대항해야 한다는 내용을 담고 있었다.

이는 국익을 위한 자주적 외교를 권하는 지금으로서는 상시적인 내용이었으나 당시 조선에서는 큰 충격을 주었다. 더구나 이러한 근대적 외교정책을 추천한 사람이 청나라의 관료였기 때문이다.

이중하는 이 책의 내용을 알고 난 이상 이런 책이 청나라 관원으로부터 조선에 입수되었다는 것이 예사롭지 않았다. 물론 사람들, 식자의 견해로서는 조선책략은 더러 공조를 얻기 위해 미국을 지나치게 미화했다는 비판이 있었다. 그러나 이중하의 생각은 달랐다. 당시 청나라 입장에서는 지속적으로 남하정책을 펼치는 러시아가 가장 시급한 외교적 현안이었다. 그에 대응하기 위해 미국을 마치 아무런 이익을 바라지 않은 우호국으로 그린 것은 이미 필리핀을 비롯한 동남아시아 지역에서 패권 경쟁을 벌이고 있던 미국의 실체를 호도한 것이라고 내다보았다. 김홍집은 황춘셴으로부터 정관잉의 이언도 받아들였다.

이언은 만국 공법을 비롯하여 우정 체계, 진척과 가뭄 대책 등, 서양의 여러 제도를 소개하는 일종의 백과사전 책으로 제목은 쉬운 설명이란 뜻이다. 다시 말하면 서구의 문물을 되도록 쉽게 한다는 뜻으로 알고 있다.

이중하는 김홍집으로부터 건네받은 조선책략을 외교 정책에 도입하기로 하고 널리 배포하는 한편, 김홍집이 조선 시찰단을 일본에 파견하여 새로운 문물을 관찰하고 돌아온 것을 하나하나 접목해 나갔다. 그러다 보니 고종의 이러한 정책도 위정척사파의 반발을 불러일으켰다. 각지의 상소가 쏟아지자 김홍집은 사직하는 모양새를 취하였으나 조정 개혁으로 통리기무아문이 신설되자 다시 복귀하였다.

김홍집은 조선책략 바탕을 둔 조미수호통상조약의 교섭 책임자로서 활동하였다. 이후 김홍집은 만국공법을 들어 일본에 도일한 조건을 수행할 것을 촉구하였으나 국제법에 미숙한 조선은 일본에게 최혜국의 특권을 주고 말았다. 그는 미국의 통상조약의 실무자 책임을 거치면서 조선의 외교 전문가로 부상하여 조영하와 함께 조영 통상조약, 독일과도 통상조약을 맺었다. 그는 이렇게 여러 나라와 외교에 유효적절한 수완을 발휘하여 정치적으로 이중하를 만나 대하는 것을 잊지 않았다.

1882년 7월에 일어난 임오군란은 다양한 문제가 얽히고설킨 복잡한 문제였다. 전통적인 군사 체계를 혁파한 뒤, 구식 군인에 대한 처우가 열악한 것이 표면적 원인이었지만, 정치적으로 명성황후를 앞세운 여흥 민 씨 척족 세력과 흥선대원군을 비롯한 위정척사파의 대결이었고 문화적으로는 개화에 대한 거부감을 표시한 것이다.

13개월간 급여가 밀려있던 훈련도감 군인들이 봉기하여 시작된 임오군란은 곧바로 민 씨 척족에 대한 반발과 흥선대원군의 복귀를 위한 위정척사파 쿠데타로 변화되었던 것이다. 그러나 청나라가 개입하여 오히려 흥선대원군을 볼모로 잡아가 버려 위정척사파는 힘을 잃고 척족이 복귀하였다. 청나라는 이를 빌미로 조선에 대한 간섭을 감행하였다.

이중하는 이 사건을 곁에서 보고 아무래도 청나라의 관계가 조선에게 심상치 않게 돌아감을 직감하였다.

1883년에 복잡한 국제정세가 조선을 덮쳤다. 열강의 나라 미, 영, 독, 일 등의 각축장이 된 조선에서 결국 대원군마저 임오군란 주범으로 청나라에 볼모로 잡혀가 고초를 당하고 있었다. 거기다가 위정척사파의 상소로 사직하였던 김홍집은 임오군란의 뒷수습을 하는 가운데 국내문제가 복잡한 상황에서 다시 기용되었다. 1882년 경기도 관찰사가 되었다가 이후 청나라에 파견되는 진주사에, 진주사 조영하와 함께 텐진으로 가서 대원군의 석방 운동을 중재하였다. 북양대신 이홍장을 만나 설득시키는 데 성공했다. 그이 막료인 마첸충, 전우푸를 설득하여 무역 협정인 조청 상민 수륙 무역 장정을 의정 조인하였다.

열강과의 외교 교섭을 비롯한 임오군란의 수습 등 그 공을 인정받아 1883년 규장각 직제학을 거쳐 1884년 지춘추 관사, 예조판서, 한성부 판윤 등의 여러 요직을 거쳤다. 이 시기에도 김홍집은 협판 교섭 통상 사무와 독판 교섭 통상 사무 등의 외교 실무 책임자를 지냈다.

36. 을미의병

　을미의병은 1895년 10월, 명성황후 민 씨가 일본에 의해 피살된 을미사변과 단발령에 반발한 유생들이 임금을 위하여 힘쓰고 임금을 위한 의리를 주장한다는 근왕창의를 내걸고 친일 내각의 타도와 일본 세력을 몰아내기 위한 항일 의병이다.

　1896년 3월 이후, 의병 활동은 점차 누그러지고 1896년 5월 24일, 고종의 해산 칙령 발표로 을미 의병은 대부분 해산했으나 경북 지역의 청송 의진, 경주 의진, 영덕 의진은 서로 연합하여 8월까지 활동하였다. 이들은 갑오경장의 새로운 명령을 시행하는 관찰사, 군수, 혹은 경무관, 순검 등을 친일파로 지목하여 처단하거나 문책하고 또 그들을 진압하려는 관군 및 일본군과 항전하였다. 아울러 전선, 철도 등 일본군의 군용 시설을 파괴하거나 일본군 주둔지를 공격했다.

　전개 과정에서 경기도에서는 이천과 여주에 창의소를 설치하고 1896년 1월 15일을 기준하여 두 지역 의병 2,000명이 남한산성으로 몰려들었다.

대장 박준영. 군사지휘 김하락.

2월 25일, 의병이 남한 산성에 입성하자 안성 의병 수백 명과 춘천 의병 3,000명이 남한산성을 몰려들어 친일정부를 긴장시켰다. 강원 춘천에서는 이항로, 문인 이소응이 의병 1,000명을 규합하여 춘천부를 점검하고 관찰사 조민승을 처치하였다. 강릉에서는 여주 유생 민용호가 원주 등지에서 의병을 모아 활동함으로써 의병 운동이 본격화되면서 영동의 군창 의진이 편성되었다.

충청도 홍주에서는 전 승지 김복한, 이설 등이 재지 유생인 안병찬 등과 기병하여 한때 그 일대를 지배하였고 제천에서는 유인석이 그의 문인 서상열, 이필희 등과 함께 기병하여 호좌창의진을 편성하였다. 그 뒤 창의진은 경기도와 강원도의 일부 의병과 합류하면서 병력이 4,000명에 이르렀다. 그들은 단양군수와 청풍 군수를 체포하여 처치한 뒤 충주부를 점거하여 관찰사 김규식을 처단하였다. 이때 유인식은 격고내외벽관이라는 격문을 공포하여 나라의 모든 관리는 친일 행위를 중단하고 의병을 후원하여 나라를 지켜야 한다고 주장했다.

호좌창의진이 충주부를 점검하였다는 소식이 알려지자 각처 의병들의 기세가 높아지고 충주로 몰려오는 의병이 늘었다.

경상도의 경우, 산청에서는 곽종석 등 200명이, 유생이 의병진을 편성하여 안동부를 점령하고 권세연을 의병대장으로 추대하였다. 그 뒤 10여 일 동안 사방에서 모여든 의병이 4만 명이 되었다.

훈련을 받지 못한 의병이었기에 관군의 공격을 받자 사방으로 흩어져 안동부를 빼앗겼다. 김천과 성주에서는 허위 등이 의병을 일으켜 금릉 등지를 점령하고 대구에 다다랐으나 관군의 공격을 받고 해산하였다. 나중의 기우만의 의병은 광주에 집결, 호남창의군을 편성하였으나 역시 관군의 공격을 받아 해산하였다. 이런 사이 근왕세적인 정도파는 아관파천을 단행하여 친러일 정권을 세운다. 여기서 김홍집 내각이 실각하고 처치되었다.

이중하는 을미사변에서 구사일생으로 살아났다. 민심이 천심이라 할까? 그가 살아난 것은 민심을 얻은 탓이었다. 대구부 관찰사였던 이중하를 모든 백성들이 그를 호위하며 칭송하였다. 이중하를 건드리지 말아라. 이중하를 죽이지 말아라, 이중하는 백성들의 아버지이다 하며 의병들은 소리치며 관찰사 이중하 가족과 동헌을 지켰다.

친러 정권은 혼란한 시국을 수습하기 위해 친일 내각의 요인들을 역당 또는 역적으로 단죄하고 단발령을 철폐하였다. 또 의병 해산을 권고하는 조칙을 내렸다. 이에 갑오년 이래의 동란과 개혁으로 인한 경제 파탄과 민생고의 극심함을 고려하여 그동안 적체된 각종 미수 공세를 일체를 탕감한다는 조치를 취하였다.

1895년 청일 전쟁 후 일본은 청일 간에 시모노세키 조약으로 여순, 대련, 요동반도를 할례 받았으나 러시아, 독일, 프랑스의 간섭으로 청국에 반환하였다.

일본 정부는 조선 정부의 내정에 노골적으로 간섭, 대원군과 고종을 협박, 친일 내각을 세웠으나 조선에서는 러시아가 급부상, 8월 25일 제3차 김홍집, 박정양, 이완용, 이범진이 입각하고 박영효 친일 세력이 제거되었다.

일본은 그 타개책으로 민비를 살해하였다. 조선 주재 일본 공사 이노우에 가오루가 계획하여 1895년(고종 32) 8월 20일 새벽에 일본 수비대의 호위 아래 일본 공사 관원 경찰대, 한성신문사 사장 아다치 겐죠, 낭인 수십 명, 오카모토 류노스케를 비롯한 조선 정부 고문들, 일본인 교관이 배속된 훈련대 2대대(대대장 우범선) 등의 무리들이 대원군을 앞세워 왕궁으로 쳐들어갔다. 이들은 명성황후의 처소인 건청궁에 난입하여 황후를 살해하고 그 시신을 궁 안 우물에 던졌다가 왕궁 솔밭으로 다시 끌어내어 장작을 쌓아 놓고 불태우는 참혹한 만행을 저질렀다.

미우라는 친일적인 색채로 해산 문제가 제기된 훈련대가 대원군을 추대하는 쿠데타를 일으키는 과정에서 대원군의 주도 아래 명성황후가 살해된 것이라고 거짓 발표를 했다. 그러나 황후 시해 현장을 목격한 러시아인 전기기사 사바틴(G. Sabatin)과 미국인 시위대 교관 다이(W. M. Dye)가 이 사건의 진실을 폭로하였다. 미우라는 스기무라 후카시 서기관을 총참모장격으로 민간인 책사 아다치, 군부고문 오카모토, 일본공사관 무관 겸 훈련대장 책임자 구스노세 중좌 등을 참모로 동원하여 치밀한 계획을 짜고 이를 지휘하였던 것이다. 김홍집 내각 또한 이 사건의 진상을 숨기었다가 8월 22일 황후 폐위 조서를 발표한 것이다.

공식 발표는 10월 15일이었다. 여기에 가담한 주동자 이주희, 박선, 윤선우 등 3명을 체포하여 처형하였다. 한편 사바틴과 다이의 증언에 당황한 일본 정부는 외무성 정무국장 고무라 주타로를 주한 변리공사로 파견하여 미우라 등 48명의 사건 관계자 전원을 본국에 송환, 진상 무설을 방지하였다. 고무라는 이들을 히로시마 감옥에 구속하여 형식적으로 취조하는 등 재판극을 연출하여 잠시 국제 여론의 비난을 피했다.

왕후 사해 소식을 듣고 왕후 폐위 조서가 발표되자, 충남에서 1895년(고종 32) 9월 18일, 유생 문석봉이 처음으로 의병 봉기를 하였다. 1895년(고종 32) 11월 15일 단발령 사건은 또 한 번 인륜의 파멸로 받아들여 일본에 대한 반한 감정이 극에 달했다. 을미사변과 단발령은 상국 간섭 이후, 조선에 강화된 러시아 세력을 견제하기 위한 일본의 내정 간섭과 침략 행위였던 것이다.

37. 아관파천

　1896년(고종 33) 2월 11일, 새벽 국왕과 왕세자는 비밀리에 궁녀의 교자를 타고 영후문을 통과, 왕궁을 탈출하여 정동의 러시아 공관으로 직행하였다. 고종은 당일 러시아 공관에서 중신들을 소집하여 포고문을 발표하였다. 김홍집, 유길준, 정병하, 조희연 장박 등 친일파 대신들을 반역죄로 체포하라고 명하였다. 김홍집, 정병하, 어윤중이 백성들의 손에 의해 타살되었다. 유길준, 조희연, 장박, 권영진, 우법선, 이진호, 이범래 등은 일본으로 망명하였다. 이로써 제3차 김홍집 내각이 붕괴되고 박정양을 총리대신으로 하고 이범진, 이완용 중심이 된 친미, 친러 정권이 수립되었다.
　이중하는 세상에 이런 일이 올 것이라 생각을 했는가? 정치가 혼란하니 아침저녁 시시각각으로 변하는 민심은 걷잡을 수 없이 사람의 목숨을 빼앗아 갔다. 도무지 어디서부터 손을 대야 할지 몰랐다. 거기다가 고종이 을미사변과 단발령에 분노하여 백성들이 의병을 일으킨 것에 대해 다음과 같이 말했다.

역괴의 난당이 서로 배짱이 맞아서 국모를 시해하고 군부를 협박하여 법령을 혼란시켜 억지로 머리를 깎게 한 결과, 온 나라에 짐의 백성들이 분개하는 마음을 품고 충의를 떨쳐 곳곳에 창기함이 어찌 명분 없는 일이겠는가? 이제는 난국을 소탕하여 나라의 원수를 시원하게 갚고 삭발을 편한 대로 하기로 하였으니 의병은 해산하라.

그러고 보면, 이중하 자신도 단발을 해야 하는 처지에서 단발을 하지 않아 이 난국을 피해 갔다. 매번 임금이 자신을 부를 때마다 어전으로 가서 임금 앞에서 그렇게 간한 것을 생각하면 이번 일은 정말 막을 수 있는 사건이었다. 임금이 방심한 탓이다. 조금만 신경을 썼으면 국모의 시해는 없었을 것이다.

고종 임금은 중신들 앞에서 이기선을 남로 선유사로, 이도재를 동로 선유사로 임명하여 지방에 내려보냈다. 이 난국을 수습하라는 것이었다. 또 임금은 사람을 시켜 이중하를 어전으로 불러들였다.

1898년 만민공동회 요구로 성립된 중추원에서 무기명 투표로 11명의 대신 후보자를 선발할 때 이중하는 2위로 천거되었다. 이만하면 이중하는 백성의 민심을 얻을만한 인물이었다. 그만큼 그는 어디로 가든 가난하고 소외된 백성을 구휼하고 베풀었다. 어느 한 사람 이중하를 욕하는 사람이 없고 칭송하고 심지어는 그의 송덕비를 세워 충의를 바로 세워 갔다.

이중하는 어전으로 불러 들어가 임금 앞에 머리를 조아렸다.

-전하! 신 이중하 머리 숙여 백번 사죄합니다. 위로는 현명하신 주상과 아래로는 백성을 다스리지 못하여 성심을 어지럽힌 죄를 들어 신을 탄핵하고 죽여주시옵소서!

임금은 이중하의 말을 듣고 슬픈 얼굴을 하며 말했다.

-경의 말을 듣고도 내가 우둔하여 이런 일을 사전에 막지 못하여 가슴이 아프오! 어찌 내가 경의 말을 왜 안 들었는가 하고 후회가 막심하오! 지금 경을 외무부 협판 칙임 2등으로 명하니 문헌과 찬집 당상을 맡아 경이 지금까지 날 도운 것처럼 성심을 다해 날 지켜주시오.

-전하! 성은이 망극하옵니다.

정말로 이중하는 신하로서 충직하고 어질었다.

중국 제나라 시절의 신하 왕촉과 같았다. 왕촉은 기원전 3세기 제나라 민왕 때 인물이다. 연나라 군대가 제나라를 침범하였을 때 항복을 권유받았으나 충신은 두 임금을 섬기지 않는다고 말하였다. 결국 악의가 이끈 연합군에게 제나라가 침공을 당했을 때 왕촉은 항복을 거부하고 자결하였다. 악의는 왕촉에게 식읍 1만 호를 봉하여 항복을 권유하지만 왕촉은 다음과 같은 말을 남기고 거부한다.

충신불사이군 열녀불경이부 즉 충신은 두 임금을 섬기지 않고 열녀는 두 남편을 섬기지 않는다. 이 말을 하고 왕촉은 나뭇가지에 목을 매 죽으려 했고 나뭇가지가 부러지고 결국은 목이 부러져 죽는다. 그때 왕촉이 행한 행동 덕분에 왕촉은 후세에 충신으로 알려졌다. 악의는 왕촉이 죽은 것을 알자 크게 낙담한 듯 고개를 숙였다.

바로 이중하가 그랬다. 임금이 이중하에게 매번 옳은 말을 들어 왔지만, 방심하여 위기에 처한 왕비, 즉 명성황후 아내를 죽게 한 것을 통감하고 있었다.

사실 이중하는 임금을 만나고 나서는 시종일관 진지한 얼굴로 임금에게 한탄하듯 말하였다. 그런데 명성황후가 일본인들에게 시해를 당했으니 하늘까지 닿을 만큼 뼈에 사무치는 원한으로 한을 남기게 한 것을 보니 억장이 무너지는 느낌이었다. 가슴이 터질 것만 같았다. 지금에 와서 보면 저들이 저지른 일이 바닥까지 속속들이 꿰뚫어 보는 것이어서 처음부터 끝까지 저들의 머리부터 꼬리까지 자르지 않으면 안 되는 것이었다.

이중하는 어전을 물러 나와 친일 개화 정권이 붕괴되고 단발령이 철회되면서 인심을 수습하는 시기에 또 한번 임금의 명을 받고 평안남도 관찰사, 경상북도 관찰사, 궁내부 특진관을 거쳐 장례원경이 되었다.

이중하는 가는 곳마다 백성들로 하여금 칭송을 받았다. 지방의 유생들은 위정척사상에 깊이 뿌리 박혀 있었다. 경제적으로 보면 아래는 일반 농민과 다름없는 가난한 선비로부터 위로는 대지주 양반에 이르기 까지, 다양하게 구성되어 있었다.

그중에서도 화서학파, 남당학파, 노사학파, 한주학파, 위정척사 계열의 유생들이 중심이었다.

이들은 모두가 송시열과 김상헌처럼 북벌론이나 척화론을 주장했던 인물과 혈연적으로 또는 학문적으로 연관이 깊은 유생들이었다. 이들은 조선 왕조 하에서 지방사회의 지배자로 군림해 왔다. 특히 척사사상의 전통이 강한 지역에서는 이들의 영향력을 무시할 수 없었다. 당시의 의병들은 지연과 혈연, 학연을 중심으로 한 전통적 조직을 바탕으로 군사와 무기를 모아 의진을 결성하였다. 그러다 보니 이중하는 지방민들의 의병에 대해 아주 관대하였다.

유인석이 제천을 의병 운동의 근거지로 삼은 것은 이항로 문하 유중교가 제자를 양성한 곳이다. 김하락이 의병을 일으킨 양근과 지평은 이항로가 후진을 양성하여 그의 문인들에게 척사위정정신을 교육하여 일찍부터 반침략 의식이 싹텄던 것이다. 또한 나주의 의병이나 해주의 의병처럼 유생 이외도 서리층이나 평민들도 다수 포함되어 있었다. 병사 측에는 평민, 포수, 보부상, 해산 군인 또는 토착 농민, 일부 동학 농민이 참여하였다.

이중하는 이런 사람들을 통해서 당시 개혁파의 매국적인 행동에 분개하고 있기에 마음속으로 일본에 대한 적개심이 불타올랐다.

1894년 이중하가 외무부 협판 의정부 도원이 되었을 때 1890년 7월 9일, 미국 대통령은 미국 북장로회 한국 선교사인 알렌을 조선 주재 미국 공사관 서기관으로 임명하였다. 그는 18년간 한국 생활을 하면서 고종의 주치의가 되어 궁궐을 자주 드나들며 고종의 건강을 지켰다. 그때 이중하는 알랜을 만났다. 이중하는 알렌과 친분을 쌓으며 가까워졌고 미국에 대하여 호감을 갖고 있었다. 기록에 의하면, 1895년 초가을, 명성황후 사건을 겪은 고종은 항상 신변의 위협을 느끼고 불안에 떨었다. 결국 미국 공사관이 있는 정동에 있는 경운궁을 짓고 거기서 머물렀다. 근대 한국의 격동기에 미국에 대한 왕실의 모습이다. 고종은 담 너머로 늘 미국 공사관을 건너다봤고 가끔 알렌과 대화를 나누었다. 한 번은 알렌이 옆 머리카락에 포마드를 바른 것을 보고 그것이 무엇이냐고 관심을 보였다고 한다. 나중에 알렌은 포마드 한 병을 드렸다고 한다. 그만큼 격의 없는 사이였다.

당시 알렌은 인천 바닷가에 별장을 하나 짓고 있었다. 그러자 고종은 고관 한 명을 보내 그 인근에 하계 궁전을 하나 짓는다고 산등성 하나를 사들인 일이 있었다.

혹시 이 고관이 이중하가 아닐까? 고종이 이중하 하면 믿고 알렌과 의사소통을 할 수 있었을 것이다. 여기서 알렌은 이중하의 관복을 입은 사진 2장을 찍어주지 않았을까? 그래도 이중하의 신분이 외무부 협판 칙임 2등을 가진 외교관이었으니 미국 기독교에 대한 관심을 갖고 있지 않았을까 하는 것이, 필자의 추리이고 생각이다. 미국 공사관은 한옥으로 지었으며 외국 공사관 건물로는 가장 볼품이 없었다. 알렌 자신이 믿어지지 않을 만큼 초라한 것이었지만, 고종이 바라던 환경이었다. 그 건물은 덕수궁에 맞붙어 있었고 공사관에는 직원 3명이 일하고 있었다. 사실 알렌은 한국 임금이 있는 곳에 미국의 힘으로 공사관 건물을 지을 수 있었다. 그러나 알렌의 생각은 달랐다. 놀라운 것은 영국이 천주교 성공회가 명동(진고개)성당을 높게 짓는 것을 보고 건축을 보류하기로 하였다. 그 안에는 영국 공사관이 있었다.

1902년 11월 27일 외국 사신들과 정부 고위 관리 등 한국 교인들과 선교사들이 참석한 가운데 세브란스 병원 기공식을 가졌다. 그날 미국 공사 알렌은 감동적인 축사를 한다. 그가 이루어 놓은 한국 선교의 기념비적 성과가 이렇게 실제 우뚝 섰던 것이다. 그는 은으로 만든 흙손으로 정초를 집례한다. 그날에는

9년 전 시카고에서 알렌과 길이 어긋났던 유치호가 외무협판으로 나타나 눈물겨운 악수를 한다(아마도 이때 외무협판 윤치호를 따라 이중하도 함께 참석하였을 것이다).

1904년 11월 16일 세브란스 병원이 기공되어 여기에 알렌이 미국 공사로 참석한다. 일본의 고위가 참석해서 병원을 보고는 일본에 있는 현대식 병원이 한국보다 못하다는 것을 알았다. 그만큼 세브란스 설비와 병원 규모가 크고 최신식 병원이었다.

1905년 알렌은 세브란스 병원에 대한 조선의 보조를 간청한다. 고종 임금과 만나 조정의 논의 끝에 보조키로 한다. 고종은 당연히 한국 백성을 사랑한 그에게 그동안의 수고와 보상을 조치하며 감사하였다.

알렌 선교사는 미국 북장로교의 선교사이자 조선 왕실의 의사를 지낸 인물이다 조선 주재 미국 공사관의 공사를 지낸 인물이다.

알렌(Horace Newton Allen 1858. 4. 23.~1932. 12. 11.) 현재 그의 무덤은 양화진 미국인 선교 묘원에 안장되어 있다.

38. 갑오경장

1894년 7월 초부터 1896년 2월 초까지 군국기무처의 개화파 관료들에 의해 추진된 조선의 서구화, 근대화 개혁, 정치, 경제, 군사, 법률, 사화의 전 분야를 망라하는 넓은 범위의 개혁이었다.

10년 전 갑신정변의 실패 후 망명했던 개화파들이 청일전쟁에서 승리한 일본의 위세를 업고 추진한 일본식 개혁으로서 갑오경장이라고 한다. 갑오개혁은 일본의 주도로 시작된 개혁이다. 1895년 제2차 동학농민운동이 발발하고 청이 조선에 군대를 파병하자 일본도 파병하였다. 개혁 세력에는 군국기무처 중심은 친일적 개혁과 관료지만 대원군파와 소수의 친미, 친러파도 포함되어 있었다. 조선 정부 주도로 추진된 개혁은 정치적으로 왕권을 축소하고 과거제도를 폐지하는 한편 경제적으로는 은본위 화폐개혁을 채택, 조세의 금납화를 추진하고, 사회적으로는 신분제 폐지, 조혼 금지, 과부 재혼 허용, 인신매매 금지, 고문과 연좌제를 폐지하였다. 이러한 것들은 일본의 위세에 의한 일부 세력을 중심으로 개혁이 추진되었다는 근본적인 한계 때문에 국민들의 폭넓은 지지를 못 얻었다.

　원래 조정은 삼정문란으로 재정이 없어 그 뿌리가 흔들리고 있었다. 거기다가 청, 일 열강들의 각종 이권 침탈은 악화일로가 되었고 심지어 정부 재정과 왕실 재정이 분리되어 있지 않았고 양반 면세, 국가 전매사업의 종친 독점 등의 모순은 그대로였다.

　더구나 청나라 개입으로 당오전 발행은 어려운 조선 경제를 파탄 직전까지 몰고 갔다.

　환율이 올라 무역 역조는 더욱 심했고 지방관들은 원래 유통 화폐인 상평통보로 조세를 거둬 중앙 정부는 그 오분의 일 가치밖에 되지 않던 당오전의 액면대로 조세를 대납해 그 차액을 착복하는 등 그 난맥상은 극에 달했다. 개혁 추진파의 김옥균, 박영효, 서재필은 고종의 지지를 받았지만 민 씨 척족들의 원한을 샀다. 그런 가운데 갑신정변을 일으켰으나 청의 개입으로 3일 만에 끝나고 죽은 자들과 살아남은 자들 간의 사활을 건 싸움은 계속되었다. 청과 일본의 사이에서 조선은 늘 외교 문제로 갈등을 빚었다. 이듬해 일단 청일 양국은 천진 조약에 합의해 조선에서 양국 군대를 동시에 철군하였다. 그러다가 천진 조약이 명분이 없어진 일본은 조선에 군사를 상륙시켜 경복궁을 습격을 하여 조선 중앙정부 기구를 차지하였다. 이후 청일 군대는 조선 관군과 같이 합세, 경쟁하듯 조선 농민을 학살했다. 일본이 청일전쟁의 승리로 끝나자 한반도에는 일본에 있던 망명객들이 일본의 위세를 업고 조선으로 왔다.

이중하는 이런 틈바구니에서 누구의 편을 들지 않고 어전에서 임금을 만나 상소한다.

-전하! 개화라는 것은 문명개화를 말하는 것입니다. 새로운 시대의 문화를 흡수하고 새로운 생활양식으로 변모, 동화함을 뜻합니다. 그러니 일본을 통해 들어온 서양 문물에도 서양화한다는 말이니 시대적인 의식 전환을 일본보다 우호적인 미국으로 바꿔야 함이 옳은 줄 압니다. 현재 갑오개혁이라는 타율적인 협의에 의해, 자본주의가 이룩한 서구적 근대화 과정으로 이행되는 것을 보아서 청이나 일본을 의지해서는 안됩니다. 봉건 왕조의 유교적인 형식 논리, 양반 관료의 가렴주구 그리고 은둔적인 쇄국정책은 일제의 식민지화를 촉진시키고 조수처럼 밀려드는 근대 사조를 조선이 혼자 주체적으로 수용하고 극복하기엔 너무나 힘에 겹습니다. 전하! 굽어살피소서!

이 말을 하고 엎드린 채 읍소하였다.

고종 임금은 이중하의 말을 듣고 그렇게 한다는 것을 알면서도 섣불리 나서지 못하였다. 그러나 임금이 생각하기에 조선은 개화를 해야 하는 것은 분명하였다. 고종은 이미 정치면에서도 귀족 정치에서 평민 정치에의 전환을 밝혔다. 외국에서의 종속적인 위치로부터 주권의 독립을 분명히 했고. 사회적인 면에서는 개국 기원의 사용, 문벌과 신분 계급 타파, 문벌 존비의 폐지, 연좌법 및 노비제도 폐지, 조혼 금지, 과부 재가의 자유가 보장되었고, 경제면에서는 은본위 통화제, 국세 금납제의 실시, 도량형의 개정, 은행 회사의 설립 등, 2백여 조항의 개혁을 목적으로 하였다. 그렇지만 이것을 실시할 조선 정부의 역량이 부족하고 외세에 의존하는 편이라 실질적인 개혁은 기존 봉건 세력에 막혀 큰 성과를 못 내고 있었다.

고종은 이중하에게 침착하게 말했다.

-경의 말이 다 옳소이다. 짐은 조선의 인습과 전통의 구속을 벗어나 자유로운 지식을 보급하고 일반 민중으로 하여금 무지의 상태에서 벗어나게 하고 싶소이다.

사실 임금이 말한 무지의 상태에서 벗어나게 한다는 것은, 당시의 유교적인 인습과 전통에 사로잡힌 재래의 누습을 타파하고 그 굴레에서 벗어나 자아를 각성하고 과학 문명에 입각한 새로운 지식을 체득하게 하려는 시대적 의식을 심어준다는 말이었다. 이중하는 엎드려 또 한 번 읍소하였다.

-전하! 이 개혁은 의욕보다는 낡은 짐에서 벗어나겠다는 욕구가 선행되어야 합니다. 작금의 모든 것에 신, 구가 대립하고 있고 낡은 것은 일차 부정의 단계를 겪지 않으면 안 됩니다. 특히 홍법 14조는 자세히 검토하여 법령으로 공포하는 것이 좋은지를 알아야 합니다. 신이 알기로는 이번 개혁은 일본의 조선 침략의 의도가 직간접으로 계산이 깔린 개혁이라고 말하고 싶습니다. 특히 군사적 제도의 개혁은 일본 제국의 군사적 침략을 용이하게 하기 위해서 최소한의 내용이 적용되었으니 보수 개혁의 반대도 참작하소서! 전하! 본래 동중서전에, 거문고 소리가 조화롭지 못하면 반드시 그 줄을 풀어서 다시 조여야 한다는 말이 있습니다. 거문고의 줄을 고르는 것은 나라를 다스린다는 말이고 보니 정치의 병폐에 대해 이를 변통하여 그 마땅함에 맞게 하는 것이 옳은 조치인 줄 아옵니다. 그러므로 옛날 정책에 파묻혀 있으면 게을러지니 고쳐서 경계를 늦추지 말아 주소서!

　이중하는 피를 토하는 심정으로 임금에게 자신의 말을 피력하였다. 고종 임금은 이중하의 말대로 군사적 제도의 개혁은 아주 중요한 것으로 알았다. 그렇지 않아도 일본군이 경복궁을 점령하면서 폐지한 장위영 등의 친군영과 사관학교 역할을 하던 육영공원과 통제영 학당은 물론 각 도에 설치되었던 병영과 수영, 진과 보까지 전부 폐지하고 싶지 않았던 것이다. 그러나 일본이 청일전쟁에서 사실상 승리하자 본격적으로 조선의 내정에 간섭하기 시작한 것을 들어 흥선대원군(아버지)이 실각하고 동학농민군이 우금치 전투에서 패하고 나자 갑신정변으로 일본에 망명가 있던 박영효가 내무대신으로 전격 임명되자 그가 한없이 미웠다.

1895년 3월 29일 프랑스, 독일의 삼국 간섭이 일어나 일본의 영향력도 일시 축소되었고 박영효가 명성황후 시해 음모 협의로 일본으로 추방되며 개혁이 중단되었던 것을 생각하면 박영효가 갑신정변의 주역이었기에 더욱 그를 보면 억장이 무너지는 느낌이 하루에도 열두 번씩 밀려왔다. 거기다가 홍범 14조는 조항들 대부분이 근대국가 기틀을 닦을 개혁들이었지만, 시대적 배경이 일본의 무력과 간섭이 있던 시기인 만큼 일본의 입맛에 이루어진 측면이 너무 많았다. 무엇보다도 일본을 정말 싫어했든 고종이 아관파천을 하면서 갑오개혁 조치들을 또 한 번 무효화하면서 끝난다. 이 과정에서 오히려 친일 성향이 비교적 약한 대신들은 죽고 강한 인물들은 모조리 일본으로 튀어서 이후 친일파로 다시 등장한 것이다. 그제야 고종 임금은 갑오경장을 추진하며 일본에 대한 정책 및 조선의 개혁파 관료들의 행적을 어떻게 할 것인가 하고 입술을 깨물었다.

거기엔 누가 무엇이라고 말해도 일본이 한 짓, 민비의 시해 사건은 도저히 용납할 수가 없었다. 이런 죽일 놈들 같으니! 역적이 따로 없구나! 그는 하늘을 보고 탄식했다.

 울어도 못하네 눈물 많이 흘려도 겁을 없게 못하고 죄를 씻지 못하니 울어도 못하네.

39. 국시 유세단

1909년 일진회가 대한제국과 일본의 정합방론을 주장하자 이중하는 민영소, 김종한 등과 국시 유세단을 조직하여 그해 12월 5일 원각사에서 임시 국민대회를 열고 그 주장이 부당함을 공격했다(여기의 국시유세단은 고희준, 신광희, 예종석 등 6명이 조직하여 일본이 대한제국을 통치해야 할 필요성을 홍보한 친일 단체 국시유세단과는 다르다). 그러나 일진회는 다수의 사람들이 자기의 의견을 내세워서 논란을 일으키고 타인의 의견을 막고 상대편의 말이나 글의 잘못된 부분을 서로 헐뜯는 것으로 서로 간의 말다툼을 불러일으켰다. 즉 일본을 내세워 한국을 병합해야 한다는 얼토당토않은 모순과 괴리를 가지고 부정적 선입감을 가지고 과장하였던 것이다.

일진회라는 이름은 1904년 8월 송병준과 독립협회 출신 윤시병, 유학주, 동학교 이용구 등이 조직한 단체이다. 조선과 일본이 하나로 나가는 모임이라는 뜻으로 그들은 친일 단체를 만들었다. 그해 8월 18일 한성부에서 송병준이 일본군을 배경으로 유신회를 조직하였다가 8월 20일에 일진회로 개칭하고 9월에 동학의 잔존 세력을 조직한 이용구의 진보회를 매수, 흡수하여 일진회와 통합하였다. 이후 회장 이용구와 송병준 주도하에 강제 병탄될 때까지 일제의 군부와 통감부의 배후 조종에 찬탈과 병탄의 앞잡이 노릇을 하였다.

일찍이 민 씨가 세도가문의 박해를 받아 10년간 일본에 망명하고 있던 송병준이 러일전쟁이 발발하자 일본의 오타니기쿠조 소장을 따라 군사 통역으로 귀국, 정국이 일본에게 유리하게 전개되자 일본군을 배경으로 정치 활동을 하여 윤시병, 유학주 등을 접촉, 일진회를 만들었다. 조선 정부에서는 칙령으로 경무사 신태휴로 하여금 그들의 해산을 명령했으나 일본 헌병들이 이를 막았고 오히려 경무청 순검을 검속한다고 위협하여 그들의 회합을 옹호하였다. 이들은 일본군의 지원을 받아 비밀리에 활동하여 일제 침략의 앞잡이 행각을 벌였다. 일본 당국자들부터 금품을 받아 매국 행위를 하며 일제의 침략 정책 수행에 직접 협력하였다.

이중하는 일제의 조선 합병 당위성을 반박하며 일제의 야만성을 공격하였다. 일본이 대한제국을 통치하려고 하는 것은 금수보다 못한 야만인들이라고 성토하였다. 중추원 원장 김윤식 등은 송병준, 이용구의 처형을 정부에 건의하였으나 일제의 비호로 일본의 비호로 묵살되었다.

원래 민영소(1852~1917)는 조선 말기 일제 강점기의 문신으로 정치인이다. 1894년 병조판서로 재직하면서 홍조우를 시켜 망명 중인 개화파 김옥균 암살을 사주하였다. 본래 민철호의 아들이나 이조판서를 지낸 민규호에게 입적되었다. 김종한(1844~1932)은 구한말 관료이며 일제 강점기인 경제인이다. 그런 두 사람이 처음 이중하와 뜻을 같이하더니 일본의 매수로 일제에 넘어가 결국, 일본의 작위를 받았다.

이중하는 일본인들이 명성황후를 시해한 것을 들어 임시국민대회 모인 사람들 앞에서 성토하였다.

-여러분! 을미사변은 1895년 10월 8일 경복궁 건청궁 옥호루 곤녕함에서 명성황후 민 씨가 조선 주재 일본 공사 미우라 고로의 지휘 아래, 일본군 한성 수비대 미야모토 다케타로 등에게 암살된 사건입니다.

여러분, 잘 들으시오! 민비의 살해 사건은 일본의 소위 조선 지배 침략입니다. 일본은 청일전쟁에서 승리하고도 한국에 대한 독립권 지배를 행사하지 못하자 이른바 독불노의 3국 간섭 체제 때문에 일본은 내무대신을 지낸 이노우에 가오루를 공사로 파견했습니다. 그는 중립적인 김홍집 내각을 통한 한국 지배를 추구했습니다. 그의 정책은 대원군 민비 모두를 정치에서 손 떼게 하고 내각을 통해 한국의 정치를 조정하는 방향이었습니다. 그러나 그의 정책은 뜻대로 되지 않아 갈팡질팡하였습니다. 그러던 1895년 7월 정무협의를 위해 이노우에가 귀국해 있던 때, 한국 내의 친일 세력이 위기에 몰리자 갑신정변 후에 일본에 망명해 있다 돌아와 고종의 관용을 받고 내무대신으로 기용됐던 박영효는 내각을 장악하려는 음모를 꾸몄다는 혐의로 체포령이 내려 다시 두 번째 망명의 몸이 되었습니다.

그런데 청일전쟁에서 승리한 일본은 망명객 박영효를 불러들여 내무대신으로 앉힘으로 결국 민비 측과 갈등이 심해지자 일본 측 중심이 되어 민비를 살해하는 음모에 가담한 것을 알아야 합니다. 그가 쓴 협의는 궁궐수비대를 훈련대로 교체해 민비 폐출을 음모한 것이었습니다. 거기다가 무력으로 내각을 장악할 음모를 꾸렸다는 것이 민비 세력으로 권력 투쟁에서 밀려 맨 먼저 희생된 것을 알아야 합니다.

여러분! 어찌 이럴 수가 있습니까? 조선의 피를 가지고 태어난 난 사람이 조선을 배신하고 일본의 앞잡이가 되어 조선의 국모를 죽이는 데 가담하여 음모를 꾸미다니 천인공노할 일이 아닐 수 없습니다. 지금도 이 땅에 이런 박영효 같은 매국노가 있으니 조선이 이렇게 된 것이니 분통이 터지지 않습니까? 거기다가 고종이 이상설, 이위종, 이준을 헤이그 특사로 네덜란드 만국 평화 국제회의 참석시키자 송병준은 이완용과 결탁하여 일제 당국과 영합해서 고종황제의 양위를 강요하고 협박하여 동시에 일진회원들에게 양위를 재촉하는 시위를 하게 해 마침내 고종 황제가 양위하게 하였습니다. 이런 매국 행위를 한 이완용과 송병준은 죽일 놈들이 아니고 무엇이겠습니까?

-옳소! 옳소!

사방에서 이중하의 말을 듣고 있던 사람들은 소리를 질러댔다.

-이완용을 죽여라. 송병준을 죽여라.

-여러분! 동시에 민비 세력은 러시아와 손잡고 재기에 나서려고 하였습니다. 그러자 일본 정부는 주한 공사를 바꾸었습니다. 이노우에 대신 육군 예비역 중자 미우라를 조선에 보냈습니다. 그는 조선에 오기 전 일본 정부에 서신을 보내 나는 외교를 잘 모르지만 우선 일본 정부의 진의를 알고 싶다고 하였습니다. 한국의 독립을 돕는 것인지, 병합할 것인지, 또는 일본과 러시아가 공동 지배할 것인지 알고 싶다고 했습니다. 그러나 일본 정부는 미우라가 조선에 떠날 때까지도 회신을 보내지 않고 있다가 그해 음력 6월 15일 전 공사 이노우에와 함께 궁궐에 들어와 고종에게 신임장을 받쳤습니다. 그리고 35일 만인 음력 8월 20일, 양

력으로 10월 8일, 명성황후 시해를 결행했습니다.

여러분! 여기에는 조선의 간자가 있었으니, 조선 정부의 어윤중, 조희연, 이주희, 우범선 등입니다. 이들은 일본군과 합세 조선의 훈련대장 홍계훈이 지휘하는 40명의 수비군을 무너뜨리고 궁궐로 들어가 결국 낭인들이 건청궁에 난입하여 민비를 살해하였는데 여기에는 대원군도 있었던 것입니다. 물론 대원군의 도착은 예정보다 늦었지만, 광화문에 이르자 홍계훈이 왕명이 없는데 문안으로 들어오면 역적이 된다고 고함을 지르자 오까모또 유노스케가 칼을 빼쳤으나 죽지는 않았습니다. 그러자 뒤따르던 이시자까 오도야다가 홍계훈을 죽였습니다.

또 오기하라 경부가 광화문을 열었습니다. 궁에 쳐들어가니 이경직 궁내부 대신이 왕비를 호위하고 막으려 하자 마히하라 중좌가 권총으로 쏘았으나 죽지 않고 비틀거리며 낭하로 나오려는 순간 히라야마가 칼로 쳤습니다. 이경직을 죽일 때 현장에는 나까무라, 후지가스, 히라야마, 시부야 가또 등이 있었습니다.

여러분! 나는 이런 일본놈들의 이름만 들어도 진절머리가 납니다. 소름이 끼치고 분통이 터지고 억장이 무너질 것 같습니다. 왜냐고요? 이들은 이경직을 죽이고 왕비를 보고 찔러라, 찔러라 하는 소리와 함께 이들 모두가 찔렀습니다. 나까무라도 찌르고 데라자끼도 찌르고 다까하시 겐지도 찔렀습니다.

여러분! 이런 만행이 어디 있습니까? 그러기에 난 고종 앞에서 궁에 들어와 조선의 내정 간섭을 하고 합방의 원흉인 이토 히로부미를 포박하여 주살하라고 건의하였습니다. 아마도 내가 아니더라도 그는 누구인가 조선인의 손에 죽을 것입니다.

-옳소! 옳소!

이중하의 말을 듣고 사람들이 흥분하여 소리를 질러댔다.

-여러분! 그때 이들은 시체를 처리하기 위하여 불에 태워 버리기로 하고 오기하라 경부와 스즈끼 순사부장, 미우라 공사의 개인 비서 꾸루자와 등이 민비 시체가 있는 방에 들어가 그 옆에 있던 다른 2명과 함께 모두 7명이 시체를 건청궁 정자 뒤편 정원의 솔밭 속으로 운반, 그곳에 불태웠습니다. 사건 당일 민비는 광화문이 뚫릴 무렵 피신하려 했는데 그날 궁중에 있던 농, 상공부 협판 정병하가 앞을 막으며 만류했던 것입니다.

참변의 전날 밤 궁중에선 민영준의 등록 축하 잔치가 늦게까지 열려 정병하가 궁중에 남아 있었는데 이병직과 함께 그날 새벽에 살해당한 것입니다. 미우라 공사는 부임 직후 우범선을 불러 이 계획은 반드시 성공해야 한다며 훈련대의 이두황을 포섭하고 이범내를 협박해 가담자로 만들었습니다. 이 사실은 나중에 1895년 1월 5일 자 공사관의 일등영사 우찌다가 보낸 보고서에서, 이 보고서는 다수의 일본인이 참가한 것은 공공연한 비밀로 되어 있으며 그 대응책은 외교상 중대 관계를 갖는다고 인정됨이라고 썼습니다. 기록에 의하면, 스기무라의 일기는 우찌다의 기록과 함께, 민비 시해 사건은 미우라 공사 지휘 아래 이루어진 일본의 음모였음을 명백히 밝혀 주었습니다.

여러분! 사실 이 사건은 저질러진 직후부터 거짓으로 위장되었습니다. 당시 일본인 군부 고문은 수비대를 모아놓고 왕비를 봉안하려고 백방으로 찾았으나 끝내 발견하지 못했다. 아마 광주 방면으로 탈출한 것 같으니 다른 사람이 묻거든 그렇게 대답하라고 했습니다. 그러나 사전의 은폐는 곧 들통이 났습니다. 물론 이 사건은 자주성을 잃어버린 사람들, 그래서 외세마저 뒤엉킨 구한말 지배층의 비극적인 권력 투쟁을 표상하고 있습니다. 그러나 우리가 알 것은 여기에 우일본의 지방 부호 스나가란 인물과 함께 범선, 황철, 같은 놈들이 간자 역할로 친일의 중심에 있었다는 것입니다.

여러분! 그러니 일본을 믿습니까? 이 땅에서 일본인을 한 놈이라도 남기지 말고 몰아냅시다. 일본은 조선의 철천지원수입니다.

이중하는 피를 토하는 심정으로 민비 시해에 대한 전말을 소상하게 알렸다. 속이 후련하다 못해 이제는 일본 글자, 일본 말만 들어도 치가 떨리고 듣고 싶지 않았다. 무참한 죽음의 광풍이 휩쓸고 간 간발의 마지막 조선이었다.

39. 국시 유세단

40. 을사늑약-시일야방성대곡-장지연

1905년 7월 27일 미국과 태프트. 가쓰라 조약을 체결하여 사전 묵인을 받았으며 8월 12일에는 영국과 제2차 영일 동맹을 체결하여 양해를 받은 일본은 러일 전쟁을 승리로 이끈 뒤 9월 5일 미국의 포츠머스에서 맺은 러시아와의 강화조약에서 어떤 방법과 수단으로든 한국 정부의 동의만 얻으면 한국의 주권을 침해할 수 있다는 보장을 받았다. 그해 11월 9일 서울에 도착한 이토는 다음날 고종을 배알하고 짐이 동양평화를 유지하기 위하여 대사를 특파하오니 대사의 지위를 따라 조치하소서 라는 내용의 일본 왕의 친서를 봉정하며 위협을 가했다.

이중하는 이 자리에서 이토가 내민 한일 협약안을 보고 매우 중대한 사안이라고 생각하였다. 조정의 대신들이 심각한 반대에 부딪히자 처음부터 맘을 먹고 온 대로 이토를 포박하여 주살하고 싶은 마음이 다시 살아났다. 17일에는 일본 공사가 한국 정부의 각부 대신들을 일본 공사관에 불러 한일 협약의 승인을 꾀하였으나 오후 3시가 되도록 결론을 얻지 못하자 궁중에 들어가 어전회의를 열었다. 이중하는 대신들의 어전회의를 지켜보며 살기를 내뿜고 독한 말로 소리를 쳤다.

 -전하! 신이 아뢰옵기는 일본 측이 제안한 조약을 거부하소서! 여기 모인 대신들은 전부가 대한제국을 일본에 팔려고 하는 자들이오니 이 회의를 물리치소서! 저 대신이라 하는 자들, 한규설(참정), 민영기(탁지부), 이하영(법부), 이완용(학부), 이근택(군부), 이지용(내무), 박제순(외무), 권중현(농상공) 등은 먼저 나라를 생각하지 않고 일본에 빌붙어 어떻게 하면 영달을 꾀할 수 있을까 사리사욕에 혈안이 되어있는 자들입니다.

 그때 이중하의 말을 들은 대신 중, 한규설과 민영기는 조약체결에 적극적으로 반대하였다. 이 두 대신은 이중하의 말에 동의하듯 임금에게 말했다.

 -전하! 이중하(협판)의 말이 옳습니다. 이 조약 체결에 제안해서는 안 되옵니다 하고 적극 반대를 하였다. 이하영과 권중현은 소극적인 반대 의견을 내다가 권중현은 나중에 찬의를 표하였다. 다른 대신들은 이토의 강압에 못 이겨 약간의 수정을 조건으로 찬성하였다. 어전회의에서도 의견의 일치를 보지 못하자 일본공사가 이토를 불러왔다. 그는 하세가와를 대동하고 헌병의 호위를 받으며 들어와 다시 회의를 열고 대신 한사람, 한사람에 대하여 조약 체결에 관한 찬부를 물었다. 그래도 이 조약 체

결에 격분한 한규설은 고종에게 달려가 회의의 결정을 거부하라고 말하려다가 중도에 쓰러졌다.

결국 박제순, 이지용, 이근택, 이완용, 권근택 5명이 조약체결에 찬성하여 대한제국을 일본에 팔아넘겼다. 이들을 을사오적이라고 한다. 을사조약은 일제의 강압에 의하여 박제순과 일본 특명전권공사 하야시에 사이에 체결되었는데 이 조약에 따라 한국 외교권을 일본에 박탈당하여 외국에 있던 한국 외교기관이 전부 폐지되고 영국, 미국, 청국, 독일, 벨기에 등의 주한 공사들은 공사관에서 철수하여 본국으로 돌아갔다.

이중하는 을사오적 대신을 향하여 일갈하였다.

-그래 이놈들! 대신이라는 자들이 나라를 팔아먹다니, 장차 어떻게 하려고 이러는가? 그래 가지고도 당신들은 대한제국의 신료들이라고 할 수가 있는가?

이중하는 울분을 참지 못하고 임금에게 부복하며 말했다.

-전하! 이 조약은 무효이니 저 개돼지 짐승만도 못한 자들을 포박하여 주살하소서!

그는 독기를 내뿜고 달려들어 대신들을 향해 소리쳤다.

1905년 11월 20일 자 황성신문의 주필인 장지연이 쓴 시일야방성대곡이 발표되었다. 장지연은 이 글에서 고종 황제의 승인을 받지 않은 을사늑약의 부당함을 알리고 이토 히로부미와 을

사오적을 규탄하였다.

-이날에 목놓아 우노라!

장지연은 을사조약의 굴욕적인 내용을 폭로하고 일본의 흉계를 통렬히 공박하며 그 사실을 전 국민에게 알렸다. '이 논설은 이토 히로부미가 한국에 왔을 때 천만뜻밖에 5 조약이 체결되었다. 이 조약은 비단 우리 한국뿐 아니라 동양 3국의 분열은 빚어낼 것을 조장하는 것이다. 그러면 이등박문의 본의는 과연 어디에 있겠는가?'라고 폭로하면서 을사조약이 숨겨진 일본의 침략적 저의를 폭로하였다.

'저 개돼지만도 못한 소위 우리 정부의 대신이라고 하는 자는 각자의 영리만을 생각하고 위협에 벌벌 떨면서 나라를 팔아먹는 도적이 되어 4천 년 역사의 강토와 500년 종사를 타인에게 바치고 2천만 영혼을 모두 타인의 노예로 되게 하니 저 개돼지만도 못한 외무대신 박제순과 각 대신은 족히 엄하게 문책할 가치도 없거니와 명색이 참정대신이란 자는 정부의 우두머리임에도 불구하고 다만 부자로서 책임을 면하여 이름을 팔려고 꾀하였다.'라고 하면서 을사조약에 서명한 을사오적을 통렬히 비판하였다.

이 사실을 안 국민들은 일제히 궐기하여 조약의 무효화를 주장하고 을사오적을 규탄하며 조약 반대 투쟁에 나섰다. 이로 인하여 황성신문은 3개월간 정지당했고 그는 일본 관헌에 붙잡혀 90여 일간 투옥되었다 석방되었다.

고종은 이 조약이 불법 체결된 지 4일 뒤인 22일 미국에 체재 중인 황실 고문 헐버트(Hulbert H. B.)에게, 짐은 총칼의 위협과 강요 아래 최근 양국 사이에 체결된 이른바 보호 조약이 무효임을 선언한다.

-짐은 이에 동의한 적도 없고 금후에도 결코 아니할 것이다. 이 뜻을 미국 정부에 전달하기 바란다(고종은 을사조약은 총칼의 위협과 강요 아래 체결된 조약이고 자신은 동의한 적이 없어 금후에도 아니 할 것이라고 책임을 회피한 말을 하였다. 그러나 고종이 죽을 각오로 대들었다면 조약이 결렬되지 않았을까? 민비(아내)가 저들에게 시해당해 죽은 마당에 무엇이 두렵겠는가? 그의 우유부단한 책임 전가가 오늘날 조선을 그렇게 만들었으니 필자가 생각해도 을사오적의 대신들에게만 그 책임을 전가한 것은 절대로 잘못된 처사이다).

이 사실이 세계 각국에 알려지면서 이듬해 1월 13일, 런던 타임즈 지가 이토의 협박과 강압으로 조약이 체결된 사정을 상세히 보도하고 프랑스 공법학자 레이도 프랑스 잡지 국제공법 1906년 2월에 쓴 특별기고에서도 이 조약의 무효임을 주장하였다.

조선은 닭 쫓는 개가 지붕 쳐다 보기였다. 그 와중에 뜻있는 인사들이 죽음으로서 조국의 수호를 죽음으로 대신하였다. 민영환(시종무관장), 조병세(특진관), 송병찬(법무주사), 홍만식(전 참정), 이상설(참찬), 이한응(주영공사), 이상철(학부주사), 전병학(병정), 윤두병, 송병선, 이건석 등 중신과 지사들이 그들이었다.

또 과감하게 나선 의병으로는 전 참판 민종식이 충청도에서, 전 참찬 최익현은 전라도에서, 신돌석은 경상도에서, 유인석은 강원도에서, 그들은 이근택, 권중현을 암살하려고 하였다. 그런데 놀라운 것은 대한제국 100년 만에 드러난 알렌의 1904년 일본 주선으로 대한제국 외교 고문에 부임한 스티븐슨에게 전달된 자료에는 조선인 97명에 대한 파일이 공개된 것을 보면, 97명 중 16명이 민 씨 일족이다.

1884년 9월 첫 상주, 내한한 알렌은 갑신정변 때 중상을 입은 민영익을 치료하면서 고종의 신임을 얻어 왕실 주치의가 되었다.

그가 기록한 인물을 보면,

1) 민영환-군부대신. 예전에 훌륭한 관료였지만 최근에 좀 실망스럽다. 나약하고 우유부단하고 표면적으로는 민 씨파의 우두머리이다(아마도 이 기록은, 1905년 을사조약에 반대하여 자결하기 전 작성된 부정적이다).

2) 이용익-용감하지만 매우 잔인하고 억압적이다. 지난 20년

동안 고위 관료 중 가장 무식하다고 썼다(아마도 보부상을 하던 자였기에?).
3) 이유인-법무대신, 점장이 출신이라는 사실까지 밝혀져 끔찍하게 잔인하다고 썼다.
4) 민병휘-병조판서. 동학 혁명 당시 무일푼이었는데 최악의 착취자로 돈을 끌어모아 부자가 됐다.

을사오적인 이완용, 박제순, 권중현, 이지용, 이근택에 대하여
1) 이완용-판단력이 뛰어나고 용기가 있다. 1897년 러시아 교관 158명 초빙 건을 반대했고 러시아 압력으로 사임했다.
2) 박제순-강직하고 명예롭고 좋은 사람이다. 아이디어가 많다. 의지가 강하고 용기가 있다. 뛰어난 주청 공사였고 중국어를 할 줄 안다. 다수 보수적이다.
3) 권중현-한국인에게 신뢰받지 못한다. 현재 일본에 대한 호감이 있는 것 같다. 똑똑하나 조심스럽게 다루면 유용하다.
4) 이지용-부친이 황제의 사촌이다. 상당히 심약하다. 내부자만이 알 수 있는 정보를 담았다.
5) 이근택-이용익의 정적으로 잘 알려진 인물이다. 이용익과

비슷한 성경과 기질을 갖고 있는 데 다른 점은 그는 양반 출신이고 이용익은 노동자 출신이다.

당시 알렌이 본 사람들을 어떻게 알고 만나 기록한 지는 몰라도 어쩜 이중하에 대한 것도 기록해 놓지 않았을까 한다.

이중하는 주먹을 불끈 쥐고 어전을 향하여 또 소리쳤다. '일본에게 주권을 넘기려는 을사오적에게 대신이라 하는 자가 이런 불행을 자초해도 된다는 말이오!' 그의 성난 눈과 말은 우레와 같이 들렸다.
- 전하! 주권을 넘겨서는 안 됩니다.

그는 입에 거품을 품었다. 그는 임금 앞으로 달려나가 그 문서를 빼앗으려고 하자 주위에 호위하던 일본 헌병들이 그를 막고 제지했다. 한참 동안 실랑이가 벌어졌다.
- 비켜라! 이놈들! 이 버러지만도 못한 놈들! 나라가 망하는데 그냥 보고만 있으란 말이냐!
- 이 얼빠진 놈들! 저놈들을 죽여라! 죽여라! 다들 죽여라!

41. 이등박문을 죽인 안중근

1907년 10월 26일, 안중근 의사는 이등박문을 만주 하얼빈 역에서 저격하여 사살하였다.

4차례 일제의 총리를 지낸 그가 1905년 대한제국과 을사늑약을 맺는 등, 그는 조선인에게 철천지원수였다. 그가 만주를 방문하여 여러 회담을 갖는다는 소식을 듣고 대동공보사에서 전해들은 안중근은 이등박문을 암살할 것을 자원하였다.

안중근은 만주의 독립 운동가 우덕순, 조도선, 유동하, 유슬결, 김성화, 탁공유와 7인 동맹을 맺고 처단을 계획했다.

10월 21일 대동공보사 기자 이강의 지원을 받아 러시아 블라디보스토크로 떠난 안중근은 우덕순, 조도선, 유동하와 함께 하얼빈에 도착했다. 당초 계획은 동청 철도의 출발지인 장춘의 남장춘, 관성자역과 도착지인 하얼빈역, 채가구역 네 지점에서 암살을 시도하려 하였지만, 자금과 인력이 부족하여 도착지인 하얼빈과 채가구에서 저격을 하기로 변경하였다. 그러나 채가구역에서의 계획은 이를 수상히 여긴 러시아 경비대에 의해 취소

되었다.

 당국은 이토 일행의 안전을 위해 하얼빈 역 현장을 엄격히 통제할 예정이었지만, 일본 총영사 가와카미 도시히코가 많은 일본인들이 역 앞에서 이토 일행을 환영할 수 있도록 허용해 달라고 요청, 경호를 강화하지 않았다. 그가 1909년 10월 26일, 9시 15분, 하얼빈 역에 도착해서 약 25분 정도 러시아의 재무상 블라디미르 코콥초프와 회담하고 그의 권유에 따라 명예 사령관으로서 러시아 수비병을 사열하기 위해 열차에서 내렸다. 그가 수행원의 안내를 받으며 러시아 군대 앞을 막 지나가는 순간, 안중근이 총을 발사하여 명중을 시켰다. 두 발은 복부에 3발은 수행비서관 모리아이지로, 하얼빈 주재 일본제국 총영사 카와카끼 도시히코, 만주 철도의 이사다나가 세이타로를 쏘았으며 안중근을 죽이려 들며 위해를 가하려는 일본 장군 1명을 사살했다.

 안중근은 러시아 헌병에게 체포될 때까지, 고마후라-우랄 코레아, 대한독립만세를 두 차례 외쳤다. 이토는 주어가면서 당했다고 한마디 말하고 결국 이토는 30분 후 10시경에 사망했다.

 이중하는 안중근이 이등박문을 죽였다는 소식을 듣고 순식간에 가슴에 희열이 올랐다. 그렇게 조선을 못살게 굴었던 이토를 어전에서 포박하여 주살하라고 말하고 내가 아니더라도 누군가 이토를 죽일 것이라고 말한 호언장담이 그대로 적중했던 것이다. 정말이지 이토가 죽은 것은 하늘이 노한 것이 틀림없다.

이중하는 정말 속이 후련했다. 묵은 체증이 한꺼번에 뚫리는 것같이 속이 시원하였다. 그렇지 않아도 일본인들에게 민비가 죽은 것이 원통한데, 이제 이등박문이 죽은 것이니 조선으로서는 원수를 갚은 것이다.

인과응보! 사필귀정!

죗값을 치른 것이라 할까!

모든 일은 결국에 가서는 반드시 정리(옳은 것)로 돌아가는 것이다. 인과응보는 성경에서 다윗과 골리앗의 싸움에서 다윗이 골리앗을 물리쳐 죽이는 것과 같고 사필귀정은 심은 데로 걷는다는 말을 상기시켜 주고 있다.

이중하 자신이 청국 관원과 토문감계 회담을 할 때 안중근 같은 그런 심정이었다. 한 치의 땅을 빼앗기지 않으려고 눈을 부릅뜨고 청국 관원의 강압과 모욕과 질시를 받아가며 참아냈다. 내 머리를 자를 수 있어도 작은 땅덩어리(영토) 하나라도 내줄 수 없다고 얼마나 버티며 몸부림쳤는가!

안중근과는 사정이 달랐지만, 이것 모두가 조선을 사랑하고 백성을 지키자는 것이 아닌가! 안중근은 이등박문을 죽이므로 조선을 살렸고 자신은 조선 영토를 지킴으로서 장차 한국이 이땅을 국제사법재판소에 제소하여 승리할 수 있는 길을 열어놨다.

한 치 앞을 내달 볼 수 없는 상황에서 안중근과 자신은 해낸 것이다.

안중근이 이등박문을 살해한 이유는, 개인 원한이 아니고 군인 신분으로서 한국을 위협한 적을 죽였다고 주장했다. 당시 일본은 메이지 유신으로 현대화로 발돋움하고 영국과 프랑스 같은 제국주의 식민지를 갖고 싶었다. 일본은 중국을 탐냈고 그러기 위해서는 조선을 합병해야 했다.

1894년 일본은 청나라의 전쟁에서 이겼고 1904년에는 러시아와 치른 전쟁에서 이겼다. 1905년 동양의 평화를 지키고 조선을 보호한다는 명목하에 조선을 약탈하고 외교권을 박탈하는 을사조약을 체결하였다. 일본은 조선이 동양평화를 원한다는 거짓말을 하면서 차근차근 식민지 지배 야욕을 보였다. 일본은 조선의 명성황후를 살해하고 고종에 협박하여 을사조약을 협박하였다. 1907년 고종이 헤이그 특사를 파견하자 일본은 군대를 강제 해산하고 고종을 폐위시켰다. 안중근 이 사실에 격분, 군인 신분인 참모중장으로 이들을 사살한 것을 국제법을 적용하라고 주장하였다.

이쯤 되면 조선은 정신을 차리고 을사조약이 무효라고 폐지시켜야 하는데도 일본이 조선군대를 해산시키고 임금을 하야시키는 것을 보면 조선은 조정이 썩어도 이만 저만 아니게 썩어 있었던 것이라. 오! 통제라! 이 일을 어찌할꼬!

　이중하는 안중근이 만들어준 이 좋은 기회를 이용하여 조선이 바로 서야 하는데, 안중근이 바랐던 것보다 못한 조선이 되고 만 것을 한탄했다. 경천동지할 세상의 큰 뜻을 이루어낸 안중근이야말로 대한제국의 보배 중의 보배였다.

　안중근(1879~1910) 의사는 1910년 3월 26일, 여순 감옥에서 순국 직전 안 의사의 공판정 왕래에 경호를 맡았던 일본 헌병 지바도시치 간수에게 다음과 같은 글을 써 주었다.

　위국헌신 군인 본분!

　안중근이 마지막으로 남긴, 나라를 위하여 몸을 바침은 군인의 본분이라는 말은 이중하 자신이 현시대를 살아가는 사람들에게 큰 울림과 교훈으로 다가왔다.

42. 통곡-조선이 일본에게 식민지가 된 이유

조선이 일본의 식민지가 된 직접적인 원인은, 19세기 제국주의가 최고조로 달한 시기에 아시아에서 제국주의 국가로 성장한 일본의 침략이 있었기 때문이다. 그리고 이 침략으로부터 우리 국가를 수호해야 할 조선의 군사력이 일본보다 약했기 때문이다.

1910년 8월 29일, 한일 강제 병합, 조선은 일본의 식민지가 되었다. 1896년 아관파천으로 궁을 떠났던 고종은 경복궁이 아닌 덕수궁으로 돌아왔다. 정조가 아버지를 그리며 사도세자의 사당(지금의 서울대 병원 자리)이 보이는 창경궁에 자주 머물렀다면, 고종은 자신의 부인이 살해당한 궁을 떠나 신변 보호를 위해서 경복궁보다 덕수궁으로 자리를 옮겼다. 고종이 덕수궁에 머물면서 덕수궁 주변에는 미국, 러시아, 영사관이 자리 잡게 되었고 황제가 사무를 보고 외국인들을 만날 현대식 건물이 필요했다. 덕수궁 석조전은 1900년 착공한 건물은 1910년이 되어 완공되었다. 완성된 석조전을 1층은 거실, 2층은 접견실 그리고 3

층은 황제를 위한 침실과 욕실로 구성되었다. 그러나 불행하게도 석조전은 황제의 집무실이 되지 못했다.

1910년 이후, 고종도 그의 아들 순종도 더 이상 황제가 아니었다. 석조전은 일본의 통감부에 의해 강제로 퇴위한 이왕직이라고 하는 듣도 보도 못한 직제하에 있었던 고종의 거처였다. 그래서 황궁의 이름은 경운궁에서 덕수궁으로 개칭되었다. 이제 더 이상 황궁이 아니었다. 그저 왕공직의 직제하에 있는 고종이 사는 곳이었다.

이왕직이라는 직제는 당시 조선을 통치했던 일본의 고민을 보여 준다. 일본은 조선을 식민지 한 후, 대한제국 황실의 문제에 대해 고민했다. 그럴 수밖에 없는 것이 조선과 같이 수백 년을 넘게 독립된 중앙정부를 유지하고 있던 지역을 식민지화하는 것이 결코 간단한 문제가 아니었기 때문이다. 더구나 조선이 통치하는 지역의 주민들은 중국인도 일본인도 아닌 조선인으로서의 정체성을 갖고 있었다.

조선의 왕실에 대해 우리 왕실이라는 의식이 형성되어 있었다는 사실 역시, 식민지화를 어렵게 하는 요인이었다. 또한 세계사에서 조선과 같이 중앙 집권적 정부가 오랫동안 유지되어 있었고 독립적인 문화와 전통을 가진 지역이 식민지화가 된 사례는 거의 없었다. 인도나 베트남 등 일부 지역 역시, 오랜 전통과 문화를 갖고 있었지만, 중앙 집권적 정부가 일정한 영토 내에서 지속해서 영향력을 발휘하지는 못했다.

일본으로서는 조선을 식민지화하면서 황실을 그대로 무시할 수 없었다. 식민 통치를 합리화하고 조선인들을 설득하기 위해서라도 특별한 조치가 필요하다고 판단했다. 여기에 대하여 일본은 조선의 왕자(이은)와 일본 황실의 후손(이방자)이 결혼을 하게 되면서 조선의 황실을 어떻게 대우해야 하는가를 고민해야 했다.

일본의 황실 규범에 따르면 황실의 자손은 같은 황족이나 특별히 허가된 화족과만 결혼이 가능했다. 만약 조선의 황실을 일본의 귀족(화족)으로 편입한다면 이는 황실 규범에서 벗어나는 일이었다. 일본은 황실 규범을 개정하여 황실과 화족 사이에 조선의 황실을 왕직과 공직이라는 이름으로 그 지위를 규정하고 황족과의 결혼을 허가하도록 하였다. 마치 지금 일왕과 일본인들 사이에 욘사마(일본에서 사람을 부르거나 할 때 사용하는 존칭, 상과 사마로 나뉜다)가 있는 것과 비슷하다고 할까?

왕공직의 문제는 고종과 순종의 장례식에 문제가 되었다. 일본식 화장을 할 것인가? 조선식으로 해야 하는가? 결국은 조선식과 일본식을 교묘하게 혼합하는 방식을 선택했다. 일본은 이전 식민지였던 오키나와 타이완에서는 전혀 찾아볼 수 없는 일이다. 영화 마지막 황제에서와 같이, 1930년 만주 사변 이후, 만주국에 새로운 황제를 앉혔지만, 이는 만주국이 일본의 괴로가 아니라는 것을 합리화하기 위한 것이었을 뿐, 한국의 이왕직하고는 다른 것이었다.

이중하는 이런 일이 왕실과 고종에게만 책임을 돌릴 수 있는 것일까 싶었다. 왜 조선과 같이 유구한 역사와 전통을 가진 국가가 일본의 식민지가 되어야 했는가? 우선 그 책임은 몰락한 조선 정부와 왕에게 돌아갔다. 그러나 자신에게도 책임이 있다는 것을 알고 있다. 그때 자신이라도 적극적으로 나서 일본인이든, 조선인이든 할 것 없이 조선을 두고 타협하는 무리를 전부 처단하지 못한 책임과 울분이 가슴속에서 불타올랐다. 물론 조선 사람들이 갖고 있었던 왕과 왕실의 권위에 대한 예우는 무시할 수 없다. 그러기에 안중근은 조선의 철천지원수인 이등박문을 죽였다. 그런 조선이었음에도 불구하고 일본에 먹여 들어가다니, 왕과 대신이라는 자들 전부가 미치지 않고는 할 수 없는 일이었다.

왕은 곧 나라였다. 그러나 일본에 망하고 말았다.

1919년 3·1 운동, 1926년 6·10 만세 운동이 고종과 순종의 장례에 맞추어 일어났다. 1910년 국권 회복 운동이 왕실을 다시 세우는 복병 운동의 성격을 갖고 있었던 점에서 국권 상실과 관련된 책임 문제를 제기할 수 있다.

이중하는 청나라에 굴복한(삼전도) 정묘·병자호란, 일본에 나라를 빼앗긴 지금, 두 가지 일은 조선 민족에게 뼈아픈 일이 아닐 수 없다. 치욕의 오점 하나는 당시의 기록을 보고 알았지만, 이번 한일합방은 직접 눈으로 보고 체험한 것이다.

이중하는 오랫동안 고종을 곁에서 지켜보았다. 고종은 항상 무기력하고 줏대가 없는 왕으로 그려졌다. 한때는 아버지 대원군의 품에 묻혀 있었고 아버지의 품에서 벗어나자 곧 민비의 치마폭에서 헤어나지 못했다.

고종은 1882년 임오군란 이후 청과 일본, 러시아, 미국 사이에서 갈팡질팡하였다. 그는 부인이 억울하게 일본의 낭인들에게 살해당한 이후 러시아의 공사관으로 도망갔고 러일전쟁 이후에는 신하들이 증명전에서 왕과 국가의 모든 권한을 일본에 넘길 때 무력하게 쳐다볼 수밖에 없었다.

1907년 헤이그에서 열리는 국제회의에 대표단을 보내면서 마지막 노력을 했지만 고종은 결국 일본에 의해서 왕위에서 물러나야 했고 그의 아들 순종은 500년이 넘는 조선왕조의 마지막 왕이었다. 이중하는 왕에게 상소하였다.

-전하! 일본에 국권을 넘겨서는 아니 되옵니다. 일본은 강한 군사력으로 지금까지 조선을 유린하여 왔습니다. 지금 여기서

못 막는다면 장차 조선은 일본의 노예로 들어가 사지가 찢기고 결박당한 채로 눈알이 뽑히고 쇠사슬에 매여 연자맷돌을 돌리게 됩니다.

　전하! 저 대신이라는 자들을 내쳐 죽이소서!

　그러나 그런 일은 혼자 나서서 한 일이지, 어느 누구 하나 나서서 대항하지 못하였다. 이중하는 지나온 날을 생각하며 눈물을 흘렸다. 나 혼자 잘 살기 위해 청국 관원들 앞에서 수모를 당하며 그들과 담판하여 내 머리를 잘라 가도 조선의 영토는 한 치라도 내줄 수 없다고 대항하여 오지 않았던가! 그 당시 그런 기개가 어디서 나온 지는 몰라도 생각하면 다 부질없는 일들이었다.

　이중하는 자신이 겪어온 지난날을 가만히 생각하였다. 일본은 메이지 유신 이후, 정한론으로부터 강화도 조약, 갑신정변, 갑오농민 전쟁 진압, 갑오개혁, 청일전쟁, 을미사변, 러일전쟁, 을사늑약, 카트라 테프트 조약, 그리고 통감부 설치와 조선군의 해체 및 고종의 폐위, 결국 강제적인 한일합방 등 일본의 계획적이면서도 점진적인 조선의 식민지 과정과 함께 세계질서의 변방이었던 동북아 지역에 대한 원조가 조선 식민지화의 근본 원인으로 제시되었던 것이다.

식민지 사관에 의해 왜곡되어 있던 역사를 바로잡는 차원의 일원으로 최근 고종과 대한제국 그리고 광무개혁에 대해 새롭게 논의해야 한다는 생각이 들었다.

당시 미국에서는 일본은 조선이 청이나 러시아의 세력권 안으로 들어가 일본을 위협할 것을 막도록 하기 위한 갑신정변과 갑오개혁을 통해 조선이 스스로 근대화에 성공할 수 있도록 돕고자 하였다. 그런데 무기력한 조선 정부가 일본의 선의를 제대로 받아들이지 못해 결국 근대화에 실패함으로써 식민지가 될 수 없었다는 평가를 하고 있었다. 생각하면 저들이 짜 놓고 치는 고스톱이나 다를 바가 없었다. 미국이 일본에 한국을 식민지 하도록 한 발판을 마련해 놓고 변명하다니, 하고 생각하니까 그 중심에는 영국이 개입하여 있었음을 알았다.

이중하는 머리가 빠개지는 것 같았다. 과연 진실이 무엇인가?

서양 각국이 조선을 집어삼키려고 한 이유는 무엇일까?

식민지화의 책임은 누구에게 있는 것일까?

서양이나 일본인의 주장에 전적으로 동의하지 않지만, 이중하 자신이 임금을 잘 보필하지 못해 일어난 일이었다. 물론 자신도 청의 관원과 국경 회담을 하느라 정신이 없었지만, 목숨을 내놓고 땅을 지킨 것은 잘한 것 같았다. 후세의 역사가 자신을 어떻게 평가할지는 몰라도 간도에 대한 청국과의 감계 회담은 남이 뭐라고 하드래도 실리를 가져온 것이 아닌가 생각하였다. 소위 고종 임금 앞에서 일본에게 국권(옥쇄)을 넘긴 을사늑약의 책임자, 오적을 역사가 어떻게 처리할 것인가? 이완용, 박제순, 이지용, 이근택, 권중현-이들이야말로 조선을 망하게 한 대역죄를 진 것이다. 왜 이놈들은 나라를 팔아넘길 생각만 하고 국권을 지킬 생각은 하지 않았는가?

1597년 음력 9월 15일, 이순신 장군은 명량 해전을 하루 앞두고 여러 장수를 불러 모아 이렇게 말했다.

필사즉생 필생즉사(반드시 죽고자 하면 살고 반드시 살고자 하면 죽으리라.)

또 율곡은 외적에 대비하여 10만 군대를 양성해야 한다는 십만양병설을 예견한 것을 보면 웬일인지 조선은 참담함을 금할 수가 없다.

정말로 조선이 군사를 만들어 놓았다면 허무하게 일본에 무너지지 않았으리라. 이중하는 통탄을 금치 못할 일이다. 불사항전! 최후의 일각까지, 하고 생각하니 더욱 가슴이 무너지는 것 같았다. 저 머저리 같은 대신들이 조선의 국권을 일본에 넘기는 것을 보고 그 문서를 빼앗아 찢고 하며 저놈들을 포박하여 주살하라는 말을 하며 고종에게 그렇게 매달렸지만, 고종은 쳐다만 보고 말 한마디를 못 하였다. 어찌 임금이라 할 수 있는가 할 정도로 임금의 체면과 권위가 땅에 떨어졌다.

또 갑신정변, 갑오농민전쟁, 광무개혁같이 조선 내부에서 사회적 개혁과 근대화를 추진했던 김옥균, 서재필, 서광범 등의 움직임은 삼일천하로 끝났다.

도대체 무슨 문제였을까? 이중하는 조선이 식민지화된 원인을 찾지 않으면 안 되었다. 조선 정부와 왕실, 일본의 식민지 정책, 개항 이래 다양한 개혁 움직임에 대하여 골똘히 생각해 보았다.

처음부터 일본은 1853년 쿠로후네(흑선)에 의해 개국한 일본은 10년이 넘게 내란을 겪다가 1867년에 가서 메이지 유신을 시작한다. 1846년 자신이 태어난 지 21년 후, 자신이 과거에 급제한 15년 전이다. 조선은 서양에 의해 후발 국가였다. 조선은 일본에 비해 1876년 개항했다. 자신이 과거에 급제한 1882년 6년 후의 일이었다. 8년이 지난 1884년 근대적인 개혁을 위한 갑신정변이 있었다.

이중하 자신이 1885년 안변부사로 나가기 전 1년 전의 일이다. 이중하는 갑신정변을 맞았다. 비록 이 노력이 개혁가들의 근시안적 생각과 일본의 배신으로 실패하기는 했지만, 1894년과 1895년에는 갑오개혁이 있었다. 그리고 대한제국 시기에는 광무개혁뿐만 아니라 독립협회의 마지막 노력이 있었다.

이중하는 1885년 안변부사로 나가 제1차 토문 감계사로, 1887

년 2차로 또 토문감계사로 청국 관원과 국경 회담을 하였다. 땅을 뺏기지 않으려고 처절하게 피를 토하는 심정으로 머리를 내놓고 싸우기까지, 눈에서는 붉은 핏발이 서고 가슴에서는 울분과 처절함이 머리를 짓눌렀다. 그런데도 해 냈다. 청국 관원들의 협박은 대단하였다. 자신을 죽일 것처럼 쏘아보는 그들과 맞서 죽으면 죽으리라는 각오로 그들과 맞섰다. 물론 결판은 나지 않았지만, 3차 회담을 맞았으나 운 좋게도 청국의 집안 사정으로 미완성을 끝났다. 어찌 보면 지금로서는 잘한 일인지도 모른다.

그런데 지금 조선은 어디로 가고 있는가?

일본은 메이지 유신을 통해 일본의 다양한 지식인과 정치인들이 서양으로부터 부국강병의 방법을 수입하여 일본에 도입하였다. 조선은 1880년 이후, 청과 일본에 지식인과 관료들을 파견하여 부국강병을 이루고자 하였다. 일본이 19세기 말까지, 서양 제국과 불평등 조약에 묶여있었다면 조선과 일본은 불평등 조약이 없었지만, 1882년 미국의 조약 이후, 서양 국가들의 통상조약은 불평등 조약이 아니었다. 따지고 보면 일본과 차이로 20년 사이, 차이가 난다.

조변석개하고 천지개벽하는 시기는 아니었다. 일본은 근대화에 성공하고 조선은 근대화에 실패했다. 그러나 조선은 일본보다 먼저 중앙 집권체제를 갖추고 있었다. 그런데 일본에 무너지

다니, 그건 탐관오리들의 부정부패가 심해 나라의 기강이 무너지고 그 뿌리가 흔들렸기 때문이었다.

1911년 6월 16일 자 관보에는 고희준은 일본 유학을 하고 독립협회도 참여하였으며 거제 군수를 거쳐 1909년 진남 군수로 있었다. 이후 일진회에 가입하였으나 곧 탈퇴하고 이완용 휘하에 들어갔다. 이들은 전국을 돌아다니며 조선은 일본의 보호를 받지 않으면 홀로 설 수 없다고 선전했다. 이들의 활동 자금은 통감부와 당시 내각에서 지원했다. 당시 총리대신 이완용도 이 단체에 400원을 기부했다. 이후에도 자금이 달릴 때면 정부에서 거금을 지원했다. 당시 대한민보 9월 1일 자에 실린 풍자만화는, 중절모를 유세단원들이 유성기까지 동원하여 갓 쓴 사람을 잡아끈 모습을 그렸다. 모인 이들이 손사래를 치며 코를 막고 자리를 뜨는 것은, 유세단에서 매국의 구린내가 나는 까닭이었다.

국세유세단 주도자 고희준의 강연광고-황성신보. 1909. 7. 25.

이 같은 물적 지원에 힘입어 유세단은 당시에는 희귀했던 유성기를 사용했다. 권력의 비호하에 혹세무민한 것이다. 정부는 각도에 훈령을 보내 유세단원을 대립하라고 지시했고 이완용도 유세 활동에 적극 협력하고 압력을 가했다. 또 고희준은 창씨 개명에 앞장섰고 이토의 동양 평화론을 베껴 한국도 동양평화와 세계 안녕을 의지하여야 한다며, 조선과 일본의 이해가 갔다고 떠들었다. 그는 조선총독부 기관지였던 매일신보에 '독립이 실현되면 조선 민족은 과연 행복할까'라는 논설을 게재할 정도로 친일에 앞장섰다. 생각만 해도 황당한 주장이 아닐 수 없다.

또 이승용은 본래 양반이었는데 국시 유세단으로 지방에 파견되면 매일 5환 여비를 받는다는 말을 듣고 궁한 선비의 하책으로 유세단에 가입하여 두 발을 자르며 지방에 파송되기를 고대하는데 병으로 인하여 유세를 정지하니 5환 여비는 기약할 수 없게 되고 생계는 갈수록 곤궁한지라. 당시 유세단의 규모는 5-6백 명이었다(황성일보 1909. 11. 1.).

또 신광희는 군인이었는데 친일 신문인 대한신문의 사장을 지낸 인물이다. 그는 안중근 의사에 의해 이토히로부미가 살해 됐을 때 이를 추도하기 위한 국민 추도회를 준비한 사람이다.

또 예종석은 용달회사로 큰돈을 번 인물로 3·1 운동 때는 시위 반대 운동을 맹렬히 펼쳤다.

당시 대한일보 사설에는, 붓을 잡아 글 쓰는 자나 혀를 둘러 말을 하는 자의 태반이 유세단이니 저 허다한 유세단을 이 붓으로 모두 토죄코자하면 동해 물이 마를 때까지 써도 겨를이 없을 것이라고 기록하였다.

중일 전쟁이 발발하자, 조선지원병 제도, 제정축하회를 주도하기도 하였다. 윤치호는 그의 일기에서 예종석은 썩은 달걀이라고 표현했다. 국시유세단은 1년 이상 활동하다가 한일합방 이후, 1910. 9. 13일 정식 해체되었다.

1910. 8. 22. 한일합방 조약이 체결되고 1910. 8. 29. 대한제국의 국권도 완전 강점당했다.

아! 천하의 대세가 일본으로 기울다니, 이중하는 통곡하기 시작했다. 조선 전국에서는 이를 분개하며 곳곳에서 의병이 일어나기 시작하였다.

43. 이중하의 죽음-유언

이중하는 계유년 1873년(고종 10)에 식년시로 진사에 3등, 225위를 하였으며 전강에서 3경으로 시험을 치렀으나 합격하지 못했다.

정축년인 1877년 공릉 참봉을 제수받았으며 27세가 되는 임오년인 1882(고종 19)년에 증광시 병과에 10위로 급제하면서 본격적인 관직 생활을 했다.

이중하는 과거에 급제한 뒤 한 달이 되기 전에 홍문관 교리로 관로에 올라 대한제국이 일제에 병합되어 정 2품의 규장각 제학에 이르렀다.

부친 인식은 진사로 연풍 현감을 지냈다.

이중하는 슬하에 1남 3녀를 두었는데, 장자인 외아들 범세는 1874년 12월 4일, 출생, 12세에 과거에 급제, 28세에 정삼품 당상관에 오르고 비서원승(구 승정원 승지)이 되어 왕명을 출납했다.

광무 11년에 광성학교를 설립하여 육영사업에 손댔으나 한일합방이 되자 아버지를 따라 양평으로 가솔을 이끌고 낙향했다.

그는 11년간 양평에서 후학을 양성했다.

시대일보를 인수하여 사장에 취임하였으나 총독부의 구금과 압수, 납치에 못 이겨 신문사 문을 닫고 말았다. 이중하의 이아당 문집을 집필했다. 당시 시대일보는 일제 강점기인 1924~1926년까지 경성부에서 발행한 일간 신문이다. 1924년 최남선이 주간하던 동염을 게재해 발간한 일간신문의 하나로 발행 부수가 2만을 넘었다. 국한문 혼형 4면으로 다른 신문과는 달리 1면은 정치면이 아닌 사회면으로 꾸미고 1면 머리에는 오늘 일 내일 일이라는 시평난을 두어 특색을 살렸다. 1920년 조선일보, 동아일보와 더불어 3대 일간지였다.

이범세는 1889년 경무대에서 유생전강을 통과하며 직부전시에 나가 급제하였다. 1909년 장혜원 전사와 규장각 부제학을 지내고 정만조와 함께 국조보감을 편찬하였다.

1910년 이중하는 일제 식민지 치하에서 더 이상의 관료 생활을 할 수가 없어 참다못해 고향으로 낙향하기로 하고 아들 범세를 불러 조용히 말했다. 그의 나이 만 65세였다.

-범세야! 그동안 우리가 조정에서 많은 것을 보며 여기까지 왔지만 이제는 나도 나이가 들어 예전처럼 활동할 수가 없구나. 더이상 정치에 개입하지 않고 고향으로 가려고 하니 너의 생각

은 어떻니?

　-아버지! 잘하셨습니다. 저도 따라가겠습니다.

　-그래, 고맙다. 범세야! 내가 어찌 허무한 것에 주목하겠느냐? 정녕, 권력도 재물도 한순간에 스스로 날개를 내어 하늘로 독수리처럼 날아가는 것이 우리 인생이란다. 권력만큼 치열하고 치사한 것이 없다. 모두가 내 편, 네 편으로 갈라 서로가 옳다고 주장하니 지금에 와서 생각하면 다 헛되고 헛된 일임을 안다. 사람이 자기 맘에 안 맞아 말리는 사람이 있는가 하면은, 부추기는 사람이 있고 국서를 놓고 빼앗아 찢는 사람도 있고 그것을 갖다가 붙이는 사람도 있다. 설령 내가 잘 지킨다고 해도 눈 깜박하는 사이에 우리 인생도 가다가다 아주 사라져 버리는 것이다.

　-네, 아버지!

　아들 범세는 아버지가 하는 말을 들으며 고개를 끄덕이며 말했다.

　-범세야! 난 네 장래가 있겠고 소망이 끊어지지 아니하리란 것을 안다. 오직 하늘만이 이 어려운 난국을 굽어 살펴줄 것으로 안다.

　그날 이후, 이중하는 식솔을 거느리고 고향인 양평읍 창대리 선영으로 이사를 갔다. 그곳에서 72세로 졸하기까지, 그는 시간이 날 때마다 운계서원과 수곡서원을 오가며 후학을 가르치는 데 일생을 바쳤다.

운계서원은 조선 명종 때 학자인 조욱을 추모하기 위해 그의 제자들이 1654년에 건립한 서원이다. 1713년(숙종 39)에 운계라고 사액되었다. 경기도 문화재로 제18호이다. 경기도 양평군 용문면 덕촌리 계류 건너 서쪽 산 중턱 한적한 곳에 만들어졌다. 수곡서원은 경기도 양평군 지평염에 있는 조선 후기 권경우와 권경유를 추모하기 위해 1874년(고종 11) 창건한 서원이다. 의친왕 이강이 친필로 현판을 써 주웠으며 1926년 중수하고 1976년 신문을 보수하여 오늘에 이르고 있다. 경내의 건물로는 사우, 신문, 동서협문, 강당 등이 있다. 강당은 중앙의 마루와 양쪽 협실로 되어 있으며 성경제라는 제액이 되어 있다.

이중하는 나라를 잃는 분노를 잊지 못한 채 세상을 떠났다. 그의 나이 72세였다. 그렇게 건강하던 이중하는 어느 날 기력이 쇠하여져 자리에 눕더니 아내와 아들 범세를 앉혀 놓고 유언을 남겼다.

-범세야! 나는 위로는 임금을 섬기고 아래로는 백성을 사랑하며 청백리로 살아왔다.

가난하다고 해도 슬퍼하지 말고 내 이웃을 사랑하고 돌보라.

이를 보면 의를 생각하고 위험을 보면 목숨을 던져라.

세상은 점점 험하고 일본은 내선 일체를 들어 발악을 하고 있다. 지난날 나는 안중근이 이등박문을 죽였을 때 아주 통쾌하였다.

그가 죽었으니 조선이 살 수 있다고 믿었다. 그런데 을사오적이 되고 만 대신들이 나라를 팔아먹은 것을 보고 분통이 터져 임금 앞에서 그들에게 대항하여 한일합방문을 빼앗아 찢으려고 달려들었지만 일본의 헌병들에게 제지를 당했다.

너는 이 애비가 한 일을 잊지 말아라. 이 난세를 바로잡아야 하느니라.

범세야! 나는 세상의 즐거움을 다 버리고 세상의 자랑을 다 버리고 살아왔다.

난 토문감계사로 나의 사명을 다 마쳤다. 이만하면 내가 이 땅에 태어나서 나라에 할 만치 하고 잘 살았다고 본다.

너는 절대로 창씨 개명을 하지 말아라.

내 무덤에는 대한 한 자를 써 넣어, 내가 대한제국의 관리로 세상을 일본에 맞서 싸워온 것을 밝혀다오. 그리고 어머니를 잘 모셔라. 지금까지 네 어미는 나 때문에 수고와 고생으로 살아왔으니까, 나 그렇게 고마울 수가 없다.

-나리! 곧 쾌차하여 일어나서야 합니다. 나리가 있어야 이 혼란한 나라를 바로 잡을 수 있고 가정도 가문도 바로 설 수 있습니다.

아내는 곁에서 남편 이중하를 부르며 마구 울었다.

-아버지!

아들 범세도 아버지를 부르며 빨리 일어나셔야 합니다 하고 소리쳤다.

이중하는 두 사람의 말을 들으며 고개를 끄덕였다. 그는 목에서 끌어오르는 숨 소리를 내며 다음 말을 이어갔다.

-범세야! 너는 이 아비가 못다 한 기록을 상세히 적어 후세에 전하도록 하라. 뒤돌아보면 이제는 모든 것이 다 헛되고 헛된 것이고 보니 청이니 일본이니 하고 저들의 권모술수에 넘어가지 말라. 칼을 가진 자는 칼로, 총을 가진 자는 총으로 망하는 것을 잊지 말라. 이왕이면 미국을 우호 해라 천지신명이 우리를 보호하고 인도할 것이다. 하늘의 축복을 믿어라.

이중하는 이 말을 하고 물끄러미 아내와 범세를 바라보고 손을 뻗었다. 아내와 범세는 아버지의 손을 잡고 눈물을 흘리며 아버지를 불렀다.

-아버지! 아버지!

이중하는 정말 힘들고 고통스러운 시대에 살다가 갔다. 이중하의 무덤 상석에는, 유한정헌대부 장예원경 완산이공 중하지묘 배정부인 창평 조씨 우좌라고 기록해 놓았다. 일제 식민지 통치 시기인데도 유한이라는 말을 사용했다. 유한의 한은 대한제국을 의미하는 것으로 이중하는 자신의 무덤에 대한제국의 관료였다는 것과 일제의 통치를 인정하지 않는다는 모습을 새기게 한 것이다.

일제강점기에 대한제국의 관료는 물론, 지방 유림들의 무덤에서도 유한이라는 글씨를 보기 어렵다는 것을 감안하면 이중하가 일제 통치에 어떻게 대응했는가를 잘 보여주는 사례이다.

1910년 일제의 강압에 의한 합방이 이루어질 때 내려진 은사금과 훈장을 거부하고 끝내 수령하지 않았다. 그의 아들 이범세도 1940년 별세하여 이중하와 같이 양평 선산에 묻혀 있다. 이중하가 남긴 전적으로는 그의 사후, 아들 범세가 이중하의 문집인 이아당집을 편찬하였으며 현재 여러 편의 서찰, 공문서 일기 등이 남아 있다. 아들 범세가 집필한 이중하의 행장에는, 청의 가원계가 복통으로 신음하는 것을 보고 이중하는 미리 준비해 둔 한약을 써보라고 주었다. 그러나 약을 먹은 후 복통이 더 심해지자 청 측 대표는 자기를 죽이려고 독약을 준 것이라고 흉기로 이중하를 위협했다. 그때 이중하는 청 측 대표 앞에서 약을 입에 털어 넣었다. 다음 날 아침 복통이 가라앉은 청 측 대표는 사과했다.

범세의 아들, 이홍정, 그의 아들 이규청(증손자) 씨가 말하기를, 나중에는 증조부가 총독부가 주는 후작 작위를 눈이 멀어 받지 못한다고 했더니, 일제가 그 말을 시험하기 위해 그의 눈에 송충이를 넣었다고 한다. 그때 이중하는 꿈쩍도 하지 않은 채 눈을 부릅떴다고 이홍정 씨가 말했다.

44. 송덕비-이중하

1889년 이중하는 고종의 명을 받들어 삼척양묘수호절목을 편찬하였다. 대한 제국기 장례원 소경 이중하가 강원도 삼척시에 있는 조선 태조의 6대조인 목조의 생부모의 묘를 관리하는 데 대한 규정 수록을 한 법제서이다.

삼척의 양묘는 오랫동안 수축하지 않아서 묘의 형태를 찾아보기 어려울 정도로 훼손되었으므로 1899년 고종이 이중하를 보내어 수축하고 목조의 아버지 묘를 준경모, 어머니 묘를 영경모라 명명하였다. 내용은 수호절목, 제향, 수향으로 되어있다. 양모 수호의 책임 소재, 지방관과 임직관의 봉심, 재관, 수직원역의 임무 및 식목, 사초, 벌초 등에 대해 규정하고 있다. 지방 식례는 양모의 수조 총액을 기록하고 이어 그것의 용도를 밝혀 놓았다. 그밖에 제향, 제수, 위토운영, 수호군 등에 대해 전반적인 규정을 수록하였다.

현재 이 책들은 규장각 도서관에 있다.

송덕비는 조선 왕조 당시 각 고을의 감영이나 관아들에서 임직한 관찰사나 고을 수령 중 청렴하고 고을을 위해 헌신하고 봉사하였던 성과를 가졌던 이들을 위해 세워진 비석이다.

안완산 마을에서 금강산성으로 가는 길인 완산시보 가장자리에 영천을 위해 선정을 베푼 유공비석 3기가 가지런히 놓여 있다.

하나는 통정대부 강영서의 선정비이고

하나는 선무사 이중하의 송덕비며

하나는 1900년도 경 지금의 도동에 새 못을 축조해 풍년 농사에 기여한 것으로 유학 성학진 수세 유공비다.

원래 금노동 담안 마을 비각에 세워져 있다가 사라호 태풍으로 비각이 파괴되어 거리에 버려진 것을 성학진 후손이 1978년 완산부 둑으로 옮겨 세운 것으로 4대 강 사업으로 유실 위기에 처한 것을 2012년 4월 정상용 전 완산 동장이 이곳에 옮겨 놓은 것이다. 여기 3개의 비는 1900년 어려운 국가 상황에서 백성들을 위해 헌신하신 분들의 기념비로 공직자 등 후세에 귀감이 되기 위해 재정비하였다(2012. 4. 완산동장 정상용).

3기 모두 낼 의무가 없는 세금을 억지로 덮어씌우는 것을 바로 잡고 면제토록 힘쓴 내용들이 기록되어 있다.

강영서(1840~1917)는 안동 출신으로 본관은 진주, 자는 여견, 호는 화봉이니 1889년 8월부터 1900년 12월까지 영천군수로 재임하였다.

강영서의 선정비의 내용은 다음과 같다.

욕망의 물결 천하를 비껴 흐르는데
공께서는 그 근원을 막으셨네.
여러 사람이 올린 하소연을
명쾌하게 처리하니
궁감이 달아났네.
공이 쌓이고 높음이 병이 되었지만
한마당 원통함을 풀었네.
아! 아름다워라 군수님의 덕이여.
백세를 잊기 어려우리.

(여기서 궁감은 예전에 세금을 걷어 즐이기 위해 각궁에서 보내던 사람을 이른 말이다.)

이중하(1846~1917)는 조선 말기의 문신, 경기도 양평 출신으로 본관은 전주, 자는 후경, 호는 규당 이아당, 동학이 일어나자 경상도 선무사로 파견되어 진압과 세금 탕감에 앞장섰고 2011년 외교통상부 선정, 우리 외교를 빛낸 인물로 선정되었다.

궁전(집과 밭)의 세금 내기를 다그치니 이에 부극(백성들의 재물을 강제로 착취하는 간신배)이 번성하도다.

  사신의 부절이 남쪽을 가리키니
  임금님의 위엄과 덕을 떨치도다.
  오래 묵은 병폐를 연달아 타파함에
  목소리와 얼굴색은 움직임이 없네.
  영원히 백성들이(공의) 공적을 갚고자
  돌 말(돌에 새긴 글)은 천억이로세.

성학진(1845~1907)은 영천 출신으로 본관은 창녕, 자는 서우, 호는 맥봉, 영천 도동에 새 못을 축조하고 주남들을 수리 안전답으로 만들어 풍년 농사에 기여했다.

  곧바로 선무사가 머물고 있는 감영까지 가는데
  한 푼의 비용도 거두지 않고
  선무사 앞에서 억울함을 호소함에
  조정에 장계를 올려 세금의 탕감을 입었네.
  여덟 마을의 농민들이
  마음 높고 편히 살게 되었으니
  한 조각 그 비면에 새겨

풍성한 공로를 영원히 전하고자 하네.

(지난 2013년 서울에서 이중하 선무사의 증손자 이규청(88) 씨 부부가 증조부를 송축한 비를 보기 위해서 영천을 찾았을 때 정삼용 전 완산 동장과 동행해 멀리서 방문한 손님들을 만났다. 당시 이중하의 증손자인 이규청 씨는 증조부를 기리는 비 중, 지금까지 찾은 것이 전국에 13기가 있는데 영천에 선조의 송덕비가 있을 거라고는 전혀 생각하지도 못했는데, 당시 백성들과 정삼용 면장에게 감사하다고 말했다.)

120년 전 영천지역 백성들을 위한 혹독한 세금을 감면해준 공로로 대대손손 감사와 칭송을 듣고 있는 세 분의 선행을 통해 업무 관련 부동산 투기로 시끄럽게 하고 있는 이 시대 공직자들이 배우고 느껴야 할 점이 많은 듯하다.